GREGOR

SUZANNE COLLINS

GREGOR
— Livre I —
LA PROPHÉTIE DU GRIS

Traduit de l'anglais (États-Unis)
par Laure Porché

hachette

L'édition originale de cet ouvrage a paru
chez Scholastic Press,
an imprint of Scholastic Inc.,
sous le titre :

THE UNDERLAND CHRONICLES – BOOK 1
GREGOR THE OVERLANDER

Traduit de l'anglais (États-Unis)
par Laure Porché.

Illustrations de couverture : © Jérémy Fleury, 2011.

© Hachette Livre, 2012, pour la traduction française.
Hachette Livre, 43, quai de Grenelle, 75 015 Paris.

PREMIÈRE PARTIE

La Chute

CHAPITRE
1

Gregor était resté si longtemps le front appuyé à la moustiquaire qu'il sentait un échiquier en relief se dessiner au-dessus de ses sourcils. Il passa les doigts sur les petites bosses et résista à l'envie de laisser échapper un cri primitif. Il le sentait enfler dans sa poitrine, ce long hurlement guttural réservé aux vraies urgences. Il alla jusqu'à ouvrir la bouche et prendre une grande inspiration, avant de se taper à nouveau la tête contre le grillage.

— Argh ! s'exclama-t-il, étouffant sa frustration.

Quel intérêt ? Ça ne changerait rien. Ni la chaleur, ni l'ennui, ni l'été sans fin qui s'étendait devant lui.

Il hésita à réveiller Moufle, sa petite sœur de deux ans, pour mettre un peu d'animation, mais décida de la laisser dormir. Au moins, elle était au frais dans la chambre qu'elle partageait d'ordinaire avec leur sœur Lizzie, sept ans, et leur grand-mère. C'était la seule pièce climatisée de l'appartement. Quand les nuits se faisaient vraiment chaudes, Gregor et sa mère dormaient sur des édredons posés au sol, mais, à cinq dans la pièce, l'air était plutôt tiède que frais.

Gregor sortit un glaçon du frigo et se le passa sur le visage, tout en contemplant la cour où un chien errant reniflait une poubelle. Le chien posa ses pattes sur le rebord. Il la renversa, éparpillant les ordures sur le trottoir. Gregor entraperçut deux formes sombres filer le long du mur. Il fit la grimace. Des rats. Il ne s'y ferait jamais.

En dehors des animaux, la cour était déserte. D'habitude, elle était remplie d'enfants qui jouaient au foot, sautaient à la corde ou escaladaient la cage à poules. Mais ce matin, le bus était parti pour le camp de vacances, avec à son bord tous les enfants du quartier entre quatre et quatorze ans. Tous sauf un.

« Je suis désolée, mon chéri, tu ne peux pas y aller », lui avait dit sa mère quelques semaines plus tôt. Et, à son expression, il avait vu qu'elle était vraiment désolée. « Quelqu'un doit s'occuper de Moufle quand je suis au travail, et nous savons tous les deux que ta grand-mère n'en est plus capable. »

Bien sûr qu'il le savait. L'année passée, sa grand-mère s'était mise à glisser régulièrement hors de la réalité. Une minute elle avait toute sa tête, la suivante elle l'appelait Simon. Qui était Simon ? Aucune idée.

Tout aurait été différent il y a quelques années. À l'époque, sa mère travaillait à mi-temps et son père, professeur de sciences au lycée, était en congé l'été. Il se serait occupé de Moufle. Mais depuis que son père avait disparu, une nuit, le rôle de Gregor avait changé. C'était lui, l'homme de la famille, désormais. Il avait dû prendre le relais. S'occuper de ses sœurs, en particulier.

Gregor s'était donc contenté de répondre :

— C'est pas grave, maman. La colo c'est pour les gamins, de toute façon.

Il avait haussé les épaules pour montrer qu'à onze ans, il était trop grand pour se soucier de choses aussi futiles qu'un camp de vacances. Mais curieusement, sa mère avait eu l'air encore plus triste.

— Tu veux que Lizzie reste à la maison avec toi ? Qu'elle te tienne compagnie ? avait-elle demandé.

À cette suggestion, une expression de panique était apparue sur le visage de sa petite sœur. Elle aurait éclaté en sanglots si Gregor n'avait pas refusé.

— Nan, laisse-la y aller. Je serai bien avec Moufle.

Donc, il en était là. Pas bien. Pas bien du tout, à passer l'été cloîtré avec un bébé et sa grand-mère qui pensait qu'il se nommait...

— Simon ! appela-t-elle depuis la chambre.

Gregor secoua la tête mais ne put s'empêcher de sourire.

— J'arrive, grand-mère ! répondit-il avant de croquer le reste de son glaçon.

Une lumière dorée baignait la chambre. Le soleil de l'après-midi cherchait à se frayer un passage à travers les volets. Sa grand-mère était allongée sur le lit, sous une fine couverture en patchwork. Chaque pièce venait d'une robe qu'elle s'était confectionnée. Lorsqu'elle était lucide, elle racontait à Gregor l'histoire de la couverture.

— Cette mousseline à pois, je l'ai portée à la remise de diplôme de ma cousine Lucy quand j'avais onze ans, ce jaune citron c'était une robe du dimanche, et ce blanc est en vérité un morceau de ma robe de mariée, que le Ciel m'en soit témoin.

Cependant, aujourd'hui n'était pas un jour lucide.

— Simon, dit-elle, visiblement soulagée à sa vue. J'ai cru que tu avais oublié ton déjeuner. Labourer, ça donne faim.

Élevée dans une ferme de Virginie, sa grand-mère était venue à New York après son mariage. Elle ne s'y était jamais vraiment faite. Gregor se réjouissait secrètement qu'elle puisse retourner vers cette ferme en esprit. Il l'enviait un peu. Pas marrant de traîner dans l'appartement toute la journée. À cette heure, le bus était probablement en train d'arriver au camp et Lizzie et les autres enfants...

— Guégo ! s'écria une petite voix.

Une tête bouclée apparut par-dessus le bord du berceau.

— Moi soti !

Moufle coinça la queue mâchouillée de son chien en peluche dans sa bouche et tendit les deux bras vers lui. Gregor la souleva haut dans les airs pour lui faire des bisous sur le ventre. Elle gloussa. Le chien tomba par terre. Il la posa pour le ramasser.

La Chute

— Prends ton chapeau ! dit grand-mère, toujours quelque part en Virginie.

Gregor lui prit la main pour essayer de la ramener au présent.

— Tu veux une boisson fraîche, grand-mère ? Un Coca ?

Elle se mit à rire.

— Un Coca ? En quel honneur ? Ce n'est pas mon anniversaire !

Comment répondre à ça ? Gregor lui tapota la main.

— Je reviens tout de suite, dit-il en haussant le ton.

Sa grand-mère était encore en train de rire toute seule.

— Un Coca-Cola ! répéta-t-elle en s'essuyant les yeux.

Dans la cuisine, Gregor remplit un verre de soda bien frais et un biberon de lait pour Moufle.

— Foid, fit-elle, ravie, en le pressant contre son visage.

— Oui, c'est bien froid, Moufle.

Un coup à la porte le fit sursauter. Il appela tout haut :

— Qui est-ce ?

— C'est Mme Cormaci, chéri. J'ai promis à ta mère de venir voir ta grand-mère à quatre heures ! répondit une voix.

Gregor se rappela alors la pile de linge sale qu'il était censé mettre à la machine. Il sortirait de l'appartement au moins une fois aujourd'hui. Il ouvrit la porte et se trouva nez à nez avec une Mme Cormaci ratatinée par la chaleur.

— Bonjour, toi ! Est-ce que ce n'est pas insupportable ? Laisse-moi te dire, la canicule et moi, ça fait deux !

Elle le bouscula pour entrer dans l'appartement, s'essuyant le visage avec un vieux bandana.

— Oh, trop gentil, c'est pour moi ? demanda-t-elle et, avant qu'il ait pu répondre, elle avala d'un coup le verre de Coca, comme si elle avait erré des jours dans le désert avant d'arriver.

— Bien sûr, marmonna Gregor en retournant dans la cuisine pour en servir un autre.

Mme Cormaci ne le dérangeait pas vraiment. D'ailleurs, aujourd'hui, c'était presque un soulagement de la voir.

Super, on n'est que le premier jour et je me réjouis à l'idée de descendre à la buanderie, pensa Gregor. *D'ici septembre, je serai probablement euphorique lorsque je recevrai la facture de téléphone.*

Mme Cormaci lui tendit son verre pour qu'il le remplisse à nouveau.

— Alors, quand est-ce que tu vas me laisser te tirer les cartes, jeune homme ? Tu sais que j'ai le don, dit-elle.

Mme Cormaci collait des affichettes sur les boîtes aux lettres, proposant aux gens de lire leur avenir pour dix dollars. Elle disait toujours à Gregor : « Pour toi, c'est gratuit ! » Il n'acceptait jamais car il soupçonnait que Mme Cormaci finirait par poser beaucoup plus de questions que lui. Des questions auxquelles il ne pourrait répondre. Des questions sur son père.

Il marmonna une excuse à propos de la lessive et se dépêcha d'aller rassembler le linge.

Gregor descendit dans la buanderie pour faire le tri : blanc, noir, couleurs... Qu'était-il censé faire avec le short à rayures noires et blanches de Moufle ? Il le lança vers la pile de noir, certain que c'était la mauvaise. De toute façon, la plupart de leurs vêtements étaient plutôt gris — de vieillesse, pas à cause de lessives mal triées. Les bermudas de Gregor étaient en fait ses pantalons d'hiver coupés au genou, et seulement quelques tee-shirts lui allaient encore. Mais quelle importance, s'il passait l'été enfermé dans l'appartement ?

— Balle ! s'écria Moufle aux abois. Balle !

Entre les sèche-linge, Gregor récupéra une vieille balle de tennis avec laquelle jouait sa sœur. Il en retira les moutons de poussière et la lança à travers la pièce. La petite courut après comme un chiot.

Quelle cochonne, pensa Gregor en riant sous cape. *Collante, craquante, poussiéreuse !* Des restes de son déjeuner (œufs durs et mousse au chocolat) étaient visibles sur le visage et le tee-shirt de Moufle. Elle avait colorié ses mains avec un feutre violet « lavable », qui ne partirait sans doute qu'au Kärcher, et sa couche pendait jusqu'à ses genoux.

Moufle accourut vers lui en brandissant son trophée, des moutons flottant dans ses boucles. Son visage moite rayonnait.

— Qu'est-ce qui te rend si heureuse, Moufle ?

— Balle ! répondit-elle avant de lui donner un coup de tête dans le genou pour le motiver.

Gregor envoya la balle dans l'allée entre les machines. Moufle s'élança à sa poursuite. Gregor tenta de se rappeler la dernière fois où il s'était senti aussi heureux que Moufle. Il avait eu des moments sympas les deux années précédentes. L'orchestre de l'école s'était produit à Carnegie Hall. Ça, c'était cool. Il avait même joué un court solo au saxophone. Tout allait mieux quand il faisait de la musique ; les notes l'emportaient dans un autre monde.

Il aimait aussi le sprint. Repousser les limites de son corps jusqu'à ce que toute pensée ait été expulsée de son esprit. Mais s'il était honnête avec lui-même, Gregor devait reconnaître que la dernière fois où il avait été heureux remontait à des années. *Exactement deux ans, sept mois et treize jours*, pensa-t-il. Il ne comptait pas vraiment, mais les nombres s'additionnaient tout seuls dans sa tête. Sa calculatrice interne savait toujours combien de temps s'était écoulé depuis la disparition de son père.

Moufle pouvait être heureuse. Elle n'était pas encore née quand c'était arrivé. Lizzie avait seulement quatre ans. Mais Gregor avait huit ans et se souvenait de tout, comme par exemple des coups de fil désespérés à la police, et des policiers presque indifférents au fait que son père s'était évanoui dans la nature. Pour eux, c'était clair : son père les avait abandonnés. Ils avaient même sous-entendu qu'il serait parti avec une autre femme.

Ce n'était pas vrai. Si Gregor était sûr d'une chose, c'était que son père aimait sa mère, qu'il les aimait lui et Lizzie, qu'il aurait aimé Moufle.

Mais dans ce cas… Comment avait-il pu les quitter sans même laisser un mot ? Gregor ne pouvait imaginer une seule seconde que son père avait fait une croix sur sa famille, sans un regard en arrière.

— Accepte-le, murmura-t-il. Il est mort.

Une vague de douleur le submergea. Ce n'était pas vrai. Ça ne pouvait pas être vrai. Son père allait revenir parce que… parce que… Parce que quoi ? Parce qu'il le désirait tellement fort que ça allait forcément arriver ? Parce qu'ils avaient besoin de lui ? *Non*, se dit Gregor. *C'est parce que je le sens. Je sais qu'il va revenir.*

Le lave-linge s'arrêta. Gregor enfourna les vêtements dans deux sèche-linge.

— Et quand il reviendra, il ferait mieux d'avoir une excellente raison d'être resté là où il était tout ce temps ! marmonna Gregor en claquant la porte. Genre, avoir pris un coup sur la tête et oublié qui il était. Ou avoir été kidnappé par des extraterrestres.

À la télé, on voyait plein de gens se faire enlever par des extraterrestres. Peut-être que c'était possible.

Il réfléchissait souvent à différents scénarios, mais jamais il n'évoquait son père à la maison. Ils avaient un accord tacite : son père allait revenir. Chez les voisins, les adultes évitaient le sujet, et les enfants n'y pensaient même pas : la moitié d'entre eux n'avaient qu'un seul parent, de toute façon. Mais parfois, les étrangers posaient des questions. Après un an passé à tenter d'expliquer la situation, Gregor avait choisi de dire que ses parents étaient divorcés, et que son père vivait en Californie. Un mensonge, évidemment, mais les gens y croyaient, alors que personne ne semblait croire la vérité.

— Et quand il sera rentré, je pourrai l'emmener à... dit Gregor tout haut avant de s'interrompre.

Il avait failli enfreindre la Règle. La règle selon laquelle il ne devait pas penser à ce qui arriverait après le retour de son père. Et comme ce dernier pouvait revenir à tout moment, Gregor ne s'autorisait pas à penser au futur. Il avait l'impression bizarre que s'il imaginait des situations concrètes, comme passer Noël prochain avec son père, ou le voir entraîner l'équipe de coureurs, elles ne se réaliseraient jamais. Et puis, si ces rêves éveillés le rendaient très heureux, le retour à la réalité n'en était que plus douloureux. D'où la Règle. Gregor devait maintenir son esprit dans le présent et laisser le futur tranquille. Il était conscient des failles de son système, mais c'était la meilleure manière qu'il avait trouvée de survivre à chaque jour passé sans son père.

Gregor remarqua soudain que Moufle était étrangement silencieuse. Il regarda autour de lui, s'inquiétant de ne pas la voir. Puis il aperçut une sandale rose éraflée dépassant derrière le dernier sèche-linge.

— Moufle ! Sors de là !

Il fallait bien la surveiller, à proximité d'appareils électriques. Moufle adorait les prises de courant. Alors qu'il traversait rapidement la buanderie, Gregor entendit un bruit métallique et un gloussement.

Super, maintenant elle démonte le sèche-linge, pensa Gregor en accélérant.

Une curieuse scène l'attendait. La grille métallique d'un vieux conduit d'aération était grand ouverte, attachée en haut par deux gonds rouillés. Moufle, les yeux plissés, regardait par l'orifice d'environ soixante centimètres de côté menant dans le mur de l'immeuble. De là où il était, Gregor ne pouvait voir qu'un trou noir. Puis une volute de... quoi ? Vapeur ? Fumée ? Ça ne ressemblait à rien. Un brouillard étrange s'échappait du trou et s'enroulait autour de Moufle. Elle tendit les bras, curieuse, et se pencha en avant.

« Non ! » s'écria Gregor en se précipitant vers elle. Trop tard : le petit corps de Moufle était aspiré dans le conduit. Sans réfléchir, Gregor passa la tête et les épaules dans l'ouverture. La grille en métal se referma sur son dos. Avant qu'il ait réalisé ce qui se passait, il se sentit tomber, tomber dans un vide immense.

CHAPITRE
2

Dans sa chute, Gregor se tortilla en tous sens pour ne pas écraser Moufle à l'atterrissage, mais il ne ressentit aucun impact. Il se souvint alors que la buanderie était au sous-sol. Dans quoi étaient-ils donc tombés ?

Les volutes de vapeur s'étaient densifiées, formant un brouillard épais qui générait une faible lumière. Gregor n'y voyait qu'à quelques centimètres autour de lui. Ses doigts griffaient désespérément la substance blanche, à la recherche d'une prise, mais ne rencontraient que le vide. Il tombait à pic, à une vitesse telle que ses vêtements gonflaient autour de lui.

— Moufle ! hurla-t-il — et le son lui revint en écho sinistre.

Ce truc doit avoir des parois, déduisit-il.

Il appela à nouveau :

— Moufle !

Un gloussement ravi lui parvint de quelque part sous lui.

— Guégo fait youpiiiiiii !

Elle pense qu'elle est sur un toboggan géant ou quelque chose comme ça. Au moins elle n'a pas peur, se dit Gregor. Il se sentait assez terrifié pour deux. Quel que soit l'étrange terrier dans lequel ils avaient glissé, il devait bien avoir un fond. Cette descente tourbillonnante ne pouvait se terminer que d'une seule façon.

Gregor n'aurait su dire combien de temps s'était écoulé, en tout cas bien trop pour que ce soit vraisemblable. Il devait bien y avoir des limites à la profondeur d'un trou. À un moment vous deviez toucher de l'eau, de la pierre, les plaques tectoniques, quelque chose !

Ça ressemblait à cet horrible rêve qu'il faisait parfois. Il était en hauteur, quelque part où il n'était pas censé être, souvent sur le toit de son école. Alors qu'il marchait le long du bord, celui-ci cédait, le précipitant dans le vide. Tout disparaissait excepté la sensation de tomber, le sol qui se rapprochait, la terreur. Et, juste au moment de l'impact, il se réveillait en sursaut, couvert de sueur, le cœur battant la chamade.

Un rêve ! Je me suis endormi dans la buanderie et c'est le même rêve fou ! se dit Gregor. *Bien sûr ! Comment est-ce possible autrement ?*

Rassuré par l'idée qu'il était en train de dormir, Gregor commença à compter les secondes.

« Un... deux... trois... » À soixante-dix, il abandonna et sentit la panique le gagner à nouveau. Même dans un rêve, il fallait bien atterrir, non ?

À cet instant, Gregor remarqua que le brouillard commençait à se dissiper. Il distinguait à présent les parois lisses et sombres d'un mur circulaire. Apparemment, il se trouvait dans un large tube obscur. Il sentit un courant d'air monter sous ses pieds. Les dernières volutes de vapeur s'évanouirent et Gregor perdit de la vitesse. Ses vêtements retombèrent doucement sur son corps.

Il entendit un bruit sourd puis le trottinement des sandales de Moufle. Quelques instants plus tard, ce fut son tour de poser le pied sur la terre ferme. Il essaya de se repérer, sans oser bouger. Il était plongé dans l'obscurité la plus totale. Une fois que ses yeux se furent habitués, il distingua un faible rai de lumière sur sa gauche.

Un couinement ravi retentit, venant de cette direction.

— Bête ! Goooosse bête !

Gregor s'élança vers la lumière. Elle s'échappait d'une étroite fente entre deux parois de pierre lisse. Il était tout juste parvenu à se glisser dans l'ouverture quand ses baskets butèrent sur quelque chose et il perdit l'équilibre. Il trébucha hors de la faille et atterrit à quatre pattes. Gregor se retrouva nez à nez avec le plus grand cafard qu'il ait jamais vu.

Il y avait quelques gros insectes dans son immeuble. Mme Cormaci jurait qu'une punaise de la taille de sa main était sortie du siphon de sa baignoire et personne ne mettait sa parole en doute. Mais en face de Gregor s'élevait une créature d'au moins un mètre vingt de haut. Certes, il se tenait sur ses pattes arrière, une position très étrange pour un cafard, mais quand même...

— Gosse bête ! s'écria à nouveau Moufle, et Gregor, qui était resté bouche bée, s'obligea à la fermer.

Il se redressa sur les genoux mais, même ainsi, il dut lever la tête pour mieux regarder l'insecte. Celui-ci tenait une espèce de torche. Moufle sautilla vers Gregor et tira sur l'encolure de son tee-shirt.

— Gooooosse bête ! insista-t-elle.

— Oui, je vois Moufle. Grosse bête ! dit Gregor à mi-voix, en la serrant contre lui. Très... grosse... bête.

Il s'efforça de se rappeler ce que mangeaient les cafards. Les ordures, la nourriture pourrie... les gens ? Il ne pensait pas qu'ils mangeaient les gens. En tout cas, pas les cafards de petite taille. Peut-être qu'ils auraient bien aimé manger des gens mais qu'on les écrasait toujours avant. Mais ce n'était pas le moment de tester cette théorie.

Gregor se rapprocha lentement de la brèche dans les rochers tout en adoptant un air désinvolte.

— OK, M. Cafard, on va y aller, désolé de vous avoir embêté... pardon, ennuyé, je veux dire...

— Sentir quoi si bon, sentir quoi ? siffla une voix.

Il fallut une bonne minute à Gregor pour réaliser qu'elle venait du cafard. Il était trop ébahi pour comprendre l'étrange phrase.

— Euh... pardon ?

— Sentir quoi si bon, sentir quoi ? siffla à nouveau la voix, mais le ton n'était pas menaçant, juste curieux, peut-être un peu excité. Être ça petit humain, être ça ?

D'accord, je suis en train de parler à un cafard géant, pensa Grégor. *Sois sympa, sois cool, réponds à la bébête. Il veut savoir « Sentir quoi si bon, sentir quoi ? ». Alors, dis-le-lui.* Gregor se força à renifler profondément et le regretta immédiatement. Une seule chose pouvait sentir comme ça.

— Moi fait caca ! s'écria Moufle avec son à-propos coutumier. Moi fait caca, Guégo !

— Ma sœur a besoin d'être changée, expliqua Gregor, un peu gêné.

Le cafard parut très impressionné, si toutefois Gregor interprétait correctement son expression.

— Aaah. Venir plus près pouvons-nous, venir plus près ? demanda le cafard, balayant délicatement d'une patte l'espace devant lui.

— Nous ? répondit Gregor.

C'est à ce moment-là qu'il aperçut autour d'eux d'autres formes sortant de l'obscurité. Les bosses lisses et sombres qu'il avait prises pour des pierres étaient en fait les carapaces d'une douzaine de cafards géants. Ils se pressèrent avidement autour de Moufle, agitant leurs antennes et frissonnant de plaisir.

Moufle, qui adorait les compliments, sentit instinctivement qu'on l'admirait. Elle leva ses bras potelés vers les énormes insectes.

— Moi fait caca, dit-elle gracieusement, et son auditoire répondit par un sifflement d'extase.

— Être elle princesse, Surterrien, être elle ? Être elle reine, être elle ? demanda leur chef, baissant la tête en signe de dévotion.

— Moufle ? Une reine ? demanda Gregor en éclatant de rire.

Le son sembla ébranler les cafards, et ils reculèrent avec raideur.

— Rire pourquoi, Surterrien, rire pourquoi ? siffla l'un d'eux, et Gregor réalisa qu'il les avait vexés.

— Parce qu'on est, je ne sais pas, pauvres, et qu'elle est un peu sale et... vous m'appelez Surterrien ? finit-il sans conviction.

— N'être toi pas de Surterre, n'être toi ? Pas de Souterre toi, dit le cafard à la torche en l'observant attentivement. L'air tu as, mais l'odeur toi n'as pas.

Le chef sembla soudain réaliser quelque chose.

— Rats mauvais.

Il se tourna vers ses camarades.

— Laisser nous Surterriens ici, laisser nous ?

Les cafards se rapprochèrent pour discuter et tous se mirent à siffler en même temps. Gregor discernait des bribes de conversation, mais rien qui lui permette de suivre. Ils étaient si absorbés par leur débat qu'il fut tenté d'essayer de s'échapper à nouveau. Il regarda autour de lui. Dans la faible lumière de la torche, il distingua ce qui semblait être un long tunnel plat. *Il faut qu'on remonte*, pensa Gregor. *Pas qu'on avance*. Avec

Moufle dans les bras, il n'arriverait jamais à escalader les murs du puits dans lequel ils étaient tombés.

Les cafards semblaient s'être mis d'accord.

— Venir toi, Surterrien. Emmener aux humains, dit le chef.

— Des humains ? dit Gregor, soulagé. Il y a d'autres humains ici ?

— Monter toi, monter ? Courir toi, courir ? demanda le cafard et Gregor comprit qu'il lui proposait de le chevaucher.

Il n'avait pas l'air assez solide pour le transporter mais il savait que certains insectes, comme les fourmis, pouvaient porter plusieurs fois leur poids. Une image répugnante lui vint à l'esprit : lui, s'asseyant sur le cafard et l'écrasant.

— Je pense que je vais marcher... enfin, courir, dit Gregor.

— Monter la princesse, monter elle ? proposa le cafard avec espoir, agitant servilement les antennes et s'aplatissant sur le ventre devant Moufle.

Gregor allait refuser mais la petite fille s'installa sans hésitation sur le dos de l'insecte. Il aurait dû s'en douter. Elle adorait s'asseoir sur les tortues en métal du zoo de Central Park.

— OK, mais elle doit me tenir la main, dit Gregor, et Moufle lui agrippa docilement un doigt.

Le cafard partit immédiatement et Gregor se trouva obligé de courir pour le suivre. Il savait les cafards agiles : il avait regardé sa mère en écraser plus d'un.

Apparemment, ces insectes géants avaient conservé une vitesse proportionnelle à leur taille. Heureusement, le tunnel était plat et Gregor n'avait arrêté l'athlétisme que depuis le début des vacances. Il adapta ses foulées à celles du cafard et prit bientôt un rythme confortable.

Le tunnel se mit à zigzaguer. Les cafards prenaient des passages transversaux et parfois même revenaient sur leurs pas pour choisir un meilleur itinéraire. En quelques minutes, Gregor était complètement perdu, et la carte de leur trajet qu'il avait tenté de tracer dans sa tête ressemblait à un gribouillage de Moufle. Il consacra alors toute son énergie à tenir la cadence des insectes au lieu de repérer le chemin. *Mince alors*, se dit-il, *ces bestioles sont vraiment rapides !*

S'il était essoufflé, les cafards ne montraient aucun signe extérieur de fatigue. Il ignorait à quelle distance se trouvait leur destination. Elle aurait pu être à cent kilomètres. Comment savoir jusqu'où ces insectes pouvaient courir ?

Alors qu'il s'apprêtait à leur dire qu'il avait besoin de repos, Gregor entendit un grondement familier. Au début, il pensa s'être trompé, mais plus ils approchaient, plus il était sûr de lui. Il s'agissait d'une foule et, s'il en croyait la rumeur, une grande foule. Mais comment faire tenir une telle quantité de personnes dans ces tunnels ?

Le sol s'inclina brusquement. Gregor fut obligé de reculer pour ne pas percuter le chef des cafards.

Quelque chose de doux et de léger caressa son visage et ses bras. Du tissu ? Des ailes ? Il traversa cette matière et, de l'autre côté, une lumière inattendue manqua l'aveugler. Il se couvrit les yeux le temps qu'ils s'habituent.

Une exclamation s'échappa d'une multitude de bouches. Là-dessus, il ne s'était pas trompé. Puis un profond silence s'installa, et il eut la sensation qu'ils étaient nombreux à le regarder.

Gregor commença à deviner ce qui l'entourait. Il ne faisait pas si clair que cela – on aurait plutôt dit le soir – mais il était resté si longtemps dans l'obscurité qu'il ne savait plus. La première chose qu'il distingua fut le sol, recouvert d'une mousse vert sombre qui, au lieu d'être irrégulière, semblait aussi lisse que de l'asphalte. Il pouvait en sentir la souplesse sous ses pieds. *C'est un terrain*, se dit-il. *Pour un sport quelconque. C'est pour ça qu'il y a foule. Je suis dans un stade.*

Lentement, tout se précisa. Un mur poli délimitait une caverne ovale d'environ quinze mètres de haut. La partie supérieure de l'ovale était entourée de gradins. Les yeux de Gregor suivirent les rangées de gens. Il découvrit alors les athlètes.

Une douzaine de chauves-souris, dont les pelages allaient du jaune pâle au noir, tournoyaient lentement au-dessus de l'arène. Il estima que la plus petite avait une envergure d'environ quatre mètres cinquante. Le public devait être en train de les regarder quand Gregor était arrivé, car le reste du terrain était vide.

Peut-être que c'est comme à Rome dans les arènes, sauf qu'ils donnent des gens en pâture aux chauves-souris. Peut-être que c'est pour ça que les cafards nous ont amenés ici, pensa-t-il.

Quelque chose tomba d'une des chauves-souris et rebondit au milieu du terrain, montant à quinze mètres dans les airs. *Oh, c'est juste une...*

— Balle ! s'écria Moufle.

Avant qu'il ait pu l'arrêter, elle glissa à terre, se fraya un passage au milieu des autres insectes et se mit à courir maladroitement sur le sol moussu.

— Si gracieuse la princesse, siffla un cafard d'un ton rêveur alors que Gregor se précipitait à la suite de sa sœur.

Les insectes, qui s'étaient écartés pour laisser passer Moufle, formaient autant d'obstacles pour lui. Soit ils cherchaient à le ralentir, soit ils étaient tellement fascinés par la beauté de Moufle qu'ils l'avaient complètement oublié.

La balle rebondit une deuxième fois. Moufle courut après, les bras en l'air, prêts à l'attraper. Quand Gregor se fut enfin libéré des cafards et put courir vers la petite, une ombre passa au-dessus de lui. Il leva les yeux et, horrifié, vit une chauve-souris dorée plonger en piqué sur Moufle. Jamais il ne l'atteindrait à temps.

— Moufle ! hurla-t-il, l'estomac noué.

Elle se retourna vers lui et vit la chauve-souris pour la première fois. Son visage s'illumina comme un sapin de Noël.

— Chaussou-is ! s'écria-t-elle en désignant l'énorme animal au-dessus d'elle.

C'est pas vrai ! pensa Gregor. *Est-ce que rien ne lui fait peur ?*

La chauve-souris fondit sur Moufle, la fourrure de son ventre frôlant les doigts de l'enfant, avant de faire un looping et de s'élever de nouveau dans les airs. Au plus haut de son ascension, quand elle se retrouva à l'envers, Gregor remarqua pour la première fois que quelqu'un était assis sur le dos de l'animal, les jambes enserrant son cou, et réalisa que c'était une fille.

La tête en bas, la fille ouvrit les jambes et se laissa tomber. Elle exécuta à la perfection un double saut périlleux arrière, se retournant au dernier moment pour faire face à Gregor et atterrir aussi légèrement qu'un chat juste en face de Moufle. Elle avança une main. La balle retomba dedans, résultat d'un timing remarquable ou d'une chance incroyable.

À l'expression arrogante arborée par l'inconnue, Gregor devina que la chance n'y était pour rien du tout.

ChAPITRE
3

C'était de loin la personne la plus étrange que Gregor ait jamais rencontrée. Sa peau était pâle et si fine qu'il pouvait voir toutes les veines de son corps. Elle lui faisait penser à la section « anatomie humaine » de son livre de sciences. Tournez une page, voilà les os. Une autre, le système digestif. Cette fille était un système circulatoire ambulant.

Il crut d'abord que ses cheveux étaient gris, comme ceux de sa grand-mère, mais pas tout à fait. Ils étaient plutôt argentés, comme des cheveux blonds avec une teinte métallique. Sa natte complexe était glissée dans sa ceinture. Une fine bande en or encerclait sa tête. Cela aurait pu être un genre de serre-tête, mais Gregor avait le pressentiment néfaste qu'il s'agissait d'une couronne.

Il ne voulait pas que cette fille ait le pouvoir. À sa façon de se tenir droite, au demi-sourire flottant au coin de sa bouche, au fait qu'elle parvenait à le regarder de haut alors qu'il avait au moins quinze centimètres de plus qu'elle, il pouvait voir qu'elle avait un sacré tempérament. C'est ce que sa mère disait de certaines filles qu'il connaissait. « Elle a un sacré tempérament. » Elle secouait la tête, mais Gregor voyait bien qu'en fait elle les admirait.

Bon, avoir du tempérament était une chose, être une vraie crâneuse en était une autre. Gregor était sûr que sa démonstration d'acrobatie servait uniquement à l'impressionner. Une seule pirouette aurait été largement suffisante. Sa façon à elle de l'intimider, mais il ne se laisserait pas faire. Gregor regarda la fille droit dans les yeux. Ses iris étaient d'un violet éclatant. Il ne bougea pas d'un pouce.

Qui sait combien de temps ils seraient restés là à se jauger si Moufle n'était pas intervenue ? Elle se lança contre la fille, lui faisant perdre l'équilibre et reculer d'un pas.

Moufle lui adressa un sourire charmeur et tendit une main potelée.

— Balle ? demanda-t-elle avec espoir.

La fille mit un genou à terre et avança la balle vers Moufle en la gardant bien serrée dans sa main.

— Elle est à toi si tu parviens à la prendre, dit-elle d'une voix qui ressemblait à ses yeux : froide, claire et étrange.

Moufle tenta de prendre la balle, mais la fille refusa de la lâcher. Perplexe, Moufle tira sur les doigts retenant son trésor.

— Balle ?

La fille secoua la tête.

— Il va falloir que tu sois plus forte ou plus maligne que moi.

Moufle leva le regard. Enthousiasmée par ce qu'elle vit, elle enfonça gaiement son doigt dans l'œil de son adversaire. « Iolet ! » s'exclama-t-elle. La fille recula brusquement, laissant tomber la balle. Moufle courut après et la ramassa.

Gregor ne résista pas.

— Il faut croire qu'elle est plus maligne, dit-il.

C'était un peu méchant, mais il n'aimait pas la voir malmener ainsi sa petite sœur. La fille lui lança un regard noir.

— Mais pas toi. Ou tu ne dirais pas une chose pareille à une reine.

Donc, il avait raison : elle était reine. Maintenant, elle allait sans doute lui couper la tête ou quelque chose dans le genre. Malgré cela, il sentait qu'avoir l'air effrayé ne l'aiderait pas. Gregor haussa les épaules.

— Non, si j'avais su que tu étais une reine, j'aurais probablement dit quelque chose de bien plus cool.

— Plus coule ? répéta-t-elle en levant un sourcil.

— Mieux, dit Gregor, incapable de trouver un mot plus cool.

La fille décida de considérer cette réponse comme des excuses.

— Je pardonne l'affront car tu étais inconscient. Quel est ton nom, Surterrien ?

— Je m'appelle Gregor. Et elle, c'est Moufle, dit-il en désignant sa sœur. Enfin, elle ne s'appelle pas vraiment Moufle, mais Margaret. On l'appelle Moufle parce qu'en hiver elle vole les moufles de tout le monde pour s'en servir comme chaussons.

Dit comme ça, cela semblait bizarre, même pour Gregor.

— Comment tu t'appelles ?

— Je suis la reine Luxa.

— Loukza ? répéta Gregor en essayant d'imiter l'étrange accent.

— Que signifie cela, ce que dit le bébé ? Iolet ?

— Violet. C'est sa couleur préférée. Et tes yeux, elle n'a jamais vu des yeux violets avant, expliqua Gregor.

Moufle entendit le mot et revint les mains en l'air, montrant ses paumes toujours coloriées au feutre violet.

— Iolet !

— Je n'ai jamais vu de marron avant. Pas sur un humain, dit Luxa en observant les yeux de Moufle. Et ceci non plus.

Elle attrapa le poignet de la petite et passa les doigts sur sa peau soyeuse et mate.

— Cela doit demander beaucoup de lumière.

Moufle gloussa. Chaque centimètre de son corps était chatouilleux. Luxa amena ses doigts sous le menton de la fillette, la faisant éclater de rire. Pendant un instant, Luxa perdit sa raideur et Gregor se dit qu'elle n'était peut-être pas si mauvaise, après tout. Mais elle se redressa et retrouva vite ses manières hautaines.

— Bien, Gregor le Surterrien, le bébé et toi devez vous baigner.

Gregor savait bien qu'il avait transpiré en courant dans les tunnels, mais c'était plutôt mal élevé de le dire comme ça.

— Peut-être qu'on devrait juste rentrer.

— Rentrer ? Rentrer où ? demanda Luxa, étonnée.

— À la maison.

— Avec cette odeur ? Vous mourrez trois fois avant d'atteindre la Voie d'Eau, même si vous connaissiez le chemin.

Elle se rendit compte qu'il ne comprenait pas.

— Vous puez la Surterre. Ici, cela vous met en danger. Et nous aussi.

— Oh, dit Gregor, se sentant un peu bête. Je suppose qu'on devrait se rincer avant de rentrer, alors.

— Ce n'est pas si simple. Mais je laisserai Vikus vous expliquer. C'était une grande chance pour vous d'avoir été découverts si vite aujourd'hui.

— Comment sais-tu qu'on nous a vite découverts ? demanda Gregor.

— Nos sentinelles vous ont signalés juste après que vous avez touché le sol. Comme vous étiez la trouvaille des Grouilleurs, nous les avons laissés vous présenter à nous.

— Je vois, dit Gregor.

Où étaient les sentinelles ? Dissimulées dans l'obscurité des tunnels ? Cachées quelque part dans le brouillard à travers lequel il était tombé ? Jusqu'au stade, il n'avait vu personne d'autre que les cafards.

— Ceux-ci venaient ici de toute façon, dit-elle en les désignant. Tu vois, ils portent des torches. Ils ne s'en encombreraient pas s'ils ne venaient pas nous voir.

— Pourquoi ça ? demanda Gregor.

— Les Grouilleurs n'ont pas besoin de lumière. Mais ils se montrent à nous pour nous indiquer qu'ils viennent en paix. Tu ne t'es pas demandé comment vous étiez arrivés ici si facilement ? demanda-t-elle.

Sans attendre la réponse, elle se tourna vers le groupe de cafards qui attendaient patiemment sur le côté.

— Grouilleurs, que prenez-vous pour le Surterrien ?

Le chef des insectes accourut à ces mots.

— Donner vous cinq paniers, donner vous ? sifflat-il.

— Nous donnerons trois paniers de grain, dit Luxa.

— Rats donner beaucoup de poissons, répliqua l'insecte en nettoyant nonchalamment ses antennes.

— Amenez-les aux rats, dans ce cas. Cela ne vous donnera pas plus de temps, dit Luxa.

Gregor ne savait pas vraiment de quoi ils parlaient mais il avait l'impression désagréable d'être à vendre.

L'insecte considéra la dernière offre de Luxa.

— Donner vous quatre paniers, donner vous ?

— Nous donnerons quatre paniers, plus un en remerciement, dit une voix derrière Gregor.

Il se retourna. Un homme pâle et barbu approchait à pied. Ses cheveux courts étaient vraiment argent, pas blond argenté.

Luxa foudroya le vieil homme du regard, mais ne le contredit pas. Le cafard additionna avec effort quatre plus un sur ses pattes.

— Donner vous cinq paniers, donner vous ? demanda-t-il, comme si l'idée était complètement nouvelle.

— Nous donnerons cinq paniers, répondit Luxa, à peine polie, s'inclinant sèchement devant le cafard.

Il s'inclina en retour et s'empressa de quitter le stade avec les autres insectes.

— Et si nous laissons faire Vikus, bientôt nous n'aurons plus de paniers à donner, dit-elle en foudroyant du regard l'homme barbu qui avait transféré son attention sur Gregor et Moufle.

— Un panier de plus sera un bien faible prix à payer s'il est attendu, répondit-il.

Ses yeux violets observaient intensément Gregor.

— Dis-moi, Surterrien, viens-tu de... (Il s'arrêta pour chercher ses mots.)... New York City ?

CHAPITRE
4

C'était comme un jet d'eau froide en pleine figure : la réalité de sa situation lui revint d'un coup. Depuis qu'il était tombé par la bouche d'aération, les choses s'étaient enchaînées si vite qu'il arrivait à peine à suivre. Mais à présent, en cet instant de calme éphémère, les mots « New York City » lui firent un choc.

Oui ! Il habitait New York City, il devait finir la lessive et remonter avec sa petite sœur avant que sa mère... *sa mère !*

— Je dois rentrer à la maison tout de suite ! lâcha Gregor.

Sa mère travaillait comme réceptionniste dans un cabinet de dentiste. Elle finissait généralement à cinq heures pile et arrivait chez eux à cinq heures et demie. Elle se rongerait les sangs si elle découvrait que Moufle et lui avaient disparu. Surtout après ce qui était arrivé à son père. Il essaya d'évaluer combien de temps s'était écoulé depuis qu'il avait quitté la buanderie. *On a dû tomber pendant, voyons, cinq minutes, ensuite on a couru environ vingt minutes avec les cafards et ça fait peut-être dix minutes qu'on est là*, songea-t-il. Trente-cinq minutes.

— OK, les vêtements doivent être secs, maintenant ! dit-il tout haut. Si on revient d'ici vingt minutes, ça devrait aller.

Personne ne les chercherait avant, et il pourrait remonter le linge tel quel et le plier dans l'appartement.

— Je dois vraiment repartir tout de suite, insista-t-il.

Vikus l'examinait toujours.

— Tomber est simple, mais remonter demande un grand sacrifice.

— Qu'est-ce que vous voulez dire ? demanda Gregor, la gorge serrée.

— Il veut dire que vous ne pouvez pas rentrer chez vous, répondit Luxa. Vous devez rester avec nous en Souterre.

— Euh, non ! Non, merci ! Je veux dire, vous êtes tous super mais j'ai des choses à faire… là-haut ! Merci encore ! Ravi de vous avoir rencontrés ! Allez, viens, Moufle !

Gregor souleva sa sœur et se dirigea vers l'arche par laquelle les cafards étaient partis. Du coin de l'œil, il vit Luxa lever la main. Il crut d'abord qu'elle lui faisait un signe d'adieu, mais ça ne collait pas. Luxa n'était pas si aimable.

— Si ce n'est pas un au revoir, alors c'est un signal ! marmonna-t-il à Moufle avant de s'élancer vers le tunnel.

Il l'aurait peut-être atteint s'il n'avait pas porté Moufle, mais il ne pouvait pas vraiment courir avec la petite dans les bras. À dix mètres de la sortie, une première chauve-souris plongea devant lui, le faisant tomber à la renverse et s'étaler par terre. Son corps amortit la chute de Moufle qui s'assit à califourchon sur son ventre pour profiter du spectacle.

Toutes les chauves-souris de l'arène s'étaient lancées à leur poursuite. Elles volaient en cercle serré autour de Gregor et de Moufle, une prison d'ailes et de fourrure. Chacune portait un cavalier aussi pâle et blond que Luxa. Malgré la vitesse des créatures et leur proximité entre elles, aucune des personnes présentes ne semblait avoir de mal à rester en selle. D'ailleurs, seulement quelques-uns prenaient la peine de s'accrocher à leur monture. Un garçon à l'air arrogant était même allongé sur sa chauve-souris noire, la tête relevée sur une main.

Les cavaliers ne quittaient pas les captifs des yeux. En les regardant passer devant lui, Gregor vit que leurs expressions variaient, allant de l'amusement à l'hostilité pure et simple.

Moufle rebondit sur son ventre et applaudit de ses petites mains.

— Chaussou-is ! Chaussou-issou-issou-is !

Eh bien, il y en a au moins un de nous deux qui s'amuse, songea Gregor.

Moufle adorait les chauves-souris. Au zoo, si on l'avait laissée faire, elle serait restée des heures devant la vitre de leur habitat. Dans la petite caverne obscure, des centaines de chauves-souris voletaient en permanence sans jamais se heurter. Les miracles de l'écholocation. Elles émettaient un son qui se répercutait sur les objets solides, leur permettant de repérer leur position. Gregor avait lu le panneau sur l'écholocation au moins un milliard de fois en attendant que Moufle se lasse du spectacle. Il se sentait presque expert en la matière.

— Chaussou-is ! Chaussou-is ! scandait Moufle, en prenant son ventre pour un trampoline.

Nauséeux, Gregor se souleva sur les coudes et la poussa au sol. Vomir devant ces gens était bien la dernière chose dont il avait besoin.

Il se mit debout. Moufle passa un bras autour de son genou et s'appuya sur lui. Le cercle de leurs gardiens se rétrécit encore autour d'eux.

— Quoi ? Où voulez-vous que j'aille ? s'énerva Gregor, provoquant l'hilarité de quelques cavaliers.

Luxa avait dû faire un autre signe car les chauves-souris quittèrent la formation l'une après l'autre et se mirent à tournoyer dans l'arène en figures compliquées. Gregor vit que ni elle ni Vikus n'avaient pris la peine de bouger. Il jeta un coup d'œil vers l'arche, conscient qu'il n'avait aucune chance de l'atteindre. Mais quand même… ces gens étaient un peu trop arrogants à son goût.

Gregor s'élança vers la sortie avant de faire volte-face et de foncer sur Luxa, attrapant la main de sa sœur au passage. Prises par surprise, les chauves-souris plongèrent en piqué, pour se retrouver sans personne à capturer. Elles s'arrêtèrent maladroitement en tas et, même si elles ne se heurtèrent pas vraiment, Gregor fut heureux de constater que plusieurs athlètes luttaient pour ne pas être désarçonnés.

La foule, qui jusque-là était restée silencieuse, laissa échapper un rire admiratif. Gregor se sentit un peu plus sûr de lui. Au moins, il n'était pas seul à avoir eu l'air idiot.

— On les a eus, dit-il à Moufle.

Le regard de Luxa était glacial, mais Gregor vit que Vikus essayait de ne pas sourire.

— Donc, vous avez parlé d'un bain ? demanda-t-il à Luxa comme si de rien n'était.

— Vous allez nous suivre au palais *immédiatement*, répondit Luxa avec humeur.

Elle fit un signe de la main et sa chauve-souris dorée descendit derrière elle. Au moment où elle allait lui rentrer dedans, Luxa sauta, les jambes en écart à l'horizontale. Elle toucha ses orteils, une figure que Gregor n'avait vue effectuée que par des pom-pom girls, et retomba avec aisance sur le dos de sa monture. Cette dernière remonta en flèche, manquant renverser Gregor, avant de se redresser et de quitter le stade à toute vitesse.

— Tu perds ton temps avec tous ces trucs ! cria Gregor, bien que Luxa soit déjà hors de portée.

Il s'en voulait car il devait bien admettre que cette fille faisait de sacrées acrobaties.

Vikus l'avait entendu, lui. Son sourire s'élargit. Gregor fronça les sourcils.

— Quoi ?

— Nous suivras-tu au palais, Surterrien ? demanda poliment le vieil homme.

— Comme prisonnier ? rétorqua Gregor.

— Comme invité, je l'espère, répondit Vikus. Quoique je ne doute pas que la reine Luxa a fait préparer le donjon pour toi.

Ses yeux violets pétillaient de malice et Gregor se rendit compte que, malgré lui, l'homme lui était sympathique. Sans doute parce qu'il était presque certain que Vikus ressentait la même chose à son égard. Il résista à l'envie de sourire.

— Passez devant, dit-il, l'air indifférent.

Vikus acquiesça et lui indiqua le côté opposé de l'arène. Gregor le suivit, Moufle pendue à son bras.

Les gradins commençaient à se vider. Loin au-dessus de lui, les gens sortaient à la queue leu leu par des issues situées entre les différentes sections. Plusieurs chauves-souris continuaient à voler dans le stade, enchaînant les figures aériennes. Quel qu'ait été le match en cours, il avait pris fin à l'arrivée de Gregor. Les chauves-souris qui restaient et leurs cavaliers étaient là pour le garder à l'œil.

À mesure qu'il approchait de l'entrée du stade, Vikus ralentit de façon à ce que Gregor le rejoigne.

— Tu dois avoir l'impression d'être coincé dans un rêve, Surterrien.

— Je pensais plutôt à un cauchemar, répondit posément Gregor.

Vikus eut un petit rire.

— Nos chauves-souris et nos Grouilleurs… non, comment les appelez-vous ? Cafoires ?

— Cafards, corrigea Gregor.

— Ah, oui, cafards. En Surterre, ils tiennent dans la main, alors qu'ici ils grandissent largement.

— Comment savez-vous ça ? Vous êtes allés en Surterre ? demanda Gregor.

Si Vikus pouvait y aller, alors Moufle et lui le pourraient aussi.

— Oh non. De telles visites sont aussi rares que les arbres. Ce sont les Surterriens qui viennent parfois à nous. J'en ai rencontré six ou sept. Un dénommé Fred Clark, un Mickey et plus récemment une femme connue sous le nom de Coco. Quel est ton nom, Surterrien ?

— Gregor. Est-ce qu'ils sont encore là ? Les autres Surterriens ? s'enquit Gregor, que l'idée rassurait.

— Malheureusement, non. C'est un endroit cruel pour vos congénères, répondit Vikus, l'air sombre.

Gregor s'immobilisa, retenant Moufle en même temps.

— Vous voulez dire que vous les avez tués ?

Et voilà qu'il avait insulté son hôte.

— Nous ? Nous, les humains, tuer les Surterriens ? J'ai entendu parler de votre monde, des horreurs qui s'y déroulent. Mais nous ne tuons pas pour le plaisir ! l'admonesta Vikus. Aujourd'hui, nous vous avons accueillis parmi nous. En aurions-nous décidé autrement, crois bien que vous ne respireriez plus à l'heure qu'il est.

— Je ne voulais pas dire que vous... je veux dire, je ne sais pas comment les choses se passent ici, balbutia Gregor, conscient qu'il n'était pas très diplomate de suggérer que Vikus était un meurtrier. Donc, les cafards nous auraient tués ?

— Les Grouilleurs, vous tuer ? Non, cela ne leur donnerait aucun temps.

À nouveau cette expression étrange. Qu'est-ce que ça voulait dire, donner du temps aux cafards ?

— Mais personne d'autre ne sait que nous sommes là, dit Gregor.

Vikus se tourna vers lui, le regard grave, dans lequel l'inquiétude avait remplacé la colère.

— Crois-moi, enfant, à cette heure toutes les créatures de la Souterre sans exception savent que vous êtes ici.

Gregor résista à l'envie de regarder par-dessus son épaule.

— Et ce n'est pas bon pour nous, c'est ça ?

Vikus secoua la tête.

— Non. Ça n'est en aucune façon bon pour vous.

La Chute

Le vieil homme se tourna vers la sortie du stade. Une demi-douzaine de gardes aux yeux violets et à la peau blafarde encadrait deux gigantesques portes en pierre. Ils durent s'y mettre à six pour ouvrir les battants de quelques centimètres et permettre à Vikus de passer.

Gregor mena Moufle à travers le portail qui se referma immédiatement derrière eux. Il suivit Vikus dans un tunnel le long duquel s'alignaient des torches de pierre, jusqu'à une petite arche sous laquelle palpitait une masse sombre. Gregor se dit que les chauves-souris étaient vraiment partout dans ce monde, mais, en y regardant de plus près, il vit que l'étrange substance était en fait un nuage de papillons de nuit, noirs et minuscules. Il se demanda si c'était cela qu'il avait traversé en arrivant dans le stade.

Vikus glissa doucement la main dans la masse d'insectes.

— Ces papillons sont un système d'alarme propre à la Souterre, je crois. À l'instant où leur circuit de vol est dérangé par un intrus, toutes les chauves-souris à proximité le sentent. Je trouve cela parfait de simplicité, dit-il avant de disparaître dans les papillons.

Derrière le rideau d'ailes, Gregor entendit sa voix l'inviter.

— Gregor le Surterrien, bienvenue dans la ville de Regalia !

Gregor regarda Moufle qui leva vers lui un visage perplexe.

— Va maison, Guégo ? demanda-t-elle.

Il la souleva et la serra dans ses bras d'une manière qu'il espérait rassurante.

— Pas tout de suite, mon bébé. On a des choses à faire avant. Après ça, on rentrera à la maison.

Gregor respira un grand coup et entra dans les papillons.

CHAPITRE
5

Les ailes de velours caressèrent ses joues et il aperçut pour la première fois Regalia.

— Waouh ! s'exclama-t-il en s'arrêtant net.

Gregor ne s'attendait pas à cela. À des maisons en pierre, des grottes, quelque chose de primitif en tout cas. Mais la ville magnifique qui s'étalait devant lui n'avait rien de primitif.

Ils se tenaient dans une vallée regorgeant des plus beaux bâtiments qu'il ait jamais vus. New York était connue pour son architecture, ses élégants immeubles en brique, ses gratte-ciel imposants, ses musées grandioses. Mais comparée à Regalia, la ville ressemblait à un accident du hasard, comme si quelqu'un avait aligné des boîtes aux formes bizarres.

Ici, les immeubles étaient d'un joli gris brumeux qui leur donnait l'air de sortir d'un rêve. Ils semblaient émerger directement des rochers, comme s'ils avaient poussé là sans que la main de l'homme y soit pour quelque chose. Ils n'étaient peut-être pas aussi grands que les gratte-ciel que Gregor connaissait, mais ils s'élevaient au-dessus de lui, certains hauts de trente étages et terminés par des pics et des tourelles à l'esthétisme raffiné. Des milliers de torches étaient réparties dans la ville de façon à ce que celle-ci soit baignée d'une lumière douce, proche du crépuscule.

Et les bas-reliefs... Gregor était familier des chérubins et des gargouilles, mais les façades de Regalia explosaient de vie. Des humains, des cafards, des poissons et des créatures pour lesquelles Gregor n'avait pas de nom se battaient, festoyaient et dansaient sur chaque centimètre carré de mur.

— Est-ce qu'il n'y a que des humains ici, ou bien aussi des cafards et des chauves-souris ? demanda Gregor.

— C'est une ville d'humains. Les autres ont leurs propres villes, ou plutôt « territoires ». La majorité d'entre nous vivons ici, bien que certains résident en périphérie, si leur travail le requiert. Voici notre palais, dit Vikus en attirant l'attention de Gregor sur une énorme forteresse circulaire au fond de la vallée. C'est là que nous allons.

Les lumières qui brillaient aux nombreuses fenêtres de la ville lui donnaient un air festif. Gregor sentit son cœur s'alléger un peu. New York City scintillait aussi toute la nuit. Peut-être que cet endroit n'était pas si étranger, après tout.

— Elle est vraiment magnifique, dit-il.

Il aurait adoré l'explorer, s'il n'avait pas dû rentrer au plus vite.

— Oui, dit Vikus en regardant la ville avec affection. Mon peuple a l'amour de la pierre. Si nous avions du temps, je pense que nous pourrions créer une terre d'une beauté rare.

— Je pense que c'est peut-être déjà fait. Je veux dire, nous n'avons rien d'aussi beau en Surterre.

Vikus sembla apprécier le compliment.

— Viens, le palais a la plus belle vue de la ville. Tu auras le temps de l'admirer avant le souper.

Alors que Gregor le suivait le long de la route, Moufle pencha la tête en arrière et se mit à la tourner en tous sens.

— Tu as perdu quelque chose, Moufle ?

— Lune ? répondit la petite.

Ils ne voyaient généralement pas les étoiles de chez eux mais la lune était visible quand le ciel était dégagé.

— Lune ?

Gregor leva la tête vers le ciel noir d'encre avant de réaliser que, bien sûr, il n'y avait pas de ciel. Ils étaient dans une sorte de gigantesque caverne souterraine.

— Pas de lune, petite fille. Pas de lune ce soir, dit-il.

— Ache saute la lune, répondit-elle platement.

— Mm-hm, acquiesça Gregor.

Si les cafards parlaient, et les chauves-souris jouaient au foot, alors il y avait probablement quelque part une vache sautant par-dessus une lune. Il soupira en pensant au vieux livre de comptines dans la boîte qui flanquait le berceau de Moufle, à la maison.

Les gens les fixaient ouvertement depuis leurs fenêtres. Vikus en saluait certains, hochait la tête et en interpellait d'autres, qui levaient la main en retour.

Moufle le remarqua et se mit à agiter la main.

« Salut ! » lançait-elle, « Salut ! », et bien qu'aucun adulte ne lui réponde, Gregor vit quelques petits enfants lui faire signe.

— Vous êtes objet de grande fascination pour eux, dit Vikus en désignant les gens aux fenêtres. Nous ne recevons pas beaucoup de visiteurs de Surterre.

— Comment avez-vous su que j'étais de New York ? demanda Gregor.

— Il n'y a que cinq accès connus en Souterre. Deux mènent à la Morterre, mais vous n'auriez pas survécu au voyage. Deux s'ouvrent sur la Voie d'Eau, mais vos vêtements sont secs. Vous êtes vivants, vous êtes secs, j'en déduis donc que vous êtes tombés par le cinquième accès, dont je sais que l'entrée se trouve à New York City.

— Elle est dans ma buanderie ! s'exclama Gregor. Dans notre immeuble même !

À l'idée que sa buanderie était directement connectée à cet endroit étrange, il se sentait envahi par un sentiment confus.

— Ta buanderie, oui, dit Vikus, perdu dans ses pensées. Votre chute a coïncidé de façon favorable avec les courants.

— Les courants ? Vous voulez dire ce truc brumeux ?

— Oui, ils vous ont permis d'arriver en un seul morceau. Le timing est essentiel.

— Qu'est-ce qui se passe si ce n'est pas le bon moment ? demanda Gregor, même s'il connaissait déjà la réponse.

— Dans ce cas, nous avons un cadavre à enterrer au lieu d'un invité, répondit doucement Vikus. À dire vrai, c'est le résultat le plus courant. Un Surterrien vivant comme toi, plus ta sœur, c'est très rare.

Il leur fallut bien vingt minutes pour atteindre le palais. Les bras de Gregor se mirent à trembler de fatigue sous le poids de Moufle. Mais il ne voulait pas la poser. Avec toutes ces torches autour d'eux, c'était dangereux.

En approchant du magnifique édifice, Gregor remarqua qu'il n'était pas décoré. Les murs étaient aussi lisses que du verre, et la fenêtre la plus basse s'ouvrait à cinquante mètres au-dessus du sol. Quelque chose clochait, mais il n'arrivait pas à mettre le doigt dessus. Il manquait un truc.

— Il n'y a pas de porte, dit-il tout haut.

— Non. Les portes sont pour ceux qui n'ont pas d'ennemis. Même le grimpeur le plus émérite ne peut trouver de prise ici.

Gregor passa la main sur le mur de pierre polie. Il n'y avait pas une fissure, même pas la moindre éraflure sur la surface.

— Comment est-ce que vous y entrez ?

— D'habitude nous volons, mais si aucune chauve-souris n'est disponible…

Vikus fit un geste au-dessus de sa tête. Gregor leva les yeux et vit qu'une plate-forme descendait rapidement vers eux depuis une grande fenêtre rectangulaire. Elle s'arrêta à vingt centimètres du sol au bout des cordes qui la soutenaient et Vikus y monta.

Gregor le suivit avec Moufle. Sa récente chute n'avait fait que renforcer son dégoût des hauteurs. La plate-forme s'éleva immédiatement et il saisit l'une des cordes pour se stabiliser. Vikus resta debout au milieu du plateau, l'air calme et les mains croisées devant lui, mais il ne portait pas un bébé gigotant et il avait probablement emprunté ce truc un million de fois.

L'ascension fut rapide et sans heurts. La plate-forme s'arrêta à la fenêtre devant un petit escalier en pierre. Moufle toujours dans les bras, Gregor entra dans une grande pièce aux plafonds voûtés. Un groupe de trois Souterriens attendait pour les saluer, arborant tous la même peau translucide et les mêmes yeux violets.

— Bon crépuscule, les salua Vikus. Voici Gregor et Moufle les Surterriens, frère et sœur, qui sont récemment tombés parmi nous. Merci de les baigner et de les envoyer à la Haute Salle.

Sans regarder en arrière, Vikus sortit de la pièce. Gregor et les Surterriens s'observèrent dans un silence gêné. Aucun d'eux n'avait l'arrogance de Luxa ou l'autorité naturelle de Vikus.

Ce sont juste des gens normaux, se dit-il. *Je suis sûr qu'ils se sentent aussi mal à l'aise que moi.*

— Ravi de vous rencontrer, dit-il en changeant Moufle de hanche. Dis bonjour, Moufle.

— Bonjou ! dit Moufle en agitant la main, l'air absolument enchantée. Bonjou ! Bonjou, toi !

La réserve des Souterriens fondit comme beurre au soleil. Ils se mirent tous à rire et leur raideur se dissipa. Gregor se surprit à rire aussi. Sa mère disait que Moufle ne connaissait pas d'étrangers : elle pensait que tout le monde était son ami.

Parfois, Gregor aurait voulu être plus comme ça. Il avait deux ou trois bons amis, mais il évitait de faire partie d'aucune bande à l'école. Cela dépendait des gens avec qui il déjeunait. Il aurait pu s'asseoir avec les garçons de l'équipe d'athlé. Ou les membres de l'orchestre. Mais il préférait être avec Angelina, qui faisait toujours partie de la pièce de l'école, et Larry, qui aimait juste… en gros, qui dessinait des trucs tout le temps. Ceux qui ne le connaissaient pas vraiment pensaient que Gregor était snob, mais il était surtout réservé. Il avait plus de mal à s'ouvrir aux autres depuis le départ de son père. Même avant, il n'avait jamais été aussi sociable que Moufle.

Une jeune fille qui paraissait avoir quinze ans avança et tendit les bras.

— Mon nom est Dulcet. Puis-je te porter, Moufle ? Aimerais-tu un bain ?

Moufle regarda Gregor pour vérifier s'il était d'accord.

— C'est bon. C'est l'heure du bain. Tu veux un bain, Moufle ?

— Ou-oui ! s'écria Moufle avec délice. Bain !

Elle tendit les bras vers Dulcet qui la prit contre elle.

— Voici Mareth et Perdita, dit Dulcet en indiquant l'homme et la femme à ses côtés.

Ils étaient grands et musclés et, bien que sans armes, Gregor eut l'impression qu'ils étaient des gardes.

— Salut, dit-il.

Sérieux mais aimables, Mareth et Perdita hochèrent la tête.

Dulcet plissa le nez et posa le doigt sur le ventre de Moufle.

— Tu as besoin d'une étoffe étanche propre, dit-elle.

Gregor devina sans mal ce qu'était une étoffe étanche.

— Oh oui, il faut changer sa couche.

Ça faisait un moment qu'elle portait la même.

— Elle va avoir des boutons.

— Moi fait caca ! dit Moufle sans s'émouvoir, en tirant sur sa couche.

— Je vais m'en occuper, dit Dulcet avec un sourire amusé, et Gregor ne put s'empêcher de la comparer à Luxa : elle était tellement plus gentille !

— Nous suivrez-vous vers les eaux, Gregor le Sur-terrien ?

— Oui, merci, je vous suis vers les eaux, répondit Gregor.

Il se sentit tout à coup bien trop formel et craignit que les Souterriens ne pensent qu'il se moquait d'eux. Les cafards s'étaient vexés si facilement.

— Je veux dire, oui, merci.

Dulcet hocha la tête et attendit qu'il se cale sur son pas. Mareth et Perdita suivaient, quelques mètres en arrière.

Ce sont clairement des gardes, pensa Gregor.

Le groupe quitta l'entrée et traversa un couloir spacieux. Ils passèrent des dizaines d'arches ouvrant sur des chambres, des escaliers et des halls immenses. Gregor se rendit vite compte qu'il lui faudrait une carte pour s'orienter dans le palais. Il pourrait demander son chemin, mais ce ne serait pas très malin s'il cherchait à s'échapper. Ils pouvaient le traiter en invité, mais ça ne changeait rien au fait que Moufle et lui étaient prisonniers. Les invités pouvaient partir s'ils le souhaitaient. Les prisonniers devaient s'échapper. Et c'était exactement ce qu'il avait l'intention de faire.

Mais comment ? Même s'il retrouvait son chemin jusqu'à la plate-forme, personne ne le laisserait descendre, et il ne pouvait pas sauter de cinquante mètres de haut. *Il doit y avoir d'autres moyens d'entrer dans le palais*, se dit-il. *Il doit y avoir…*

— Je n'ai jamais vu de Surterrien, dit Dulcet, interrompant ses pensées. C'est seulement grâce au bébé que je vous rencontre aujourd'hui.

— Grâce à Moufle ?

— Je m'occupe des jeunes de nombre d'entre nous, dit Dulcet. Ordinairement, je ne serais jamais présentée à quelqu'un d'aussi important qu'un Surterrien, expliqua-t-elle timidement.

— Eh bien, c'est dommage, Dulcet, répondit Gregor, parce que vous êtes la personne la plus gentille que j'ai rencontrée ici jusqu'à présent.

Dulcet rougit et, mazette, quand ces gens rougissaient, ils rougissaient vraiment ! Sa peau devint aussi rose qu'une pastèque mûre. Et pas seulement son visage : elle se colora jusqu'au bout des doigts.

— Oh, bredouilla-t-elle, très gênée. Oh, je ne peux accepter un tel compliment.

Derrière lui, les deux gardes se murmurèrent quelque chose.

Gregor devina qu'il avait dit quelque chose de très déplacé, mais il ne savait pas quoi. Peut-être n'étiez-vous pas censé insinuer qu'une nounou était plus gentille que la reine. Même si c'était vrai. Il allait devoir faire plus attention à ce qu'il disait.

Heureusement, ils s'arrêtèrent à ce moment-là devant une porte. Il entendait de l'eau ruisseler, et de la vapeur s'échappait dans le couloir.

Ça doit être la salle de bains, se dit-il. Il regarda à l'intérieur et vit qu'un mur divisait la pièce en deux.

— Je vais prendre Moufle, vous, vous allez ici, dit Dulcet en lui indiquant un côté.

Gregor supposa que les filles avaient un côté et les garçons l'autre, comme dans les vestiaires. Il se dit qu'il pourrait rester avec Moufle, mais il avait confiance en Dulcet et il ne voulait pas la mettre de nouveau mal à l'aise.

— OK, Moufle ? À tout de suite ?

— Auvoi ! lança Moufle par-dessus l'épaule de Dulcet.

Clairement, la séparation ne l'angoissait pas outre mesure.

Gregor prit à droite. L'endroit ressemblait presque aux vestiaires de l'école, en plus beau et parfumé. Des créatures marines exotiques étaient gravées sur les murs et des lampes à huile diffusaient une lumière dorée. *OK, mais il y a des bancs, et des genres de casiers*, pensa-t-il en observant les rangs de bancs en pierre et les cabines ouvertes qui s'alignaient d'un côté de la pièce.

Mareth l'avait suivi à l'intérieur. Visiblement nerveux, il s'adressa à Gregor.

— Cette pièce sert à se changer. Voici les salles de soulagement et d'ablutions. As-tu besoin de quelque chose, Gregor le Surterrien ?

— Non, merci, je pense que je peux me débrouiller.

— Nous serons dans le hall si tu requiers notre aide, dit Mareth.

— OK, merci beaucoup.

Une fois le Souterrien parti, Gregor sentit les muscles de son visage se détendre. C'était bon d'être seul.

Il inspecta rapidement l'endroit. La salle de soulagement contenait seulement un fauteuil en pierre avec un trou au milieu. En regardant à l'intérieur, Gregor vit de l'eau couler en ruisseau continu. *Oh, ça doit être les toilettes*, songea-t-il.

Dans la pièce d'ablutions, quelques marches descendaient vers une petite piscine fumante. Une odeur agréable flottait dans l'air. Gregor n'avait qu'une envie : entrer dans l'eau. Tout son corps meurtri appelait la chaleur du bain.

Il gagna vite les vestiaires et retira ses vêtements trempés de sueur. Un peu gêné, il urina dans les toilettes, avant de se diriger vers la piscine. Après avoir testé la température du bout de l'orteil, il s'enfonça lentement dans l'eau chaude. Elle lui arrivait à la taille, mais il découvrit que la piscine était bordée d'un banc. Quand il s'assit, l'eau lécha ses oreilles.

Un courant déferla sur lui, dénouant les tensions de ses épaules et de son dos. Il brisa de la main la surface et l'eau coula à travers ses doigts. Comme l'eau des toilettes, elle circulait d'une extrémité à l'autre de la baignoire.

Ça doit être un genre de rivière souterraine.

La Chute

Il se redressa à cette idée. L'eau venait de quelque part ! Elle allait quelque part !

Si l'eau pouvait entrer et sortir du palais, peut-être que lui aussi.

CHAPITRE
6

À l'aide d'une éponge, Gregor se frictionna avec une substance gluante qui se trouvait dans un bol à côté de la piscine. Il shampouina ses cheveux et nettoya même l'intérieur de ses oreilles pour tenter de se débarrasser de la moindre odeur de Surterrien. S'il voulait essayer de s'échapper, il devait être aussi semblable à ses hôtes que possible.

Sur des crochets s'alignaient des serviettes blanches. Gregor n'aurait su identifier l'épais tissu. « Pas du coton, c'est sûr », marmonna-t-il, mais les serviettes étaient moelleuses et absorbaient bien mieux l'eau que celles qu'ils utilisaient à la maison, usées jusqu'à la trame.

Il retourna dans les vestiaires en se séchant les cheveux et découvrit que ses habits avaient disparu. À la place, il trouva une pile de vêtements bleu-gris. Une chemise, un pantalon et ce qui ressemblait à des sous-vêtements. Les habits étaient bien plus fins que les serviettes et doux comme de la soie. *Qu'est-ce que c'est ?* se demanda-t-il en passant la chemise.

Il glissa ses pieds dans une paire de sandales en paille tressée et sortit des vestiaires. Mareth et Perdita l'attendaient.

— Qu'est-ce qui est arrivé à mes vêtements ? demanda Gregor.

— Ils ont été brûlés, dit Mareth avec appréhension.

Gregor sentit que Mareth avait peur qu'il soit en colère.

— Il est très dangereux de les garder, expliqua Perdita. La cendre ne sent rien.

Gregor haussa les épaules pour montrer qu'il s'en fichait.

— Pas de problème. Ceux-là me vont très bien.

Mareth et Perdita eurent l'air reconnaissant de sa désinvolture.

— Après quelques jours de notre nourriture, tu n'auras plus d'odeur non plus, dit Perdita, encourageante.

— Super, dit sèchement Gregor.

Ces Souterriens étaient vraiment obsédés par son odeur.

Dulcet émergea du côté gauche de la salle de bains, avec une Moufle propre comme un sou neuf. Elle portait une tunique rose pâle et une couche neuve faite du même tissu que les serviettes de bain de Gregor. Elle allongea une jambe et désigna fièrement la nouvelle sandale à son pied.

— Sandale ! dit-elle à Gregor.

Il tendit le pied pour lui montrer ses chaussures.

— Moi aussi.

Il supposa qu'ils avaient aussi brûlé les vêtements de Moufle. Il essaya de se rappeler ce qu'elle portait au cas où il devrait expliquer leur disparition à sa mère. Une couche sale, pas une grande perte. Une paire de sandales roses éraflées, qui seraient bientôt trop petites de toute façon. Un tee-shirt taché. Ça ne serait pas un problème.

Gregor ne savait pas exactement ce qu'il dirait à sa mère sur la Souterre. La vérité la terrifierait. Il inventerait quelque chose une fois qu'ils seraient dans la buanderie, mais plus vite ils rentreraient, plus simple serait l'histoire.

Moufle tendit les bras et Gregor la prit, enfouissant son nez dans ses boucles humides. Elle sentait le frais, un peu l'océan.

— Elle est grande, dit Dulcet. Vos bras doivent être fatigués.

Elle repartit dans les vestiaires et revint avec un genre de sac. Il s'accrochait sur le dos avec des lanières. Gregor pouvait porter Moufle dedans, de façon à ce qu'elle regarde par-dessus son épaule. Il avait déjà vu des gens porter des enfants dans des sacs à dos spécialement conçus, mais sa famille n'avait pas d'argent pour ce genre de choses.

— Merci, dit-il d'un air détaché.

Secrètement, il était ravi. Ce serait bien plus facile de s'échapper avec Moufle dans un porte-bébé que dans ses bras.

Dulcet les guida dans un labyrinthe de couloirs et leur fit monter plusieurs escaliers. Finalement, ils arrivèrent dans une longue pièce ouvrant sur un balcon.

— Nous appelons cet endroit la Haute Salle, dit Dulcet.

— Je crois que vous avez oublié le toit, remarqua Gregor.

Bien que les murs soient décorés avec grand soin, ils laissaient place à la voûte noire de la caverne, loin au-dessus de leurs têtes. Dulcet rit.

— Oh non, elle est conçue ainsi. Nous recevons souvent ici et, de cette façon, de nombreuses chauves-souris peuvent arriver en même temps.

Gregor imagina l'embouteillage causé par une centaine de chauves-souris essayant de passer la porte, plus bas. Il voyait l'avantage d'avoir une piste d'atterrissage plus grande.

Vikus les attendait sur le balcon, aux côtés d'une femme plus âgée. Gregor devina qu'elle devait avoir l'âge de sa grand-mère, mais cette dernière était voûtée et bougeait difficilement à cause de l'arthrite. Cette femme se tenait très droite et avait l'air robuste.

— Gregor et Moufle les Surterriens, ma femme, Solovet, dit Vikus.

— Bonjour, dit Gregor. Enchanté.

Solovet s'avança vers lui et lui offrit ses deux mains. Le geste le surprit. Personne d'autre n'avait essayé de le toucher depuis qu'il avait atterri en Souterre.

— Bienvenue, Gregor, bienvenue, Moufle, dit-elle d'une voix grave et chaude. C'est un honneur de vous avoir parmi nous.

— Merci, marmonna Gregor, déstabilisé : elle le faisait douter de son statut de prisonnier.

Soudain, il se sentait vraiment spécial.

— Bonjou, toi ! dit Moufle, et Solovet lui tapota la joue.

— Vikus me dit que vous êtes pressés de rentrer chez vous. Je suis navrée que nous ne puissions pas vous y aider immédiatement, mais chercher à atteindre la surface ce soir serait impossible. La Souterre résonne de l'annonce de votre arrivée.

Je parie que tout le monde veut nous regarder, comme si on était des phénomènes de foire. Eh bien, ils ont intérêt à regarder vite, pensa Gregor. Mais il dit :

— Dans ce cas, j'aurai l'occasion de visiter un peu.

Vikus lui fit signe d'approcher du muret qui bordait le balcon.

— Viens, viens, il y a beaucoup à voir.

Gregor rejoignit le vieil homme près du bord et sentit son estomac se retourner. Involontairement, il fit quelques pas en arrière. Le balcon dépassait du mur du palais, suspendu au-dessus du vide. Seul le sol le séparait de l'abîme.

— Ne crains rien, il est solide, le rassura Vikus.

Gregor hocha la tête mais n'avança pas pour autant. Si le balcon s'écroulait, il voulait pouvoir atteindre la Haute Salle.

— Je vois très bien d'ici, dit-il, et c'était la vérité.

Regalia était encore plus impressionnante vue d'en haut. Au sol, il ne pouvait pas se rendre compte que les rues, pavées de pierres de couleurs différentes, s'étalaient en un motif géométrique complexe qui faisait ressembler la ville à une mosaïque géante. Il n'avait pas non plus réalisé la taille de la métropole. Elle s'étendait sur des kilomètres dans toutes les directions.

— Combien de gens vivent ici ? demanda Gregor.

— Nous comptons environ trois mille habitants, dit Vikus. Plus, si la récolte est bonne.

Trois mille. Gregor essaya de se représenter la masse de gens que cela faisait. Il y avait à peu près six cents enfants dans son école, donc cinq fois ce nombre.

— Mais comment êtes-vous arrivés en bas ? demanda Gregor.

Vikus rit.

— Je suis étonné du temps qu'il t'a fallu pour poser la question. Eh bien, c'est une histoire merveilleuse, dit Vikus en prenant une grande inspiration pour la commencer. Il y a de nombreuses années vivait…

— Vikus, l'interrompit Solovet, l'histoire ferait un bon accompagnement au souper.

Gregor la remercia silencieusement. Il mourait de faim et il avait l'impression que Vikus n'était pas du genre à omettre le moindre détail.

La salle à manger était à côté de la Haute Salle. La table avait été dressée pour huit. Gregor espérait que Dulcet se joindrait à eux, mais après avoir posé Moufle dans un genre de chaise haute, elle recula de quelques pas et resta debout. Gregor était gêné de manger alors qu'elle se tenait là, mais il se dit qu'il lui attirerait des ennuis s'il disait quelque chose.

Ni Vikus ni Solovet ne s'assirent, donc Gregor décida d'attendre aussi. Très vite, Luxa fit son entrée dans une robe bien plus habillée que les vêtements qu'elle portait dans le stade. Ses cheveux lâchés tombaient comme un voile d'argent jusqu'à sa taille. Elle était accompagnée d'un garçon d'environ seize ans. Il riait à quelque chose qu'elle venait de dire, et Gregor le reconnut. C'était le cavalier du stade, qui avait été assez arrogant pour s'allonger sur sa chauve-souris alors qu'elles tournoyaient autour de sa tête.

Encore un crâneur, se dit Gregor. Mais le garçon lui lança un regard si amical que Gregor décida de lui laisser le bénéfice du doute. Luxa était énervante, mais la plupart des autres Souterriens étaient sympathiques.

— Mon cousin, Henri, introduisit sèchement Luxa, et Gregor eut envie de rire : ici, parmi tous ces noms étranges, il y avait un Henri.

Henri s'inclina devant Gregor et se redressa en souriant de toutes ses dents.

— Bienvenue, Surterrien.

Puis, il attrapa le bras de Gregor et lui chuchota théâtralement à l'oreille :

— Méfie-toi du poisson, car Luxa prévoit de t'empoisonner !

Vikus et Solovet éclatèrent de rire, même Dulcet sourit. C'était une blague. Ces gens avaient le sens de l'humour, finalement.

— Méfie-toi de *ton* poisson, Henri, rétorqua Luxa. J'ai donné l'ordre d'empoisonner les canailles en oubliant que tu dînerais avec nous.

Henri fit un clin d'œil à Gregor. « On échange nos assiettes avec celles des chauves-souris », murmura-t-il au moment où deux de celles-ci atterrissaient dans la pièce depuis la Haute Salle.

— Ah, les chauves-souris !

Gregor reconnut la monture dorée de Luxa. Une grande chauve-souris grise plana jusqu'à la chaise voisine de celle de Vikus et tout le monde s'assit.

— Gregor le Surterrien, voici Aurora et Euripède. Elles sont unies à Luxa et moi-même, dit Vikus en étendant une main vers la chauve-souris grise à sa droite.

Euripède effleura la main de son aile. Luxa et Aurora effectuèrent le même échange.

Gregor avait assimilé les chauves-souris à des chevaux, mais il voyait à présent qu'elles étaient les égales des hommes. Est-ce qu'elles parlaient ?

— Salutations, Surterrien, dit Euripède d'une voix douce et ronronnante.

Oui, elles parlaient. Gregor commençait à se demander si son poisson voudrait papoter pendant qu'il le découperait.

La Chute

— Enchanté, dit poliment Gregor. Vous êtes « unis » ?
Qu'est-ce que ça veut dire ?

— Peu de temps après notre arrivée en Souterre,
nous avons créé une alliance spéciale avec les chauves-
souris, expliqua Solovet. Les avantages de s'allier
étaient clairs pour les deux parties. Mais au-delà de
notre alliance, des humains et des chauves-souris
peuvent former leur propre lien. C'est ce qui s'appelle
« s'unir ».

— Et qu'est-ce que vous faites si vous êtes unis à
une chauve-souris ? Je veux dire, à part jouer à la balle
ensemble.

Il y eut une pause pendant laquelle les convives
échangèrent des regards lourds de sous-entendus. Il
avait encore gaffé.

— Nous nous maintenons mutuellement en vie, dit
Luxa avec froideur.

Il avait eu l'air de se moquer de quelque chose de
sérieux.

— Oh, je ne savais pas, dit Gregor.

— Bien sûr que non, dit Solovet en lançant un
regard à Luxa. Vous n'avez pas d'équivalent sur votre
terre.

— Est-ce que vous vous unissez aussi aux Grouilleurs ?

Henri laissa échapper un grognement.

— Je préférerais m'unir à une pierre ! Au moins, je
serais sûr qu'elle ne fuirait pas devant une bataille.

Luxa sourit.

— Et tu pourrais la lancer. Je suppose que tu pourrais lancer un Grouilleur…

— Mais alors, il faudrait que je le touche ! finit Henri, et tous deux éclatèrent de rire.

— Les Grouilleurs n'ont pas une réputation de grands guerriers, expliqua Vikus à Gregor.

Ni lui ni Solovet ne riaient. Il se tourna vers Luxa et Henri.

— Et pourtant, ils survivent. Peut-être aurez-vous plus de respect pour eux quand vous comprendrez la raison de leur longévité.

Henri et Luxa essayèrent d'avoir l'air sérieux mais leurs yeux pétillaient toujours.

— Cela n'a pas de conséquence pour les Grouilleurs, que je les respecte ou non, dit Henri.

— Peut-être pas, mais le fait que Luxa les respecte a de grandes conséquences. En tout cas, cela en aura dans cinq ans quand elle aura l'âge de régner, dit Vikus. À ce moment-là, une blague stupide au détriment des Grouilleurs pourrait faire la différence entre notre existence et notre annihilation. Ils n'ont pas besoin d'être des guerriers pour faire pencher la balance du pouvoir en Souterre.

Ce qui acheva de calmer Luxa, mais tua aussi la conversation. Une pause inconfortable s'étira en un silence gênant. Gregor pensait avoir compris ce que voulait dire Vikus. Il valait mieux compter les Grouilleurs parmi ses amis que parmi ses ennemis, et les humains ne devaient pas les insulter à tort et à travers.

À son grand soulagement, le repas arriva, et un ser-
viteur Souterrien déposa une série de petits bols en arc
de cercle autour de lui. Au moins trois contenaient différents types de champignons. Un autre était rempli
d'une céréale ressemblant à du riz et, dans le plus
petit, il y avait une poignée de légumes frais. Devant la
maigre portion, Gregor devina que les quelques
feuilles vertes étaient censées être une vraie friandise.

Un plat sur lequel était disposé un poisson grillé
entier fut placé devant lui. Le poisson ressemblait à ceux
que Gregor connaissait, à la différence près qu'il n'avait
pas d'yeux. Un jour, son père et lui avaient regardé un
documentaire sur des poissons qui vivaient dans de profondes failles sous-marines et qui n'avaient pas d'yeux
non plus. Le plus bizarre, c'était que lorsque des scienti-
fiques en avaient rapporté quelques-uns pour les étu-
dier en laboratoire, les poissons avaient senti la lumière
et développé des yeux. Pas immédiatement, mais sur
quelques générations.

Son père avait été passionné par l'émission et avait
emmené Gregor au musée d'Histoire naturelle à la
recherche des poissons sans yeux. Après ça, ils s'étaient
souvent retrouvés au musée, juste tous les deux. Son
père adorait les sciences et on aurait dit qu'il voulait
transvaser tout ce qu'il y avait dans sa tête directement
dans le cerveau de son fils. C'était un peu risqué, car
une simple question pouvait donner lieu à une explication d'une demi-heure. Sa grand-mère disait toujours : « Demande l'heure à ton père, il t'expliquera

comment construire une horloge. » Mais ça le rendait tellement heureux de tout lui expliquer, et Gregor était simplement heureux d'être avec lui. En plus, Gregor adorait l'exposition sur la forêt tropicale, et la cafétéria avec ses frites en forme de dinosaures. Ils n'avaient jamais vraiment compris comment les poissons avaient réussi à se faire repousser des yeux. Son père avait quelques théories, bien sûr, mais il ne pouvait pas expliquer comment ils avaient pu changer si vite.

Gregor se demanda combien de temps il fallait à des humains pour devenir transparents avec des yeux violets. Il se tourna vers Vikus.

— Donc, vous alliez me raconter comment vous êtes arrivés ici ?

Pendant que Gregor essayait de ne pas engloutir sa nourriture, qui se révéla être délicieuse, Vikus le mit au courant de l'histoire de Régalia.

Tout n'était pas clair, mais apparemment les habitants étaient arrivés d'Angleterre au XVIIe siècle.

— Oui, ils étaient menés par un tailleur de pierre, Bartholomé de Sandwich, dit Vikus, et Gregor dut faire un effort pour garder son sérieux. Il prédisait l'avenir grâce à des visions. Il vit la Souterre en rêve et partit à sa recherche.

Sandwich et un groupe de disciples avaient navigué jusqu'à New York, où ils avaient été accueillis à bras ouverts par la tribu locale. La Souterre n'avait pas de secret pour les Amérindiens qui descendaient régulièrement célébrer des rituels sous la surface depuis des centaines d'années. Ils ne tenaient pas à y vivre, et cela leur était égal que Sandwich soit assez fou pour essayer.

— Bien sûr, il était tout à fait sain d'esprit, dit Vikus. Il savait qu'un jour toute vie serait éteinte sur la Terre, à l'exception de ce qui vivrait sous la surface.

Gregor se dit qu'il serait malpoli de faire remarquer à Vikus que des milliards de gens vivaient là-haut, en ce moment même. À la place, il demanda :

— Donc tout le monde a fait ses bagages et a emménagé ici ?

— Mon Dieu, non ! Il fallut cinquante ans pour que les huit cents premiers habitants soient en bas et les portes de la Souterre scellées. Nous devions être sûrs de pouvoir nous nourrir et avoir des murs pour nous protéger. Rome ne s'est pas faite en un jour, dit Vikus en riant. C'est ce qu'avait l'habitude de dire Fred Clark le Surterrien.

— Qu'est-ce qui lui est arrivé ? demanda Gregor en empalant un champignon.

L'assemblée se tut.

— Il est mort, dit doucement Solovet. Il est mort sans votre soleil.

Gregor reposa le champignon dans son assiette. Il regarda Moufle, couverte des pieds à la tête d'une sorte de purée pâteuse pour bébé. À moitié endormie, elle dessinait des gribouillis de sauce sur la table avec ses doigts.

— Notre soleil, répéta Gregor.

Est-ce qu'il était couché ? Est-ce qu'il était l'heure d'aller dormir ? Les policiers étaient-ils partis, ou étaient-ils encore là à interroger sa mère ? S'ils n'étaient plus là, il savait où elle serait. Assise à la table de la cuisine. Seule dans l'obscurité. En larmes.

Soudain, il ne voulait plus entendre un mot sur la Souterre. Il devait absolument en sortir.

CHAPITRE
7

L'obscurité oppressait Gregor, au point qu'il avait l'impression qu'elle était palpable, comme de l'eau. Il n'avait jamais vécu complètement sans lumière. À la maison, les lampadaires de la rue, les phares des voitures et parfois les gyrophares des pompiers illuminaient sa chambre la nuit. Ici, une fois la lampe à huile éteinte, c'était comme s'il avait complètement perdu la vue.

Il avait été tenté de rallumer la lampe. Mareth lui avait dit qu'il pouvait raviver la flamme au moyen des torches qui brûlaient toute la nuit dans le couloir de sa chambre. Mais il voulait économiser l'huile. Une fois sorti de Regalia, il serait perdu s'il venait à en manquer.

Moufle renifla et pressa son dos contre son flanc. Il resserra son bras autour d'elle. Des serviteurs avaient préparé pour eux des lits séparés, mais Moufle avait grimpé avec lui dans son lit sans hésitation.

Il n'avait pas été difficile de convaincre les Souterriens de les laisser aller se coucher. Tout le monde voyait bien que Moufle pouvait à peine garder les yeux ouverts, et Gregor devait avoir l'air assez épuisé lui-même. Il ne l'était pas. L'adrénaline le maintenait si éveillé qu'il avait peur qu'on puisse entendre battre son cœur à travers les épais rideaux qui séparaient leur chambre du hall. Il n'aurait jamais pu dormir.

On les avait invités à se baigner de nouveau avant de se coucher. C'était assez indispensable pour Moufle qui, en plus du ragoût, avait shampouiné ses boucles avec un genre de crème dessert. Gregor n'avait pas non plus objecté. La salle de bains lui permettait d'élaborer son plan d'évasion en paix.

Ça lui donnait aussi l'occasion d'interroger Dulcet sur le système d'eau courante du palais sans paraître suspect.

— Comment se fait-il que vous ayez de l'eau chaude et froide ?

Elle répondit que l'eau était pompée de plusieurs sources de températures différentes.

— Et ensuite elle s'écoule à nouveau dans une source ? demanda-t-il innocemment.

— Oh non, ce ne serait pas pur. L'eau sale s'écoule sous le palais, dans une rivière qui elle-même se jette dans la Voie d'Eau.

C'était tout ce qu'il avait besoin de savoir. La rivière sous le palais serait leur issue. Encore mieux, elle menait à la Voie d'Eau. Gregor ne savait pas exactement ce que c'était, mais Vikus avait mentionné qu'il s'y trouvait deux passages vers la Surterre.

Moufle s'agita à nouveau dans son sommeil, et Gregor la caressa pour la calmer. La maison n'avait pas semblé lui manquer jusqu'au coucher. Mais quand il lui avait dit que c'était l'heure de dormir, elle avait eu l'air inquiet.

— Mama ? avait-elle demandé. Lizzzzy ?

Était-ce seulement ce matin que Lizzie avait pris le bus pour la colo ? On aurait dit que ça faisait mille ans.

— Maison ? Mama ? avait insisté Moufle.

Bien qu'elle soit épuisée, il avait eu du mal à l'endormir. À présent, elle n'arrêtait pas de bouger dans son sommeil : elle devait faire des rêves troublants. *Probablement remplis de chauves-souris et de cafards géants*, pensa-t-il.

Il n'avait aucun moyen de savoir combien de temps s'était écoulé. Une heure ? Deux ? Mais le peu de bruit qu'il entendait à travers le rideau avait cessé. S'il voulait vraiment mettre son projet à exécution, c'était maintenant ou jamais.

Gregor se dégagea doucement de Moufle et se leva. Il tâtonna dans le noir et trouva le harnais que lui avait donné Dulcet. Il fut plus difficile de positionner Moufle à l'intérieur. Finalement, il ferma les yeux et laissa ses autres sens prendre le relais. C'était plus simple. Il la glissa dedans et passa les épaules dans les courroies du sac.

Moufle murmura « Mama », et sa tête tomba contre son épaule.

— J'y travaille, bébé, lui chuchota-t-il tout en cherchant la lampe sur la table. C'était tout ce qu'il emportait. Moufle, le harnais et la lampe. Il aurait besoin d'avoir les mains libres.

Gregor avança à tâtons jusqu'au rideau et en écarta le bord. Il y avait assez de lumière depuis le bout du hall pour voir que le passage était désert. Les Souterriens n'avaient pas pris la peine de poster des gardes à la porte de Gregor à présent qu'ils le connaissaient mieux. Ils faisaient un effort pour qu'il se sente plus comme un invité et de toute façon, où pourrait-il aller ?

Le long de la rivière, songea-t-il gravement. *Où que cela me mène.*

Il rasa le mur en prenant soin de poser silencieusement ses pieds nus. Heureusement, Moufle ne broncha pas. Son plan se désagrégerait si elle se réveillait avant qu'il soit sorti du palais.

Leur chambre était proche de la salle de bains, une chance, et Gregor suivit le bruit de l'eau. Son plan était simple. La rivière coulait sous le palais. S'il pouvait, à l'oreille, suivre l'eau jusqu'au rez-de-chaussée, il trouverait l'endroit où elle s'écoulait dans la rivière. Les salles de bains n'étaient pas toujours près des escaliers et il dut plusieurs fois revenir sur ses pas pour ne pas perdre le son de l'eau courante. Deux fois, il dut se cacher en apercevant des Souterriens. Ils n'étaient pas nombreux à veiller, mais quelques gardes patrouillaient dans le palais la nuit.

Enfin, le ruissellement se fit plus fort et il atteignit le niveau le plus bas du bâtiment. Son ouïe le guida jusqu'à l'endroit où le grondement était le plus sonore et il passa une porte.

Un instant, Gregor songea presque à abandonner son plan. Quand Dulcet avait parlé de « rivière », il avait pensé aux rivières qui traversaient New York. Celle-ci semblait tout droit sortie d'un film d'aventures. Elle n'était pas très large, mais le courant était tellement fort que la surface bouillonnait d'écume. Il ne pouvait deviner sa profondeur, mais elle était assez puissante pour charrier de gros troncs comme s'il s'agissait de canettes de soda vides. Pas étonnant que les Souterriens n'aient pas pris la peine de poster un garde sur le quai. La rivière était plus dangereuse qu'une armée de gardes.

Mais on doit pouvoir voyager dessus : ils ont des bateaux, pensa Gregor en remarquant une demi-douzaine d'embarcations suspendues au-dessus des eaux déchaînées. Elles étaient faites d'une espèce de peau tendue sur un cadre en bois. Elles lui rappelaient les canoës en colo.

La colo ! Pourquoi ne pouvait-il pas être en colo, comme un enfant normal ?

En essayant de ne pas penser aux troncs d'arbre tournoyants, il alluma sa lampe à huile à une torche du quai. Après réflexion, il prit la torche avec lui. Là où il allait, la lumière serait aussi importante que l'air. Il souffla la lampe pour économiser l'huile.

Avec précaution, il monta dans un des bateaux et l'inspecta. La torche entrait dans un anneau clairement conçu pour la maintenir.

Comment est-ce qu'on est censé faire descendre ce truc dans l'eau ? se demanda-t-il. Deux cordes maintenaient l'embarcation suspendue. Elles étaient accrochées à une roue en métal fixée au quai.

— Bon, ben quand faut y aller... dit Gregor en tirant un bon coup sur la roue.

Elle grinça bruyamment et le bateau tomba directement dans l'eau, envoyant valser Gregor qui se retrouva sur les fesses.

Le courant emporta l'embarcation comme une feuille morte. Gregor s'agrippa aux bords de toutes ses forces alors qu'ils fonçaient dans l'obscurité. Entendant des voix, il parvint à se retourner un instant vers le quai. Deux Souterriens lui criaient quelque chose. La rivière vira et ils disparurent de sa vue.

Est-ce qu'ils le poursuivraient ? Bien sûr qu'ils le poursuivraient. Mais il avait une longueur d'avance. À quelle distance se trouvait la Voie d'Eau ? Qu'était la Voie d'Eau, et, une fois là-bas, où aller ensuite ?

Gregor aurait été plus préoccupé par ces questions s'il n'avait pas été en train d'essayer désespérément de rester en vie. En plus des troncs d'arbre, il devait éviter les gros rochers noirs qui jalonnaient la rivière. Il trouva une rame au fond du bateau et l'utilisa pour repousser le canoë loin des rochers.

La Chute

Depuis son arrivée, il avait apprécié la fraîcheur de la Souterre, surtout après les trente-cinq degrés de son appartement. Mais le vent froid qui fouettait la surface de l'eau lui donnait maintenant la chair de poule.

Il crut entendre quelqu'un l'appeler : « Gregor ! »

Était-ce son imagination ou... non ! Il l'entendit de nouveau. Les Souterriens se rapprochaient.

La rivière tourna encore et soudain il y vit un peu plus clair. Une longue caverne bordée de cristaux scintillait autour de lui, reflétant la lumière de sa torche.

Gregor distingua une plage étincelante qui s'étendait un peu plus loin. Un tunnel menait du sable vers l'obscurité. Sans réfléchir, Gregor évita un rocher et dirigea le canoë vers la plage. Il pagaya de toutes ses forces pour atteindre la rive. Il ne servait à rien de rester sur l'eau. Les Souterriens étaient en train de le rattraper. Peut-être avait-il le temps d'atteindre la grève et de se cacher dans le tunnel. Une fois ses poursuivants passés, il pourrait attendre quelques heures avant de tenter à nouveau de suivre la rivière.

L'embarcation percuta la berge, et il s'en fallut de peu pour que le visage de Gregor ne percute le fond du bateau. Moufle se réveilla à moitié et pleura un peu mais il parvint à la rendormir en lui parlant doucement, tout en luttant pour traîner d'une main son vaisseau sur la plage, l'autre main portant toujours la torche.

— Tout va bien, Moufle. Chut... Rendors-toi.

— Bonjou, chaussou-is, murmura-t-elle, et sa tête retomba sur l'épaule de Gregor.

Gregor entendit son nom au loin et accéléra. Il était parvenu à l'entrée du tunnel quand il heurta quelque chose de chaud et de poilu. Surpris, il recula en titubant et laissa tomber sa torche. La créature avança dans la lumière ténue. Les genoux de Gregor lâchèrent et il s'effondra lentement sur le sable.

Un large sourire se dessina sur le visage d'un rat monstrueux.

ChAPITRE
8

— Ah, te voilà enfin, dit paresseusement le rat. À ton odeur, on t'attendait il y a des heures. Regarde, Fangor, il a amené la petite.

Un long nez apparut par-dessus l'épaule du premier rat. Il n'était pas seul.

— Quelle friandise elle fait, dit Fangor d'une voix lisse et riche. Je te laisse tout le garçon si tu me laisses la chance d'avoir la douceur de la petite pour moi seul, Shed.

— C'est tentant, mais il a plus d'os que de viande, et elle fait un si bon morceau, dit Shed. Je me trouve très partagé par ton offre. Lève-toi, garçon, que nous jaugions tes formes.

Les cafards étaient étranges, les chauves-souris intimidantes, mais ces rats étaient purement et simplement terrifiants.

Accroupis, ils faisaient bien un mètre quatre-vingts et leurs jambes… leurs bras… enfin leurs membres, quoi, étaient gonflés de muscles sous leur fourrure grise. Mais le pire de tout, c'était leurs dents, des incisives de quinze centimètres qui dépassaient de leurs moustaches.

Non, le pire était qu'ils avaient clairement l'intention de manger Gregor et Moufle. On pouvait croire que les rats ne mangeaient pas les humains, mais Gregor connaissait la vérité. Même les rats de taille normale, chez lui, attaquaient les gens sans défense : les bébés, les vieux, les faibles et les malades. Il y avait des histoires... le SDF dans la ruelle... un petit garçon qui avait perdu deux doigts... elles étaient trop horribles pour y penser.

Gregor se releva lentement, récupérant la torche au passage mais la gardant baissée à son côté. Il recula de façon à ce que le dos de Moufle touche le mur de la caverne.

Le nez de Fangor frissonna.

— Celui-ci a mangé du poisson au dîner, des champignons, du grain, et juste un peu de feuilles. Tu dois admettre que c'est un délicieux bouquet de saveurs, Shed.

— Mais la petite s'est gorgée de vache bouillie et de crème, rétorqua Shed. Sans parler du fait qu'elle est clairement nourrie au lait.

Gregor comprenait à présent pourquoi ils faisaient tout un plat de leur bain. Si les rats pouvaient détecter la poignée de légumes qu'il avait mangée des heures auparavant, ils devaient avoir un odorat extraordinaire.

En insistant pour qu'il se lave, les Souterriens n'essayaient pas d'être désagréables, juste de le garder en vie !

La Chute

D'un coup, après avoir tenté de leur échapper, Gregor se prit à souhaiter désespérément qu'ils le trouvent. Il devait garder les rats à distance. Ça lui ferait gagner du temps. L'expression le frappa. Vikus avait dit que le tuer ne donnerait pas de temps aux cafards. Par « temps », les Souterriens voulaient-ils simplement dire plus de « vie » ?

Il épousseta ses vêtements et essaya d'adopter le badinage nonchalant des rats.

— Est-ce que j'ai mon mot à dire sur la question ? demanda-t-il.

À sa grande surprise, Fangor et Shed éclatèrent de rire.

— Il parle ! s'exclama Shed. Il nous gâte ! D'habitude, nous n'avons droit qu'à des cris et des gémissements ! Dis-nous, Surterrien, qu'est-ce qui te rend si courageux ?

— Oh, je ne suis pas courageux, dit Gregor. Je parie que vous pouvez le sentir.

Les rats rirent à nouveau.

— C'est vrai, ta sueur exsude la peur, mais pourtant tu as réussi à nous adresser la parole.

— Eh bien, je me dis que vous aimeriez peut-être apprendre à mieux connaître votre repas.

— Je l'aime bien, Shed ! s'écria Fangor.

— Moi aussi ! répondit Shed en s'étranglant de rire. Les humains sont généralement si ennuyeux. On peut le garder, dis, Fangor ?

— Oh, Shed, comment faire ? Cela demanderait beaucoup d'explications et, qui plus est, toute cette hilarité me donne faim.

— À moi aussi, dit Shed. Mais tu dois admettre, il est bien dommage de manger une proie si amusante.

— Bien dommage, Shed, reprit Fangor. Mais c'est sans remède. Commençons, veux-tu ?

Là-dessus, les deux rats montrèrent les dents et se rapprochèrent de lui. Gregor fendit l'air de sa torche, envoyant voler une pluie d'étincelles. Il la tint en face de lui à deux mains, comme une épée, illuminant pleinement son visage.

Les rats s'arrêtèrent net. Il crut d'abord qu'ils craignaient la flamme, mais c'était autre chose. Ils semblaient stupéfaits.

— Vois-tu, Shed, sa teinte, dit Fangor à mi-voix.

— Je la vois, Fangor, répondit doucement Shed. Et ce n'est qu'un enfant. Penses-tu qu'il soit… ?

— Il ne le sera pas si nous le tuons ! gronda Fangor, et il s'élança vers la gorge de Gregor.

La première chauve-souris arriva sans le moindre bruit, si bien que ni Gregor ni les rats ne la virent. Elle intercepta Fangor au milieu de son saut, déviant sa trajectoire.

Fangor percuta Shed et les rats atterrirent pêle-mêle sur le sol. Ils se remirent immédiatement sur pied et se tournèrent vers leurs assaillants.

Gregor vit Henri, Mareth et Perdita zigzaguer sur leurs chauves-souris au-dessus de la tête des rats. Il leur était déjà difficile de s'éviter dans cet espace limité, ils devaient aussi esquiver les griffes acérées des rongeurs. Fangor et Shed sautaient facilement à trois mètres de haut et le plafond scintillant de la plage ne s'élevait pas beaucoup plus.

Les humains descendaient en piqué sur les rats, l'épée à la main. Fangor et Shed se défendaient brutalement à coups de griffes et de dents. La plage commença à être tachée de sang, mais Gregor n'aurait su dire à qui il appartenait.

— Sauve-toi ! cria Henri à Gregor en passant en coup de vent à côté de lui. Sauve-toi, Surterrien !

Une partie de lui aurait aimé suivre ce conseil, mais c'était impossible. D'abord, il n'avait pas la moindre idée d'où aller. Son bateau était plus haut sur la plage et le tunnel… eh bien, il préférait tenter sa chance à l'extérieur que dans un tunnel s'il devait affronter des rats.

Encore plus important, il savait que les Souterriens étaient là à cause de lui. Il ne pouvait pas s'enfuir en les laissant seuls face aux rats.

Mais que faire ?

À ce moment-là, Shed attrapa l'aile de la chauve-souris de Mareth entre ses dents et s'y accrocha. L'animal essaya de se dégager, mais Shed tint bon. Perdita arriva derrière le rat et lui trancha l'oreille d'un coup d'épée. Shed hurla de douleur, libérant l'aile.

Mais alors que Perdita remontait de son piqué, Fangor sauta à la gorge de sa monture et précipita la jeune femme au sol. En atterrissant, Perdita se cogna la tête contre le mur de la caverne et perdit connaissance. Fangor surgit devant elle et avança les dents vers sa gorge.

Gregor ne réfléchit pas. Un instant il était pressé contre le mur, et l'instant d'après il se précipitait en avant et avait enfoncé sa torche dans le visage de Fangor. Le rat poussa un cri aigu et tituba en arrière, s'empalant sur l'épée d'Henri. Le corps sans vie du rat s'effondra au sol, entraînant l'épée avec lui.

Le cri de Fangor réveilla finalement Moufle qui jeta un coup d'œil par-dessus l'épaule de Gregor et se mit à pleurer à pleins poumons. Ses hurlements se répercutèrent sur les murs, enrageant Shed et désorientant les chauves-souris.

— Comment voles-tu, Mareth ? cria Henri.

— Nous pouvons tenir ! répondit Mareth, malgré le ruisseau de sang coulant de l'aile blessée de sa monture.

La situation paraissait désespérée. La chauve-souris de Mareth était en train de perdre le contrôle, Henri était désarmé, Perdita inconsciente, sa chauve-souris haletait sur le sol, Moufle hurlait et Shed était fou de douleur et de peur. Bien qu'il saigne abondamment, il n'avait rien perdu de sa vitesse ni de sa rapidité.

Mareth essayait désespérément de protéger Perdita du rat, mais il était seul. Henri interférerait en vol mais il ne pouvait pas trop se rapprocher sans épée. Gregor était accroupi devant Perdita, la torche à la main. Une bien fragile défense face à Shed, mais il ne pouvait rester sans rien faire.

Alors, Shed bondit et attrapa les pattes de la chauve-souris de Mareth. Celle-ci percuta le mur, entraînant Mareth avec elle. Le rat se tourna vers Gregor.

— À présent, meurs ! s'écria Shed.

Moufle hurla de terreur quand Shed s'élança sur eux. Gregor retint son souffle, mais Shed ne l'atteignit jamais. À la place, le rat émit un gargouillis en tentant d'agripper la lame qui sortait de sa gorge.

Gregor aperçut la chauve-souris de Luxa, Aurora, faire un looping pour se remettre à l'endroit. Il n'avait pas la moindre idée du moment où elle était arrivée. Luxa devait voler complètement à l'envers quand elle avait embroché Shed. Bien que Luxa se soit plaquée sur le dos de sa monture, Aurora parvint de justesse à terminer sa manœuvre sans la racler contre le plafond.

Shed s'écroula contre le mur de la caverne, sans force pour se battre. Ses yeux transpercèrent ceux de Gregor.

— Surterrien, gargouilla-t-il, jusqu'au dernier rat nous te pourchasserons.

Et à ces mots, il rendit l'âme.

Gregor n'eut qu'un instant pour reprendre son souffle avant qu'Henri n'atterrisse à ses côtés. Ce dernier le repoussa sur la plage, prit Perdita dans ses bras et décolla en criant : « Brûlez tout ! »

Saignant abondamment d'une coupure au front, Mareth ôtait déjà les épées des corps de Shed et

Fangor. Il traîna les rats dans la rivière qui emporta rapidement leurs cadavres. Sa chauve-souris retrouva péniblement l'usage de son aile et il sauta sur son dos. Mareth saisit le harnais de Moufle et hissa Gregor sur le ventre devant lui.

Le jeune garçon vit Aurora attraper la chauve-souris blessée de Perdita par l'épaule. Luxa avait récupéré la lampe à huile dans le bateau. Alors qu'ils s'élevaient dans les airs, elle la laissa tomber sur le sol où elle se brisa.

— Jette la torche ! cria Mareth à Gregor qui parvint à décrisper ses doigts pour la lâcher.

La dernière chose qu'il vit lorsqu'ils sortirent de la caverne fut la plage qui s'enflammait.

ChAPITRE
9

Gregor regardait l'eau défiler sous lui, agrippé à la chauve-souris. Pendant un moment, il se sentit soulagé d'avoir échappé aux rats. Mais la terreur de fendre l'air sur une chauve-souris blessée le rattrapa rapidement.

Les bras de Moufle lui serraient le cou si fort qu'il pouvait à peine respirer, et encore moins parler. Et qu'aurait-il dit à Mareth, de toute façon ? « Mince, je suis vraiment désolé de ce qui s'est passé sur la plage » ?

Il ne pouvait pas savoir, bien sûr, pour les rats. Mais les Souterriens n'avaient-ils pas essayé de le prévenir ? Non, ils avaient parlé de danger mais personne n'avait mentionné spécifiquement les rats, à part les cafards. « Rats mauvais », avait dit l'un deux. Et plus tard, pour marchander avec Luxa, ils avaient dit que les rats auraient payé plus cher pour les avoir. Moufle et lui auraient pu être vendus aux rats, et après, quoi ?

Tout à coup, il eut la nausée et ferma les paupières pour ne plus voir l'eau tourbillonnante. Mais l'image du carnage dans la caverne envahit son esprit et il décida qu'il valait mieux regarder la rivière. Celle-ci fit place à l'obscurité totale à mesure qu'ils s'éloignaient du feu. Quand une lumière se refléta à nouveau sur les vagues, il sut qu'ils approchaient de Regalia.

Un groupe de Souterriens attendait sur le quai. Ils emportèrent immédiatement Perdita et sa chauve-souris blessée. Ils essayèrent de mettre Mareth sur un brancard, mais il refusa et insista pour aider à transporter sa monture à l'intérieur.

Gregor resta assis sur le quai, là où Mareth l'avait poussé quand ils avaient atterri. Il aurait aimé disparaître. Moufle était silencieuse à présent, mais il sentait que ses petits muscles étaient raides de peur. Quinze, vingt minutes passèrent. Il n'aurait su dire.

— Debout ! gronda quelqu'un et, levant les yeux, il rencontra le regard noir de Mareth.

L'entaille sur son front avait été bandée, le côté droit de son visage était bleu et enflé.

— Lève-toi, Surterrien ! aboya Mareth.

Avait-il vraiment trouvé ce gars timide, quelques heures plus tôt ?

Gregor étendit lentement ses jambes raides et se leva. Mareth lui attacha solidement les mains derrière le dos. Pas de doute, cette fois : il était bien prisonnier. Un autre garde rejoignit Mareth et ils le firent marcher devant eux. Ses jambes engourdies se mirent en mouvement. Qu'est-ce qu'ils allaient lui faire, maintenant ?

Il ne fit pas attention au trajet. Il se contenta d'avancer dans la direction où on le poussait. Il eut la vague impression de monter de nombreuses marches avant d'entrer dans une grande pièce hexagonale. Une table occupait le centre de la pièce. Mareth l'assit sur un tabouret devant la cheminée où brûlait un feu. Les deux gardes reculèrent de quelques pas, sans le quitter des yeux une seconde.

Je suis si dangereux que ça, se dit-il, incrédule.

Moufle se mit à remuer dans son dos. Elle tira sur une de ses oreilles.

— Maison ? supplia-t-elle. Va maison, Guégo ?

Gregor n'avait pas de réponse à lui donner.

Des gens passaient en courant devant la porte, s'exclamant avec excitation. Quelques-uns lui jetèrent un coup d'œil, mais personne n'entra.

À la chaleur du feu, il réalisa qu'il était gelé. L'eau de la rivière l'avait trempé jusqu'à la taille et frissonnait à cause du vent et de l'horreur de ce qu'il avait vu. De ce à quoi il avait participé.

Moufle était en meilleur état. Son harnais était apparemment imperméable, et elle était pressée contre lui. Mais ses orteils étaient quand même froids comme des glaçons.

La fatigue s'abattit sur Gregor. Il aurait aimé s'allonger, juste s'allonger, s'endormir et se réveiller dans sa chambre, où les phares des voitures passaient sur le mur. Mais il avait cessé d'espérer que tout cela ne soit qu'un rêve.

Qu'était-il arrivé aux Souterriens ? Perdita ? Sa chauve-souris blessée ? Et celle de Mareth ? Si elles mouraient, ce serait de sa faute. Il n'essaierait même pas de le nier.

Juste à ce moment-là, Luxa apparut. Livide de rage, elle traversa la pièce et le frappa au visage. Sa tête partit sur le côté et Moufle poussa un cri.

— Pas taper ! couina-t-elle. Non, non, non, pas taper !

Elle menaça Luxa de son petit doigt. Frapper qui que ce soit était absolument interdit chez Gregor, et il n'avait fallu à Moufle que quelques « mises au coin » pour le comprendre.

Apparemment, ce n'était pas non plus toléré chez les Souterriens car Gregor entendit la voix de Vikus résonner à la porte.

— Luxa !

Luxa s'approcha de l'âtre et fixa résolument le feu. À son air furieux, Gregor devina qu'elle aurait adoré le gifler de nouveau.

— Quelle honte, Luxa, dit Vikus en la rejoignant.

Elle se retourna pour lui cracher son venin.

— Deux Planeurs sont au sol et nous n'arrivons pas à réveiller Perdita, tout ça parce que le Surterrien veut s'évader ! Le frapper ? Moi, je propose de le jeter dans la Morterre et le laisser se débrouiller.

— Quoi qu'il en soit, Luxa, ce n'est pas convenable, dit Vikus, mais Gregor voyait bien que la tirade de la jeune fille l'avait alarmé. Les deux rats sont morts ? demanda-t-il.

— Morts et dans la rivière, dit Luxa. Nous avons brûlé l'endroit.

— Cette question du « nous », toi et moi en reparlerons plus tard, dit sévèrement Vikus. Le Concile n'est pas content.

— Ce qui plaît ou non au Concile m'est égal, marmonna Luxa en évitant le regard de Vikus.

Donc elle n'était pas censée être là, pensa Gregor. *Elle s'est attiré des ennuis, elle aussi.* Il aurait aimé pouvoir profiter de ce moment, mais il était trop pétri d'inquiétude, d'épuisement et de culpabilité pour vraiment s'en soucier. Qui plus est, Luxa lui avait sauvé la vie en tuant Shed. Il lui devait une fière chandelle, en fait, mais sa joue était toujours en feu à cause de la gifle, donc il ne le mentionna pas.

— Pas taper, dit à nouveau Moufle.

Vikus se tourna vers eux. Comme Luxa, Gregor fut incapable de soutenir son regard.

— Quelle a été l'attitude du Surterrien, Luxa ? Le combat ou la fuite ? demanda Vikus.

— Henri dit qu'il s'est battu, admit Luxa avec réticence. Mais sans talent ni connaissance des armes.

Gregor eut envie de crier : « Hé ! Je n'avais qu'une stupide torche ! » Mais à quoi bon ?

— Dans ce cas, il a beaucoup de courage, dit Vikus.

— Le courage sans la prudence amène une mort prématurée, c'est ce que tu me répètes tous les jours.

— C'est ce que je te répète, et m'entends-tu ?
répliqua Vikus en levant les sourcils. Tu n'entends pas,
et lui non plus. Vous êtes tous deux trop jeunes pour
être déjà sourds. Détachez ses mains et laissez-nous,
ordonna-t-il aux gardes.

Gregor sentit une lame trancher les cordes autour
de ses poignets. Il frotta les marques pour essayer de
rétablir la circulation. Sa joue le lançait, mais il ne donnerait pas à Luxa la satisfaction de le voir la toucher.

Moufle tendit la main par-dessus son épaule et
caressa les empreintes sur ses poignets.

— Aïe, gémit-elle. Aïe.

— Je vais bien, Moufle, la rassura-t-il, mais elle
secoua la tête.

— Assemblons-nous ici, dit Vikus en s'asseyant à la
table.

Ni Gregor ni Luxa ne bougèrent.

— Assemblons-nous ici, car nous devons discuter !
répéta Vikus en frappant de la main la surface de
pierre.

Cette fois ils s'assirent, aussi loin que possible l'un
de l'autre.

Gregor tira Moufle hors du sac à dos. Elle s'installa
sur ses genoux, enroula fermement les bras de Gregor
autour d'elle et contempla Vikus et Luxa avec de
grands yeux solennels.

*Je suppose qu'après ce soir, Moufle ne pensera plus que le
monde entier est son ami*, songea Gregor. Il fallait bien

qu'elle le découvre un jour, mais ça l'attristait quand même.

Vikus prit la parole :

— Gregor le Surterrien, il y a tant que tu ne comprends pas. Tu ne parles pas, mais ton visage parle pour toi. Tu es inquiet. Tu es en colère. Tu es convaincu d'avoir eu raison de fuir ceux qui te retenaient contre ta volonté, mais tu ressens cruellement ce que nous avons enduré pour te sauver. Nous ne t'avons pas parlé des rats, et pourtant Luxa te blâme pour nos pertes. Nous semblons être tes ennemis, et pourtant nous t'avons donné du temps.

Gregor ne répondit pas. Il trouvait que ça résumait bien la situation, moins la gifle de Luxa. Vikus lut dans ses pensées.

— Luxa n'aurait pas dû te frapper, mais cette bataille faisait risquer une mort horrible à ceux qu'elle aime. Elle le ressent fortement, car ses deux parents ont été tués par des rats.

— Ce ne sont pas ses affaires ! hoqueta Luxa.

Elle avait l'air si bouleversé que Gregor faillit objecter lui aussi. Quoi qu'elle lui ait fait, cela ne le regardait pas.

— Mais j'en fais ses affaires, Luxa, car j'ai des raisons de croire que Gregor lui-même manque d'un père, continua Vikus.

C'était au tour de Gregor d'avoir l'air choqué.

— Comment savez-vous cela ?

— Je n'en suis pas sûr, je ne fais que deviner. Dis-moi, Gregor le Surterrien, reconnais-tu ceci ?

Vikus mit la main dans son manteau et en tira quelque chose.

C'était un anneau en métal. Plusieurs clés y pendaient. Mais ce fut la boucle tressée en cuir rouge, noir et bleu qui arrêta le cœur de Gregor. Il l'avait fabriquée lui-même en cours de travaux manuels, dans la fameuse colo où Lizzie était en ce moment. Vous pouviez faire trois choses : un bracelet, un marque-page ou un porte-clés. Gregor avait choisi le porte-clés.

Son père ne se déplaçait jamais sans.

DEUXIÈME PARTIE

La Quête

CHAPITRE
1

Quand le cœur de Gregor se remit à battre, ce fut si fort qu'il craignit de le voir jaillir hors de sa poitrine. Sa main avança toute seule et ses doigts se refermèrent sur le porte-clés.

— Où avez-vous eu ça ?

— Je t'ai dit que des Surterriens étaient tombés avant vous. Il y a quelques années, nous en secourûmes un très semblable à toi de visage et de couleur. Je ne peux me rappeler la date exacte, dit Vikus en plaçant le porte-clés dans la main de Gregor.

Il y a deux ans, sept mois et treize jours, pensa Gregor. Tout haut, il dit :

— Ça appartient à mon père.

Il caressa la tresse de cuir usée et l'attache en métal qui permettait de la fixer à sa ceinture. Des vagues de bonheur le submergèrent. Des bribes de souvenirs lui revinrent. Son père étalant les clés en éventail pour trouver celle qui ouvrait la porte d'entrée. Son père secouant les clés devant Lizzie dans sa poussette. Son père sur un plaid à Central Park, utilisant une clé pour ouvrir un Tupperware de salade de pommes de terre.

— Ton père ?

Les yeux de Luxa s'agrandirent et une expression étrange passa sur son visage.

— Vikus, tu ne penses pas qu'il…

— Je l'ignore, Luxa. Mais les signes sont puissants, dit Vikus. Mon esprit ne cesse d'y revenir depuis qu'il est arrivé.

Luxa se tourna vers Gregor, une question dans ses yeux violets.

Quoi ? C'était quoi, maintenant, son problème ?

— Ton père, comme toi, était prêt à tout pour rentrer chez lui. Difficilement, nous le persuadâmes de rester quelques semaines mais la situation se révéla intolérable et une nuit, comme toi, il s'éclipsa, dit Vikus. Les rats l'atteignirent avant nous.

La réalité percuta Gregor de plein fouet et sa joie s'éteignit. Bien sûr, il n'y avait pas d'autre Surterrien vivant à Regalia. Vikus le lui avait dit dans le stade. Son père avait essayé de rentrer et avait rencontré les mêmes déboires que Gregor. Seulement, les Souterriens n'avaient pas été là pour le sauver. Il déglutit, la gorge serrée.

— Donc, il est mort.

— C'est ce que nous supposâmes. Mais bientôt des rumeurs nous parvinrent, selon lesquelles les rats l'avaient gardé en vie, dit Vikus. Nos espions nous le confirment régulièrement.

— Il est vivant ? demanda Gregor, à nouveau plein d'espoir. Mais pourquoi ? Pourquoi ils ne l'ont pas tué ?

— Nous ne sommes sûrs de rien, mais j'ai une théorie. Ton père est un homme de sciences, n'est-ce pas ?

— Oui, il enseigne les sciences, répondit Gregor.

Il ne voyait pas où Vikus voulait en venir. Est-ce que les rats tenaient à ce que son père leur apprenne la chimie ?

— Dans nos conversations, il était clair qu'il comprenait le fonctionnement de la nature, continua Vikus. De la foudre en boîte, du feu, des poudres qui explosent.

Gregor commençait à comprendre son idée.

— Écoutez, si vous pensez que mon père fabrique des armes ou des bombes pour les rats, oubliez ça tout de suite. Mon père ne ferait jamais ça.

— Il est difficile d'imaginer ce que nous ferions dans les grottes des rats, dit doucement Vikus. Ne pas perdre la raison doit être une lutte, ne pas perdre son honneur un effort herculéen. Je ne juge pas ton père, je cherche juste à expliquer pourquoi il a survécu si longtemps.

— Les rats se battent bien au corps à corps, mais si nous attaquons de loin, fuir est leur seule option. Plus que tout, ils souhaitent trouver un moyen de nous tuer à distance, intervint Luxa.

Elle non plus ne semblait pas accuser son père. Et apparemment, elle n'était plus en colère contre lui. Gregor aurait aimé qu'elle arrête de le regarder comme ça.

— Ma femme, Solovet, a une théorie différente, dit Vikus en s'animant un peu. Elle croit que les rats souhaitent que ton père leur fabrique un pouce !

— Un pouce ? demanda Gregor.

Moufle leva le pouce pour lui montrer.

— Oui, petite fille, je sais ce qu'est un pouce, dit-il en lui souriant.

— Les rats n'en ont pas et ne peuvent donc faire les mêmes choses que nous. Ils ne peuvent construire ni outils ni armes. Ils sont passés maîtres dans l'art de la destruction, mais la création leur échappe, expliqua Vikus.

— Réjouis-toi, Surterrien, s'ils pensent que ton père peut leur être utile. C'est tout ce qui lui donnera du temps, conclut tristement Luxa.

— Est-ce que tu as, toi aussi, rencontré mon père ?

— Non, j'étais trop jeune pour ce genre de réunions.

— Luxa s'occupait encore de ses poupées à l'époque, dit Vikus.

Gregor essaya d'imaginer Luxa avec une poupée, en vain.

— Mes parents l'ont rencontré et disaient du bien de lui.

Ses parents. Elle avait encore des parents à ce moment-là. Gregor se demanda comment les rats les avaient tués, tout en sachant qu'il ne lui poserait jamais la question.

— Luxa parle vrai. Aujourd'hui, les rats sont nos ennemis jurés. Si nous en rencontrons un en dehors de Regalia, nous avons deux choix : nous battre ou être tués. Seul l'espoir d'un grand avantage leur ferait épargner un humain. Surtout un Surterrien, dit Vikus.

— Je ne comprends pas pourquoi ils nous détestent autant, dit Gregor.

Il revit les yeux brûlant de haine de Shed, entendit ses mots : « Surterrien, jusqu'au dernier rat nous te pourchasserons. » Peut-être savaient-ils que les habitants de Surterre essayaient de piéger, d'empoisonner et d'exterminer tous les rats de la surface. Sauf ceux utilisés pour les expériences de laboratoire.

Vikus et Luxa échangèrent un regard.

— Nous devons lui dire, Luxa. Il doit savoir ce qui l'attend.

— Crois-tu vraiment que c'est lui ?

— Qui ? Lui, qui ? demanda Gregor avec un mauvais pressentiment.

Vikus se leva.

— Venez, invita-t-il en se dirigeant vers la porte.

Gregor se redressa et obligea ses bras ankylosés à porter Moufle. Luxa et lui atteignirent la sortie en même temps et s'arrêtèrent.

— Après toi, dit-il.

Elle lui lança un regard en coin et suivit Vikus.

Le long des couloirs, des Souterriens les regardaient passer en silence et se mettaient aussitôt à chuchoter. Assez rapidement, Vikus s'arrêta devant une porte en bois poli. Gregor réalisa que c'était la première chose en bois qu'il voyait en Souterre. Vikus n'avait-il pas parlé de quelque chose d'« aussi rare que des arbres » ? Pour avoir des arbres, il fallait beaucoup de lumière, alors comment auraient-ils pu en faire pousser sous terre ?

Vikus sortit une clé et ouvrit la porte. Il prit l'une des torches qui bordaient le couloir et mena Gregor à l'intérieur.

Ce dernier pénétra alors dans une pièce qui semblait être un cube de pierre vide. Chaque surface était gravée. Pas seulement les murs, mais le sol et le plafond aussi. Ils n'étaient pas ornés des animaux qu'il avait vus ailleurs à Regalia, mais de mots. Des mots minuscules, que quelqu'un avait dû passer des années à graver.

— A-B-C, dit Moufle, comme chaque fois qu'elle voyait des lettres. A-B-C-*D*, ajouta-t-elle pour faire bonne mesure.

— Voici les prophéties de Bartholomé de Sandwich, dit Vikus. Une fois les accès fermés, il passa le reste de sa vie à les écrire.

Je vous crois, pensa Gregor. C'était tout à fait le genre de chose qu'aurait pu faire ce vieux fou de Sandwich. Traîner un groupe de gens sous terre avant de s'enfermer dans une pièce et d'y graver davantage d'idées folles.

— Qu'est-ce que vous voulez dire, ses prophéties ? demanda Gregor bien qu'il sache ce que c'était.

Une prophétie était une prédiction de ce qui allait se passer dans l'avenir. La plupart des religions en avaient, et sa grand-mère adorait un livre de prophéties écrites pas un certain Nostra-quelque chose. À l'entendre, l'avenir était plutôt déprimant.

— Sandwich était un visionnaire, expliqua Vikus. Il a prédit beaucoup de choses qui sont arrivées à notre peuple.

— Et d'autres qui ne sont pas arrivées ? s'enquit Gregor, faussement innocent.

Il ne rejetait pas complètement les prophéties, mais il était sceptique sur tout ce que pouvait inventer Sandwich. En plus, même si quelqu'un vous annonçait ce qui allait arriver dans l'avenir, que pouviez-vous y faire ?

— Certaines ne se sont pas encore réalisées, admit Vikus.

— Il a prédit la fin de mes parents, dit Luxa tristement en passant les doigts sur une partie du mur. Il n'y avait aucun doute là-dessus.

Vikus mit son bras autour d'elle et regarda le mur.

— Oui, acquiesça-t-il doucement. C'était clair comme de l'eau de roche.

Pour la dixième fois au moins ce soir-là, Gregor se sentit très mal à l'aise. Il se dit qu'à partir de maintenant, il essaierait de parler des prophéties avec respect.

— Mais il y en a une qui pèse lourdement sur notre avenir. Elle est appelée la « Prophétie du Gris » car nous ignorons si elle est bonne ou mauvaise, continua

Vikus. Cependant, nous savons que c'était la vision la plus sacrée et enrageante de Sandwich. Car il n'en voyait jamais la fin, bien qu'elle lui soit venue de nombreuses fois.

Vikus désigna une petite lampe à huile qui illuminait un pan de mur. C'était la seule lumière de la pièce en dehors de la torche. Peut-être la maintenaient-ils constamment allumée.

— Peux-tu lire ? demanda Vikus à Gregor qui s'approcha de l'endroit.

La prophétie était écrite comme un poème, en quatre strophes. Certaines lettres étaient biscornues mais il parvint à les déchiffrer.

— A-B-C, dit Moufle en touchant les lettres.

Gregor se mit à lire.

Prenez garde, Souterriens, le temps est vite mortel.
Les chasseurs sont chassés, l'eau blême tourne vermeille.
Les Racleurs frapperont pour éteindre le reste.
L'espoir des sans-espoir réside dans une quête.
Un guerrier de Surterre, un fils du soleil,
Nous rendra la lumière, ou ne nous rendra rien.
Mais assemblez vos pairs et suivez son appel,
Ou les rats dévoreront jusqu'au dernier humain.
Deux dessus, deux dessous, descendance des rois,
Deux Planeurs, deux Grouilleurs, deux Tisseuses se lèvent.
Un Racleur auprès, un perdu au-delà.
Et seulement huit de reste, si les morts on enlève.
Le dernier à mourir doit décider son camp.

La Quête

La vie de ces huit autres de son seul choix dépend.
Qu'il fasse bien attention, avise où il bondit
Car la vie est la mort et la mort est la vie.

Gregor finit le poème sans trop savoir quoi dire. Il ne put s'empêcher de demander :

— Qu'est-ce que ça veut dire ?

Vikus secoua la tête.

— Personne ne sait vraiment. Cela parle d'une période sombre où l'avenir de notre peuple sera indécis. Une quête est requise, qui ne soit pas seulement engagée par les humains mais par de nombreuses créatures. Cette quête pourrait mener à la rédemption ou à la ruine et elle sera menée par un Surterrien.

— Oui, j'ai compris ce passage. Un guerrier, dit Gregor.

— Tu nous as demandé pourquoi les rats détestaient autant les Surterriens. C'est parce qu'ils savent que l'un d'eux sera le guerrier de la prophétie, dit Vikus.

— Oh, je vois, dit Gregor. Alors, quand est-ce qu'il arrive ?

Vikus le fixa intensément.

— Je crois qu'il est déjà ici.

CHAPITRE
2

G regor se réveilla d'un sommeil perturbé. Toute la nuit, des images de rivières rouge sang, de son père cerné de rats, de Moufle tombant dans un trou sans fond s'étaient infiltrées dans ses rêves.

Ah, oui. Il y avait aussi cette histoire de guerrier.

Il avait bien essayé de le leur dire. Quand Vikus avait laissé entendre qu'il était le guerrier de la Prophétie du Gris, Gregor avait éclaté de rire. Mais Vikus était sérieux.

« Je ne suis pas la bonne personne, avait dit Gregor. Vraiment, je vous le jure, je ne suis pas un guerrier. »

Pourquoi faire semblant et leur donner de faux espoirs ? Les guerriers samouraïs, les guerriers apaches, les guerriers africains, les guerriers médiévaux. Il avait vu les films. Il avait lu les livres. Tout d'abord, ils étaient adultes et avaient généralement plein d'armes spéciales. Gregor avait onze ans et, à moins que sa petite sœur de deux ans soit une « arme spéciale », il était venu les mains vides.

Ensuite, Gregor n'aimait pas se battre. Il se défendait si quelqu'un l'attaquait à l'école, mais ça n'arrivait pas souvent. Il n'était pas très baraqué, mais il était rapide et les autres évitaient de lui chercher des noises. Parfois, il intervenait si un groupe de garçons tabassait un petit : il détestait voir ça. Mais il ne déclenchait jamais de bagarre, et l'activité principale d'un guerrier n'était-elle pas de se battre ?

Vikus et Luxa avaient écouté ses protestations. Il pensait avoir réussi à convaincre Luxa – elle n'avait pas une très haute opinion de lui, de toute façon – mais Vikus était plus obstiné.

— Combien de Surterriens survivent à la chute en Souterre, à ton avis ? Environ un sur dix. Et combien survivent aux rats, après cela ? Peut-être à nouveau un sur dix. Donc sur un millier de Surterriens, disons que dix survivent. N'est-il pas très étrange que non seulement ton père, mais ta sœur et toi soyez arrivés vivants jusqu'à nous ? demanda Vikus.

— J'avoue que c'est étrange, avait admis Gregor, mais je ne vois pas en quoi cela fait de moi un guerrier.

— Tu verras quand tu comprendras mieux la prophétie. Chaque personne porte en elle son propre destin. Ces murs parlent du tien. Et ton destin, Gregor, exige que tu y joues un rôle.

— Je ne suis pas convaincu de cette histoire de destin, avait répondu Gregor. Je veux dire, mon père, Moufle et moi… on a tous la même buanderie et nous avons atterri assez près de chez vous, alors c'est plutôt une coïncidence. J'aimerais vous aider, mais je pense que vous allez devoir attendre un peu plus longtemps votre guerrier.

Vikus s'était contenté de sourire et de dire qu'ils soumettraient l'idée au Concile dès le matin. Ce matin. Maintenant.

Malgré tous ses soucis, et il en avait plein, Gregor ne pouvait s'empêcher de ressentir des bouffées de bonheur. Son père était vivant ! Presque aussitôt, une vague d'angoisse le submergeait. *Oui, il est vivant, mais prisonnier des rats !* Mais sa grand-mère disait toujours : « Tant qu'il y a de la vie, il y a de l'espoir. »

Oh ! là, là ! Sa grand-mère adorerait savoir qu'on parlait de lui dans une prophétie ! Bien sûr, on ne parlait pas de lui, plutôt d'un certain guerrier qui, avec un peu de chance, arriverait bientôt et l'aiderait à libérer son père.

C'était son principal objectif à présent. Comment secourir son père ?

Le rideau s'ouvrit et Gregor plissa les yeux dans la lumière. Mareth se tenait sur le seuil. Son visage était moins enflé, mais les bleus resteraient un moment.

Gregor se demanda si le garde était toujours fâché contre lui, mais ce dernier avait l'air calme.

— Gregor le Surterrien, le Concile requiert ta présence. Si tu te presses, tu auras le temps de te laver et de manger avant.

— OK.

Il allait se lever quand il réalisa que la tête de Moufle reposait sur son bras. Il sortit du lit doucement, sans la réveiller.

— Et Moufle ?

— Elle peut dormir, dit Mareth. Dulcet la surveillera.

Gregor se lava rapidement et s'habilla de propre. Mareth le mena dans une petite pièce où était servi un repas, et il se posta à l'entrée.

— Hé, Mareth, appela Gregor pour attirer son attention. Comment va tout le monde ? Je veux dire, Perdita et les chauves-souris ? Est-ce qu'elles vont bien ?

— Perdita s'est enfin réveillée. Les chauves-souris se remettront, répondit posément le garde.

— Oh, c'est super ! s'exclama Gregor, soulagé.

Sa plus grande inquiétude, après la situation de son père, était la condition des Souterriens qui lui avaient porté secours.

Il engloutit du pain, du beurre et une omelette aux champignons. Il but du thé fait avec un genre d'herbe, et une énergie nouvelle sembla se déverser en lui.

— Es-tu prêt à faire face au Concile ? demanda Mareth en voyant son assiette vide.

— Prêt ! dit Gregor en se levant d'un bond.

Il ne s'était pas senti aussi bien depuis qu'il était arrivé en Souterre. Les nouvelles de son père, de la guérison des Souterriens, une longue nuit de sommeil et un bon petit-déjeuner l'avaient ragaillardi.

Le Concile, un groupe d'une douzaine de vieux Souterriens, s'était assemblé autour d'une table ronde dans une pièce voisine de la Haute Salle. Gregor aperçut Vikus et Solovet qui lui firent un sourire d'encouragement.

Luxa était là aussi, l'air fatigué et défiant. Gregor était sûr qu'elle venait d'être réprimandée pour avoir rejoint l'équipe de secours la nuit précédente. Il était également sûr qu'elle ne s'était pas excusée une seconde.

Vikus présenta les gens assis autour de la table. Ils avaient tous des noms bizarres que Gregor oublia immédiatement. Le Concile commença à lui poser des questions. Toutes sortes de choses, comme sa date de naissance, est-ce qu'il savait nager, qu'est-ce qu'il faisait en Surterre. Il ne comprenait pas l'importance de certaines réponses. Qu'est-ce que ça pouvait leur faire, que sa couleur préférée soit le vert ? Mais quelques Souterriens écrivaient religieusement chaque mot qui sortait de sa bouche.

Au bout d'un moment, le Concile sembla oublier qu'il était là, et les membres se mirent à discuter entre eux. Il distingua des phrases comme « un fils du soleil » ou « l'eau blême tourne vermeille » et sut qu'ils parlaient de la prophétie.

— Excusez-moi, interrompit-il finalement. Apparemment Vikus ne vous l'a pas dit, mais je ne suis pas le guerrier. Écoutez, s'il vous plaît, ce dont j'ai vraiment besoin, c'est que vous m'aidiez à ramener mon père à la maison.

Tous le regardèrent fixement pendant un instant avant de se remettre à parler, plus excités encore. À présent, il entendait les mots « suivez son appel » répétés par tous.

Finalement, Vikus frappa la table pour ramener l'ordre.

— Membres du Concile, nous devons décider. Voici Gregor le Surterrien. Qui le considère comme étant le guerrier de la Prophétie du Gris ?

Dix sur douze levèrent la main. Luxa garda les siennes sur la table. Elle ne pensait pas qu'il était le guerrier, ou elle n'était pas autorisée à voter. Probablement les deux.

— Nous croyons que tu es le guerrier, annonça Vikus. Si tu nous appelles pour t'aider à retrouver ton père, nous répondons à ton appel.

Ils allaient l'aider ! La raison n'avait pas d'importance.

— OK, super ! répondit Gregor. Quoi qu'il en coûte ! Je veux dire, croyez ce que vous voulez. Ça me va.

— Nous devons commencer la quête en toute hâte, dit Vikus.

— Je suis prêt, dit Gregor, impatient d'agir. Laissez-moi juste prendre Moufle et on peut y aller.

— Ah, oui, le bébé, intervint Solovet, et à nouveau tout le monde acquiesça.

— Attendez ! cria Vikus. Tout cela prend trop de temps. Gregor, nous ne savons pas si la prophétie inclut ta sœur.

— Quoi ? s'exclama Gregor.

Il ne se souvenait pas très bien de la prophétie. Il fallait qu'il demande à Vikus s'il pouvait entrer dans la pièce pour la lire à nouveau.

— La prophétie mentionne douze êtres. Seuls deux sont décrits comme Surterriens. Ton père et toi remplissez ce quota, dit Solovet.

— La prophétie parle aussi d'un être perdu. Celui-là peut être ton père, auquel cas Moufle est le deuxième Surterrien. Mais il peut aussi être un rat, dit Vikus. Le chemin sera difficile. La prophétie annonce que quatre des douze y perdront la vie. Il serait peut-être plus sage de laisser Moufle ici.

Un murmure d'assentiment s'éleva autour de la table.

Gregor se sentit mal d'un coup.

Laisser Moufle ? La laisser ici à Regalia avec les Souterriens ? C'était hors de question ! Il n'avait pas peur qu'ils la traitent mal. Mais elle se sentirait tellement seule, et qu'arriverait-il si son père et lui ne revenaient pas ? Elle ne rentrerait jamais à la maison. D'un autre côté, il savait à quel point les rats étaient cruels. Et ils seraient à sa poursuite. Jusqu'au dernier.

Il ne savait pas quoi faire. Il leva les yeux vers les visages impassibles devant lui et se dit que les Souterriens avaient déjà décidé de les séparer.

« Restez ensemble ! » C'était ce que sa mère lui disait toujours quand il sortait avec sa sœur. « Restez ensemble ! »

Il remarqua alors que Luxa évitait son regard. Elle avait croisé les doigts sur la table en pierre devant elle et les fixait intensément.

— Qu'est-ce que tu ferais si c'était ta sœur, Luxa ? demanda-t-il.

Un silence de mort s'installa dans la pièce. Il sentait bien que le Concile n'avait pas envie d'entendre l'opinion de la jeune fille.

— Je n'ai pas de sœur, Surterrien.

Gregor ne répondit pas, déçu. Un murmure d'approbation parcourut l'assemblée. Les yeux de Luxa firent le tour de la table et elle fronça les sourcils.

— Mais si j'en avais une, et si j'étais toi, s'écria-t-elle avec passion, je ne la quitterais jamais des yeux !

— Merci, répondit-il, mais elle ne l'entendit sûrement pas dans le tumulte de protestations sonores qui s'éleva du Concile.

Il reprit, plus fort :

— Si Moufle ne vient pas, je ne pars pas !

Le tumulte avait envahi la pièce quand une chauve-souris passa la porte et s'écrasa sur la table, faisant taire tout le monde. Une femme pâle comme un fantôme était affalée sur l'animal, une main pressée contre sa poitrine pour tenter de contenir le flot de sang qui en sortait. Une des ailes de la chauve-souris se replia, mais l'autre resta étendue, clairement brisée.

— Anchel est mort. Daphnée est morte. Les rats ont trouvé Shed, Fangor. Le roi Gorger a lancé ses armées. Ils sont sur nous, haleta la femme.

Vikus attrapa la sentinelle quand elle s'écroula.

— Combien, Keeda ? demanda-t-il.

— Beaucoup, murmura-t-elle. Beaucoup de rats.

Et elle perdit connaissance.

CHAPITRE
3

— Sonnez l'alarme ! s'écria Vikus, et une activité frénétique s'empara du palais.

Le son des cornes se fit entendre, des gens se précipitèrent dans la pièce avant d'en ressortir aussi rapidement, des chauves-souris passèrent en coup de vent prendre les ordres sans même se poser.

Dans l'urgence, tout le monde oublia Gregor. Il aurait voulu demander à Vikus ce qui se passait, mais le vieil homme était debout au milieu de la Haute Salle, entouré d'un halo d'ailes de chauves-souris venues au rapport.

Gregor sortit sur le balcon : Regalia bourdonnait comme une ruche. Beaucoup de rats étaient en route. Les Souterriens mettaient leurs défenses en place. Soudain, il réalisa qu'ils étaient en guerre.

Cette pensée terrifiante — et la hauteur du balcon — lui donna le vertige. Alors qu'il rentrait en titubant, une main solide lui attrapa le bras.

— Gregor le Surterrien, prépare-toi, car nous partons bientôt, annonça Vikus.

— Maintenant ? On peut partir alors que les rats attaquent ? Je veux dire, il y a une guerre qui s'annonce, non ?

— Pas n'importe quelle guerre. Nous croyons que c'est la guerre annoncée dans la Prophétie du Gris. Celle qui conduira peut-être à l'annihilation complète de notre peuple, dit Vikus. Poursuivre la quête de ton père est notre meilleur espoir de survie.

— Je peux emmener Moufle, n'est-ce pas ? demanda Gregor. Je veux dire, je l'emmène, se reprit-il.

— Oui, Moufle peut venir.

— Comment dois-je me préparer ? Qu'est-ce que je peux faire ? demanda Gregor.

Vikus réfléchit un moment et héla Mareth.

— Amène-le au musée, laisse-le prendre tout ce qu'il jugera utile pour le voyage. Ah, voici la délégation de Troie ! s'exclama Vikus avant de disparaître dans une nouvelle tempête d'ailes.

Gregor courut après Mareth qui avait déjà atteint la porte. Trois escaliers et plusieurs halls plus tard, ils arrivèrent dans une grande pièce où s'alignaient des étagères regorgeant d'objets variés.

— Voici tout ce qui est tombé de Surterre. Souviens-toi : ce que tu choisis, tu dois le porter, lui précisa Mareth en lui mettant un sac en cuir dans les mains.

Il y avait de tout sur les étagères, de la balle de base-ball au pneu de voiture. Gregor aurait aimé avoir le temps de tout inspecter plus attentivement : certains objets devaient avoir plus de cent ans. Mais il ne pouvait se le permettre. Il essaya de se concentrer.

Que pouvait-il prendre qui l'aiderait dans sa quête ? De quoi avait-il le plus besoin en Souterre ? De lumière !

Il trouva une lampe de poche qui fonctionnait et récupéra les piles de tous les appareils électriques qu'il put trouver.

Son regard tomba sur quelque chose d'autre. C'était un casque comme en portaient les ouvriers du bâtiment. Sur le devant, il y avait une lampe torche qui leur permettait de voir dans les tunnels obscurs, sous New York City. Il attrapa le casque et se l'enfonça sur la tête.

— Il faut y aller ! intima Mareth. Nous devons prendre ta sœur et décoller !

Gregor se retourna pour le suivre et c'est à ce moment-là qu'il le vit. Un Coca ! Une canette de Coca, vraie de vraie, à peine cabossée. Elle avait l'air assez récente. Il savait que c'était une extravagance, qu'il devait juste emporter l'essentiel, mais il ne put s'empêcher de la prendre. C'était sa boisson favorite, et elle lui rappelait la maison. Il enfourna la canette dans son sac.

La nursery était à côté. Gregor y entra en courant et aperçut Moufle, ravie, assise au milieu de trois bambins Souterriens, en train de jouer à la dînette. Pendant un instant, il faillit changer d'avis et la laisser là. Ne serait-elle pas plus en sécurité dans le palais ? Mais il se souvint que le palais serait bientôt assiégé par les rats. Il ne pouvait pas la laisser seule face à cette menace. Quoi qu'il arrive, ils resteraient ensemble.

Dulcet aida Gregor à enfiler rapidement un porte-bébé et glissa Moufle à l'intérieur. Elle attacha un petit baluchon à la base du sac à dos.

— Des étoffes étanches, quelques jouets et des friandises.

— Merci, répondit Gregor, soulagé que quelqu'un ait pensé au côté pratique du voyage avec Moufle.

— Bon voyage, douce Moufle, dit Dulcet en l'embrassant sur la joue.

— Auvoi, Ducet, lança Moufle. À bientôt !

C'était comme ça qu'ils se séparaient toujours chez Gregor. Ne t'inquiète pas. Je vais revenir. Je te verrai bientôt.

— Oui, à bientôt, répondit Dulcet, mais ses yeux se remplirent de larmes.

— Prenez soin de vous, Dulcet, recommanda Gregor en lui serrant la main maladroitement.

— Vole haut, Gregor le Surterrien.

Dans la Haute Salle, la troupe était prête à partir. Plusieurs chauves-souris avaient atterri et on les chargeait de provisions.

Gregor vit Henri qui disait au revoir à une adolescente maigre à faire pitié. Il la tenait dans ses bras et elle pleurait à chaudes larmes malgré les tentatives du jeune homme pour la consoler.

— Les cauchemars, frère, sanglota-t-elle. Ils ont empiré. Un mal terrible t'attend.

— Ne te tracasse pas, Nerissa, je n'ai pas l'intention de mourir, la rassura Henri d'une voix apaisante.

— Il y a des maux plus graves que la mort, répondit sa sœur. Vole haut, Henri. Vole haut.

Ils s'embrassèrent et Henri sauta sur sa chauve-souris de velours noir.

Gregor vit avec appréhension la fille se diriger vers lui. Il ne savait jamais quoi dire quand les gens pleuraient. Mais elle s'était reprise avant de l'atteindre. Elle lui tendit un petit rouleau d'un papier quelconque.

— Pour toi, Surterrien, dit-elle. Vole haut.

Et avant qu'il ait pu répondre, elle s'était éloignée en s'appuyant contre le mur.

Il déroula le papier, qui n'était pas du papier mais un genre de peau d'animal séchée, et vit que la Prophétie du Gris avait été soigneusement recopiée dessus. *C'est trop bizarre*, pensa Gregor. Il avait souhaité pouvoir la relire pour essayer de mieux la comprendre. Il avait eu l'intention de le demander à Vikus mais, dans la panique, cela lui était sorti de la tête.

— Comment a-t-elle su que je voulais ça ? murmura-t-il à Moufle.

— Nerissa sait de nombreuses choses. Elle a le don, remarqua un garçon monté sur une chauve-souris dorée à côté de lui.

En regardant mieux, Gregor réalisa que c'était Luxa, mais que ses cheveux avaient été coupés court.

— Qu'est-ce qui est arrivé à tes cheveux ? demanda Gregor en enfonçant la prophétie dans sa poche.

— Les longues boucles sont dangereuses dans une bataille, expliqua Luxa, l'air indifférent.

— C'est dommage, je veux dire... ça te va bien court, aussi, se reprit-il rapidement.

Luxa éclata de rire.

— Gregor le Surterrien, crois-tu que ma beauté ait la moindre importance en ces temps troublés ?

Gregor rougit, gêné.

— Ce n'est pas ce que je voulais dire.

Luxa secoua la tête en direction d'Henri qui lui sourit de toutes ses dents.

— Le Surterrien dit la vérité, cousine. Tu ressembles à un mouton sortant de la tonte.

— Tant mieux, rétorqua Luxa, car qui attaquerait un mouton ?

— Bèèè, intervint Moufle. Bèèè.

Henri se mit à rire si fort qu'il faillit tomber de sa chauve-souris.

— Moutons font bèèè, dit Moufle, vexée, ce qui le fit rire de plus belle.

Gregor rit presque, lui aussi. Pendant un instant, il avait eu l'impression d'être entouré d'amis. Mais ces gens avaient beaucoup à prouver avant qu'il puisse les considérer comme ses amis. Pour se donner une contenance, il tenta de trouver une manière confortable de porter son sac en cuir afin d'avoir les mains libres. Il l'attacha à la courroie du porte-bébé.

En levant les yeux, il vit Luxa qui l'observait avec curiosité.

— Que portes-tu sur la tête, Surterrien ?

— C'est un casque. Avec une lampe, dit Gregor en l'allumant et l'éteignant pour lui montrer.

Il voyait bien qu'elle mourait d'envie d'essayer le casque mais ne voulait pas demander. Gregor considéra rapidement ses options. Ils n'étaient pas amis, certes... mais il valait mieux s'entendre avec elle si c'était possible. Il avait besoin d'elle pour retrouver son père. Gregor lui tendit le casque.

— Tiens, prends-le.

Luxa affichait une indifférence calculée, mais elle actionna l'interrupteur sans perdre une seconde.

— Comment la lumière reste-t-elle à l'intérieur sans air ? Est-ce que ça ne te brûle pas la tête ?

— Ça marche avec des piles. C'est de l'électricité. Et il y a une couche de plastique entre la lumière et ta tête. Tu peux l'essayer si tu veux, offrit Gregor.

Sans hésitation, Luxa mit le casque sur sa tête.

— Vikus m'a parlé de l'électricité, dit-elle en balayant la pièce du rayon de lumière avant de tendre à contrecœur le couvre-chef à Gregor. Tiens, tu dois économiser ton combustible.

— Tu vas lancer une nouvelle mode, commenta gaiement Henri.

Il attrapa sur le mur une des petites torches de pierre et la posa sur sa tête. On aurait dit que des flammes lui sortaient du front.

— Qu'en penses-tu, Luxa ? demanda-t-il en lui présentant un profil exagérément hautain.

— Tes cheveux brûlent ! s'exclama-t-elle soudain en le montrant du doigt.

Henri laissa tomber la torche pour tapoter frénétiquement ses cheveux, et Luxa fut prise d'un fou rire.

Réalisant que c'était une blague, Henri l'attrapa par le cou et lui frotta la tête avec le poing alors qu'elle riait toujours, impuissante. Un instant, ils auraient pu être deux gamins de Surterre. Juste un frère et une sœur, comme Gregor et Lizzie, en train de faire les fous.

Vikus traversa le hall.

— Vous êtes d'humeur joyeuse, si l'on considère que nous sommes en guerre, leur reprocha-t-il en fronçant les sourcils et en sautant sur sa chauve-souris.

— C'est seulement un excès d'énergie, Vikus, répondit Henri en lâchant Luxa.

— Gardez votre énergie : vous en aurez besoin, là où nous allons. Vole avec moi, Gregor, ajouta-t-il en lui tendant la main.

Gregor monta derrière lui, sur sa grande chauve-souris grise. Moufle lui enfonça ses talons dans les côtes, surexcitée.

— Moi aussi vole ! Moi aussi ! gazouilla-t-elle.

— En selle ! lança Vikus, alors que Luxa et Henri sautaient sur leurs montures.

Gregor aperçut Solovet et Mareth qui se préparaient à partir également. Mareth montait une chauve-souris que Gregor n'avait jamais vue. La sienne était probablement toujours en convalescence.

— En vol ! ordonna Solovet, et les cinq chauves-souris décollèrent dans une formation en V.

Alors qu'ils s'élevaient dans les airs, Gregor aurait pu éclater d'excitation et de bonheur. Ils allaient retrouver son père ! Ils le sauveraient, le ramèneraient à la maison et sa mère sourirait, elle sourirait vraiment de nouveau, et ils célébreraient Noël au lieu de le redouter, et il y aurait de la musique et... il s'emballait. Il transgressait sa règle tous azimuts mais il s'arrêterait dans une minute, et, pendant cette minute, il serait libre d'imaginer tout ce qu'il voulait.

Alors qu'ils changeaient de cap au-dessus de Regalia, l'activité frénétique qui s'y déroulait rappela à Gregor la gravité de leur tâche. On fortifiait les portes du stade avec d'énormes plaques de pierre. Des chariots de nourriture encombraient les rues. Des gens portant des enfants et des baluchons se pressaient vers le palais. Des torches supplémentaires étaient allumées dans tous les quartiers, et la ville semblait baignée de soleil.

— Vous ne préférez pas qu'il fasse sombre en cas d'attaque ? demanda Gregor.

— Nous, non, mais les rats, oui. Nous avons besoin de nos yeux pour nous battre, pas eux, dit Vikus. La plupart des créatures de Souterre, les Grouilleurs, les chauves-souris, les poissons, n'ont pas besoin de lumière. Nous, humains, sommes perdus sans elle.

Gregor classa mentalement cette information. La lampe torche était vraiment le meilleur choix qu'il aurait pu faire.

La ville laissa vite place à des champs, et Gregor comprit enfin comment se nourrissaient les Souterriens. Une sorte de grain poussait dans de grands champs, sous des rangées et des rangées de lampes blanches suspendues.

— Qu'est-ce qui fait marcher les lampes ? demanda Gregor.

— Elles brûlent grâce au gaz de la terre. Ton père était très impressionné par nos champs. Il nous a suggéré un plan pour illuminer également nos villes, mais, pour l'instant, toute la lumière doit être consacrée à la nourriture.

— Est-ce qu'un Surterrien vous a montré comment faire ça ?

— Gregor, nous n'avons pas laissé nos cerveaux en Surterre quand nous sommes descendus. Nous avons des inventeurs, tout comme vous, et la lumière nous est très précieuse. Penses-tu que nous, pauvres Souterriens, ne pouvions trouver seuls un moyen de la contenir ? dit Vikus avec bonhomie.

Penaud, Gregor ne répondit pas. Il avait effectivement catalogué les Souterriens comme étant plus ou moins primitifs. Ils utilisaient encore des épées et portaient des vêtements bizarres. Mais ils n'étaient pas stupides. Son père disait que, même parmi les hommes des cavernes, il y avait des génies. Quelqu'un avait inventé la roue.

Solovet volait parallèlement à eux, mais elle était en grande conversation avec deux chauves-souris qui avaient rejoint la troupe. Elle déroula une carte sur le dos de sa monture et l'examina.

— Est-ce qu'elle essaye de voir où est mon père ? demanda Gregor.

— Elle décide d'une stratégie d'attaque, répondit Vikus. Ma femme mène nos guerriers. Elle nous accompagne, non pour la quête mais pour évaluer le soutien que nous pouvons attendre de nos alliés.

— Vraiment ? Je croyais que vous dirigiez. Enfin, vous et Luxa, ajouta-t-il, parce qu'il ne comprenait pas vraiment comment tout cela fonctionnait.

Apparemment, Luxa pouvait donner des ordres, mais elle pouvait aussi s'attirer des ennuis.

— Luxa montera sur le trône quand elle aura seize ans. Jusque-là, Regalia est gérée par le Concile. Je ne suis qu'un humble diplomate qui passe son temps libre à essayer d'enseigner la prudence à la jeunesse royale. Sois témoin de ma grande réussite dans ce domaine, dit Vikus avec sarcasme.

Il jeta un regard à Henri et Luxa qui tourbillonnaient follement dans le ciel en essayant de se désarçonner l'un l'autre.

— Ne te laisse pas duper par la douceur de Solovet. Lorsqu'elle planifie des batailles, elle est plus rusée qu'un rat.

— Waouh, s'exclama Gregor.

Sa douceur l'avait bien leurré.

Gregor changea de position et quelque chose lui rentra dans la jambe. Il tira de sa poche la prophétie donnée par Nerissa et la déroula. C'était peut-être le bon moment pour poser ses questions à Vikus.

— Alors, est-ce que vous pensez pouvoir m'expliquer cette « prophétie grise » ?

— La Prophétie du Gris, le corrigea Vikus. Quelle partie ne comprends-tu pas ?

Tout, pensa Gregor, mais il dit :

— On pourrait la reprendre phrase par phrase.

Il étudia le poème.

Prenez garde, Souterriens, le temps est vite mortel.

Bon, ça, c'était assez clair. Un avertissement.

Les chasseurs sont chassés, l'eau blême tourne vermeille.

Il demanda à Vikus d'expliquer le deuxième vers.

— Traditionnellement, les rats sont considérés comme les Chasseurs de Souterre, car ils nous traqueraient et nous tueraient tous avec plaisir. La nuit dernière, nous les avons chassés pour te sauver. Donc, les chasseurs furent chassés. L'eau blême est devenue rouge quand nous avons laissé leurs corps dans la rivière.

— Oh, répondit Gregor.

Quelque chose le dérangeait, mais il n'arrivait pas à mettre le doigt dessus.

Les Racleurs frapperont pour éteindre le reste.

— Les Racleurs, ce sont les rats ? demanda-t-il.
— Exactement, dit Vikus.

L'espoir des sans-espoir réside dans une quête.

La quête pour retrouver son père. Donc, il s'était enfui, les Souterriens l'avaient sauvé, maintenant ils étaient en guerre et en quête. Gregor réalisa soudain ce qui le dérangeait.

— Donc... tout ça est ma faute ! s'écria-t-il. Ce ne serait jamais arrivé si je n'avais pas tenté de m'enfuir !

Il pensa à l'armée de rats qui approchait. Qu'avait-il fait ?

— Non, Gregor, sors cela de ton esprit, dit fermement Vikus. Tu n'es qu'un acteur dans une histoire longue et difficile. La Prophétie du Gris t'a pris au piège, comme nous, il y a de nombreuses années.

Gregor garda le silence. Il ne se sentait pas vraiment mieux.

— Continue à lire, dit Vikus.

Gregor inclina la tête vers la page. Les lumières de Regalia s'étant atténuées, il dut plisser les yeux pour arriver à lire dans la faible clarté des torches.

Un guerrier de Surterre, un fils du soleil,
Nous rendra la lumière, ou ne nous rendra rien.
Mais assemblez vos pairs et suivez son appel,
Ou les rats dévoreront jusqu'au dernier humain.

— Donc, vous pensez que cette partie parle de moi, dit-il, pitoyable.

— Oui, pour des raisons évidentes, tu es le « guerrier surterrien », confirma Vikus, bien que Gregor ne trouve pas les raisons si évidentes que ça. Tu es un « fils du soleil » en tant que Surterrien, mais aussi le fils qui cherche son père. C'est le genre de jeux de mots qu'adorait Sandwich.

— Oui, c'était un marrant, dit sombrement Gregor. Ha, ha.

— Les vers suivants sont moins clairs. Sandwich n'a jamais vu si tu réussissais vraiment à ramener la lumière ou si tu échouais. Mais il a grandement insisté sur le fait que nous devions nous lancer dans l'aventure ou mourir sous la dent des rats.

— Eh bien, ce n'est pas très inspirant, dit Gregor.

Mais pour la première fois, Sandwich l'avait interpellé. La possibilité que Gregor puisse échouer rendait toute la prophétie plus plausible.

— Quel genre de lumière suis-je censé ramener ? demanda Gregor. Il y a une torche sacrée ou quelque chose dans le genre ?

— C'est une métaphore. Quand il parle de « lumière », Sandwich veut dire « vie ». Si les rats peuvent réellement éteindre notre lumière, ils éteindront nos vies par la même occasion.

Une métaphore ? Gregor se dit qu'une vraie torche serait plus facile. Comment pouvait-il rapporter un genre de métaphore qu'il ne comprenait pas vraiment ?

— Ça pourrait poser problème, commenta-t-il avant de continuer à lire.

Deux dessus, deux dessous, descendance des rois,
Deux Planeurs, deux Grouilleurs, deux Tisseuses se lèvent.

— Qu'est-ce qu'il veut dire avec tous ces deux ?

— Cela nous désigne qui nous devons persuader de nous accompagner dans notre quête. Nous partons du principe que les « deux dessus » sont toi et ta sœur. Les « deux dessous », descendants des rois, sont Luxa et Henri. La sœur d'Henri, Nerissa, n'était pas un choix possible, comme tu as pu t'en rendre compte. Les Planeurs sont les chauves-souris. Les Grouilleurs sont les cafards. Les Tisseuses sont des araignées. Nous allons à présent rassembler nos voisins dans l'ordre dicté par la prophétie. D'abord, les chauves-souris.

Leur nombre avait augmenté au fur et à mesure qu'ils avançaient. Henri mena la troupe dans une grande caverne. Gregor sursauta quand il réalisa que le plafond était recouvert de centaines et centaines de créatures suspendues à l'envers.

— Mais n'avons-nous pas déjà des chauves-souris ? demanda Gregor.

— Nous avons besoin d'une permission officielle pour les emmener dans notre quête. Nous devons également discuter de la guerre.

Un immense cylindre de pierre s'élevait au milieu de la caverne. Ses parois étaient aussi lisses que celles du palais. Au sommet, sur la partie plate, un groupe de chauves-souris attendait.

Vikus se tourna vers Gregor et chuchota :

— Nous, les humains, savons que tu es le guerrier, mais les autres créatures peuvent avoir des doutes. Quoi que tu en penses, il est essentiel que nos voisins croient que tu es l'élu.

Gregor tentait encore de comprendre lorsqu'ils atterrirent à côté des animaux sur l'énorme pilier de pierre. Tous les humains mirent pied à terre. Il s'ensuivit de nombreuses salutations des deux parties.

Une chauve-souris blanc argenté particulièrement impressionnante semblait être le chef.

— Reine Athena, salua Vikus. Voici Gregor le Surterrien.

— Es-tu le guerrier ? Es-tu celui qui appelle ? demanda la chauve-souris dans un doux ronronnement.

— Eh bien, en fait…

Vikus fronça les sourcils et Gregor s'interrompit. Il avait été sur le point de se lancer dans une tirade qui expliquait qu'il n'était pas le guerrier, mais après ? Vikus avait chuchoté que les autres devaient croire qu'il était l'élu. Une guerre commençait. Il y avait peu de chance que les chauves-souris envoient de bons éléments dans une chasse au dahu… S'il niait être le guerrier, la quête serait annulée et cela signerait l'arrêt de mort de son père. Cela le décida.

Gregor se redressa et essaya de contrôler le tremblement de sa voix.

— Je suis le guerrier. Je suis celui qui appelle.

La reine resta immobile un instant, puis hocha la tête.

— C'est lui.

Elle avait parlé avec tant d'assurance que pendant un instant, Gregor réussit à croire qu'il était le guerrier. Un guerrier brave et audacieux dont les Souterriens parleraient pendant des siècles. Il se voyait presque mener un escadron de chauves-souris dans la bataille, prendre les rats par surprise, sauver la Souterre de…

— Guégo, moi fait pipi ! annonça Moufle.

Et il se retrouva de nouveau le garçon coiffé d'un casque trop grand pour lui avec une vieille lampe de poche et un sac de piles qu'il n'avait même pas testées pour voir si elles avaient encore du jus.

Le grand guerrier s'excusa et partit changer une couche.

CHAPITRE
4

V ikus et Solovet convinrent d'une réunion en privé avec les chauves-souris.

— Est-ce que vous avez besoin que je vienne ? demanda Gregor.

Ce n'était pas tant qu'il pensait pouvoir contribuer au meeting, mais il se sentait plus en sécurité avec Vikus. Être coincé au sommet d'un immense pilier, entouré de centaines de chauves-souris, le rendait un peu nerveux.

Et qui prendrait les décisions s'il se passait quelque chose ? Luxa ? Ce n'était pas une bonne idée.

— Merci, Gregor. Nous allons discuter des positions de nos forces dans la bataille, et non de la quête. Nous ne serons pas longs, dit Vikus.

— Pas de problème, répondit Gregor, mais il n'en était pas si sûr.

Avant de partir, la grande chauve-souris grise de Vikus murmura quelque chose à l'oreille de Luxa. Elle sourit, regarda Gregor et hocha la tête.

Ils se moquent probablement de moi et de ma déclaration de guerrier, pensa Gregor. Mais ce n'était pas le cas.

— Euripède dit que tu lui fais mal aux côtes, l'interpella Luxa. Il veut que je t'apprenne à monter.

Cette nouvelle contraria Gregor. Il trouvait qu'il ne se débrouillait pas si mal, pour un débutant.

— Qu'est-ce qu'il veut dire par « je lui fais mal aux côtes » ?

— Tu le serres trop fort avec tes jambes. Tu dois faire confiance aux chauves-souris. Elles ne te lâcheront pas, assura Luxa. C'est la première leçon qu'on apprend aux bébés.

— Pff ! s'exclama Gregor.

Luxa trouvait moyen de le rabaisser, même sans le vouloir.

— C'est plus facile pour les bébés, intervint Mareth. Comme ta sœur, ils n'ont pas encore appris à avoir peur. Nous avons un dicton, ici : le courage ne compte que lorsqu'on est assez grand pour compter. Tu sais compter, Moufle ?

Mareth leva les doigts devant Moufle.

— Un... deux... trois !

Moufle sourit et leva ses doigts potelés pour imiter Mareth.

— Non, moi ! Un... deux... fois... quate... sept... dix ! dit-elle en levant les deux mains pour s'applaudir elle-même.

Henri souleva Moufle et la tint à bout de bras, comme on porterait un chiot mouillé.

— Moufle n'a pas peur, et elle n'aura pas peur non plus quand elle saura compter. Tu aimes voler, n'est-ce pas, Moufle ? Faire une promenade sur la chauve-souris ? dit-il, plein de malice.

— Moi vole ! s'exclama Moufle en se tortillant, inconfortable dans les mains d'Henri.

— Eh bien, vole ! lança Henri en la jetant par-dessus le bord du pilier.

Gregor eut le souffle coupé en voyant Moufle, comme au ralenti, fuser des mains d'Henri et disparaître dans l'obscurité.

— Henri ! s'écria Mareth, choqué.

Mais Luxa était morte de rire.

Gregor tituba jusqu'au bord du pilier et plissa les yeux pour essayer de distinguer quelque chose dans la pénombre. La faible clarté des torches fournies par les chauves-souris n'illuminait que quelques mètres. Henri avait-il vraiment envoyé Moufle à la mort ? Il ne pouvait pas le croire. Il ne pouvait pas…

Un gazouillis ravi résonna au-dessus de sa tête.

— Enco !!!

Moufle ! Mais que faisait-elle là-haut ? Gregor alluma maladroitement sa lampe de poche. Le puissant faisceau transperça l'obscurité.

Vingt chauves-souris tourbillonnaient dans la caverne, jouant à « attrape Moufle ». L'une d'elles l'emmenait très haut et se retournait, envoyant le bébé en chute libre vers le sol. Mais bien avant que Moufle ne l'atteigne, une autre la récupérait au vol, pour s'élever et la faire tomber à nouveau. Moufle gloussait, enchantée. « Enco ! Enco ! » ordonnait-elle aux chauves-souris chaque fois qu'elle atterrissait sur le dos de l'une d'elles. Et chaque fois qu'elles la lâchaient, l'estomac de Gregor remontait dans sa gorge.

— Arrêtez ça ! aboya-t-il en direction des Souterriens.

Henri et Luxa eurent l'air surpris. Soit personne n'avait jamais crié sur ces garnements royaux, soit ils n'avaient jamais vu Gregor perdre son sang-froid. Il attrapa Henri par la chemise.

— Ramène-la immédiatement !

Henri aurait probablement pu le réduire en bouillie, mais il s'en fichait.

Goguenard, le jeune homme leva les mains pour se rendre.

— Calme-toi, Surterrien. Elle n'est pas en danger.

— En vérité, Gregor, elle est plus en sécurité qu'entre des mains humaines, intervint Luxa. Et elle n'a pas peur.

— Elle a deux ans ! s'écria Gregor en se retournant vers elle. Elle va croire qu'elle peut sauter de n'importe quoi et être rattrapée !

— Elle peut ! dit Luxa, ne voyant pas le problème.

— Pas chez moi, Luxa ! Pas en Surterre ! explosa Gregor. Et je ne compte pas rester toute ma vie dans cet endroit flippant !

Ils ne savaient peut-être pas ce qu'il voulait dire par « flippant » mais il était assez clair que c'était une insulte.

Luxa leva la main, une chauve-souris passa légèrement au-dessus d'eux et laissa tomber Moufle dans
les bras de Gregor. Il l'attrapa et la serra contre lui.
Les Souterriens ne riaient plus.

— Que veut dire ce « flip-pant » ? demanda froidement Luxa.

— Laisse tomber. C'est juste quelque chose que
nous, les Surterriens, disons quand nous voyons notre
petite sœur servir de ballon à des chauves-souris. Tu
vois, pour nous, c'est flippant.

— C'était censé être amusant, dit Henri.

— Oui, c'est ça. Vous devriez ouvrir un parc
d'attractions. On ferait la queue jusqu'à la surface,
ricana Gregor.

À présent, ils ne comprenaient vraiment pas de quoi
Gregor parlait, mais son ton était si sarcastique qu'ils
ne pouvaient pas l'ignorer.

Moufle se tortilla hors des bras de Gregor et courut
vers le bord du pilier.

— Enco, Guégo ! réclama-t-elle d'une petite voix.

— Non, Moufle ! Non, non ! Pas sauter ! lui intima
Gregor en la rattrapant juste à temps. Vous voyez,
c'est exactement ça dont j'avais peur !

Il fourra Moufle dans son harnais et la hissa sur son
dos.

Les Souterriens étaient perplexes devant sa colère et
vexés par son ton, même s'ils ne comprenaient pas ses
mots.

— Bon, de toute façon, ce n'était pas Moufle mais toi qui avais besoin de la leçon, dit Luxa.

— Oh, abandonne l'idée, Luxa, dit Henri avec dédain. Le Surterrien ne se donnerait jamais aux chauves-souris. Mon Dieu, une fois rentré, il risquerait de se jeter de son propre toit en oubliant qu'il n'est plus dans notre monde « flippant » !

Luxa et Henri partirent d'un rire malveillant. Mareth avait juste l'air gêné. Gregor savait que c'était un défi et une partie de lui aurait voulu le relever. Courir et se jeter dans l'obscurité, laissant les chauves-souris faire le reste. Une autre partie refusait de jouer à ce petit jeu. Luxa et Henri voulaient qu'il saute pour pouvoir se moquer de lui en train de se débattre dans les airs. Cependant, il devina qu'ils détestaient sûrement tous les deux être ignorés. Il leur lança donc un regard méprisant et s'éloigna.

Il pouvait sentir Luxa bouillir derrière lui.

— Je pourrais te faire jeter par-dessus bord, Surterrien, sans avoir à rendre de comptes à personne !

— Eh bien, fais-le ! invita Gregor en ouvrant les bras.

Il savait qu'elle mentait. Elle devrait rendre des comptes à Vikus.

Luxa se mordit la lèvre, contrariée.

— Oh, laisse tomber le « guerrier », Luxa, dit Henri. Mort, il ne nous sert à rien... pour l'instant... et même les chauves-souris auraient du mal à compenser sa maladresse. Viens, faisons la course jusqu'à la cascade.

Elle hésita un instant avant de s'élancer vers le bord. Henri et elle se jetèrent dans le vide comme deux magnifiques oiseaux avant de disparaître, probablement sur le dos de leurs chauves-souris.

Gregor resta là, les mains sur les hanches. Il les haïssait. Il avait oublié que Mareth était derrière lui.

— Tu ne dois pas prendre à cœur ce qu'ils disent, conseilla-t-il doucement.

Gregor se retourna : le visage de Mareth traduisait son conflit intérieur.

— Ils étaient tous les deux plus gentils lorsqu'ils étaient enfants, mais quand les rats ont pris leurs parents, ils ont changé.

— Les rats ont tué aussi les parents d'Henri ? demanda Gregor.

— Quelques années avant ceux de Luxa. Le père d'Henri était le frère cadet du roi. Après les Surterriens, les membres de la famille royale sont ceux dont les rats souhaitent le plus la disparition, dit Mareth. À la mort de leurs parents, Nerissa devint aussi fragile que du verre et Henri aussi dur que la pierre.

Gregor hocha la tête. Il ne pouvait jamais haïr les gens très longtemps car il finissait toujours par apprendre quelque chose de triste sur eux. Comme ce garçon à l'école que tout le monde détestait parce qu'il était toujours en train de bousculer les petits, avant qu'ils apprennent un jour que son père l'avait tellement battu qu'il était à l'hôpital. Sachant cela, Gregor ne pouvait qu'avoir pitié de lui.

Quand Vikus arriva quelques minutes plus tard, Gregor monta sur sa chauve-souris sans un mot. Alors qu'ils décollaient, il réalisa à quel point ses jambes étaient serrées et essaya de se détendre. Vikus laissait les siennes totalement libres. Gregor lâcha prise et se rendit compte qu'il était plus facile de rester en selle ainsi. Plus équilibré.

— À présent, nous devons rendre visite aux Grouilleurs, annonça Vikus. Veux-tu continuer à analyser la prophétie ?

— Peut-être plus tard, répondit Gregor.

Vikus n'insista pas. Il était probablement préoccupé par la guerre et les plans de bataille.

Une autre pensée titillait Gregor à présent qu'il s'était calmé. Il n'avait pas refusé de sauter uniquement pour embêter Luxa et Henri. Et ce n'était pas non plus par peur de leurs moqueries. Pas étonnant qu'il ait mentionné les parcs d'attractions. Les grand-huit, le saut à l'élastique, les sauts en parachute… il les détestait. Il y allait parfois pour qu'on ne le traite pas de trouillard, mais il ne les trouvait pas « cool » du tout. Qu'est-ce qui pouvait bien être cool dans le fait de sentir le monde se dérober sous ses pieds ? Et encore, ces manèges avaient des ceintures de sécurité.

Si Gregor n'avait pas sauté, c'est qu'au fond il était terrifié, et tout le monde le savait.

CHAPITRE
5

Ils volèrent pendant des heures au travers de sombres tunnels. À un moment, Gregor sentit la petite tête de Moufle tomber sur son épaule et ne fit rien pour l'en empêcher. Si on la laissait dormir trop longtemps pendant la journée, elle se réveillait au milieu de la nuit pour jouer, mais comment la garder éveillée quand il faisait sombre et qu'elle ne pouvait pas bouger ? Il aviserait plus tard.

L'obscurité était propice aux ruminations négatives, et celles de Gregor revinrent en force. Son père emprisonné par les rats, sa mère en larmes, le danger d'emmener Moufle dans ce voyage inconnu, et sa propre peur sur le pilier.

Quand il sentit la chauve-souris entamer sa descente, il accueillit cette distraction avec soulagement, même s'il aurait préféré ne pas voir Luxa et Henri. Il était sûr qu'ils seraient plus snobs et condescendants que jamais.

Ils plongèrent dans une caverne si basse que les ailes des chauves-souris frôlaient le sol et le plafond. Quand ils atterrirent, Gregor descendit mais se cogna la tête en essayant de se tenir debout. Heureusement qu'il portait son casque ! La grotte lui rappelait une crêpe : grande, ronde et plate. Il voyait pourquoi les cafards l'avaient choisie. Les chauves-souris ne pouvaient pas vraiment s'envoler, et les humains, comme les rats, ne pouvaient pas se battre avec un mètre de hauteur sous plafond.

Il réveilla Moufle qui sembla apprécier son nouvel environnement. Elle gambadait autour de lui, se soulevant sur la pointe des pieds pour toucher le plafond du doigt. Les autres s'assirent par terre et attendirent. Les chauves-souris se ratatinèrent, sursautant à ce que Gregor supposait être des sons inaudibles pour lui.

Une délégation de cafards apparut et s'inclina profondément. Les humains se mirent à genoux pour saluer à leur tour. Gregor les imita. Pas le genre à s'embarrasser de cérémonie, Moufle courut vers les insectes, les bras grands ouverts.

— Bêtes ! Gosses bêtes ! s'écria-t-elle.

Un murmure heureux parcourut les rangs des Grouilleurs.

— Être elle la princesse, être elle ? Être elle celle-là, Temp, être elle ?

Moufle s'adressa à un cafard en particulier en lui tapotant la tête, entre ses antennes.

— Salut, toi ! Va pomener ? On va pomener ?

— Connaître moi, la princesse, connaître moi ? demanda la bestiole, stupéfaite, et tous les autres cafards se mirent à chuchoter.

Même les humains et les chauves-souris échangèrent des regards surpris.

— On va pomener ? Enco pomener ? Gosse bête emmène Mouff pomener ! s'exclama-t-elle en lui tapotant la tête un peu plus vigoureusement.

— Doucement, Moufle, dit Gregor, se dépêchant d'attraper sa main et la plaçant légèrement sur la tête du cafard.

— Va doucement, comme avec les petits chiots.

— Oh, doucement, doucement, répéta Moufle en caressant le Grouilleur qui frissonna de joie.

— Connaît moi, la princesse, connaît moi ? murmura l'insecte. Se rappelle la promenade, se rappelle ?

Gregor regarda le cafard de plus près.

— Oh, tu es celui qui l'as portée jusqu'au stade ?

Le Grouilleur hocha la tête.

— Moi être Temp, moi être, dit-il.

Gregor comprenait maintenant pourquoi tout le monde était si surpris. À ses yeux, Temp n'était pas différent des vingt cafards assis autour de lui. Comment Moufle avait-elle pu le reconnaître dans le groupe ? Vikus leva les sourcils comme s'il attendait une explication, mais Gregor ne put que hausser les épaules. C'était assez bizarre.

— Enco pomener ? supplia Moufle.

Temp s'écrasa sur le sol avec révérence et elle grimpa sur son dos.

Pendant un instant, tout le monde les regarda gambader autour de la grotte. Puis Vikus s'éclaircit la gorge.

— Grouilleurs, nous avons de graves sujets à vous soumettre. Mener nous à votre roi, mener nous ?

À contrecœur, les cafards cessèrent de regarder Moufle et emmenèrent Vikus et Solovet.

Oh, super, pensa Gregor. *C'est reparti.* Il se sentait encore moins à l'aise que lors du premier départ de Vikus. Qui savait ce qu'Henri et Luxa allaient inventer, maintenant ? En plus, il y avait le problème des cafards géants. Il ne se sentait pas spécialement en sécurité sur le territoire de ces bestioles. Hier seulement, elles avaient failli les vendre, Moufle et lui, aux rats. Au moins, Mareth était là : il avait l'air assez fiable. Et les chauves-souris n'étaient pas trop désagréables.

Temp et un autre cafard nommé Tick étaient restés en arrière. Ils promenaient Moufle chacun leur tour, en ignorant complètement le reste du groupe.

Les cinq chauves-souris se rassemblèrent et s'endormirent, épuisées par le vol du jour.

Mareth réunit les torches pour créer un petit feu et mit de la nourriture à chauffer. Henri et Luxa étaient assis à l'écart et parlaient bas, ce qui convenait parfaitement à Gregor. Mareth était de toute façon la seule personne à qui il avait envie de parler.

— Est-ce que vous pouvez reconnaître les Grouilleurs, Mareth ? demanda Gregor en étalant toutes ses piles devant lui pour les trier.

— Non, il est très étonnant que ta sœur le puisse. Parmi nous, très peu sont capables de faire la distinction. Vikus se débrouille mieux que la plupart. Mais en reconnaître un entre tant d'autres... c'est plus qu'étrange, répondit Mareth. Peut-être est-ce un don des Surterriens ?

— Non, ils se ressemblent tous à mes yeux.

Moufle était vraiment bonne à tous ces jeux de « trouver la différence » entre quatre images similaires. Comme quatre chapeaux de fête dont un avait sept rayures au lieu de six. Et s'ils buvaient tous dans des gobelets en plastique, elle savait toujours lequel était à qui même s'ils se mélangeaient sur la table. Peut-être qu'à ses yeux, chaque cafard était complètement différent des autres.

Gregor ouvrit la lampe torche. Elle marchait avec deux piles normales. Il intervertit les piles, essayant de déterminer celles qui avaient encore du jus. En travaillant, il alluma la lampe alors qu'elle était pointée par mégarde vers Luxa et Henri. Ils sursautèrent, peu habitués à des flashes de lumière soudains. Gregor recommença une ou deux fois exprès. C'était infantile, mais il aimait les voir tressaillir. *Ils tiendraient à peu près cinq secondes à New York*, se dit-il. Ça le ragaillardit un peu.

Sur les dix piles, huit étaient encore en état de marche. Gregor ouvrit le compartiment de son casque et vit qu'il était alimenté par une batterie spéciale, rectangulaire. N'en ayant aucune de rechange, il l'utiliserait avec parcimonie. *Peut-être que je devrais la garder en dernier recours. Si je perds les autres ou qu'elles se vident, j'aurai toujours celle-ci sur la tête*, pensa-t-il. Il éteignit la lampe du casque.

Gregor remit les bonnes piles dans sa poche et écarta les deux autres.

— Ces deux-là sont mortes, indiqua-t-il à Mareth. Elles ne marchent pas.

— Je les brûle ? demanda Mareth en tendant la main vers elles.

Gregor attrapa son poignet juste avant qu'il les jette dans les flammes.

— Non ! Elles pourraient exploser !

Il ne savait pas vraiment ce qui se passait si on mettait une pile dans le feu, mais il avait un vague souvenir de son père mentionnant que c'était dangereux. Du coin de l'œil, il surprit Luxa et Henri qui échangeaient un regard inquiet.

— Vous pourriez vous aveugler, ajouta-t-il juste pour faire de l'effet.

Eh bien quoi, ça *pourrait* arriver, si elles explosaient.

Mareth hocha la tête et reposa maladroitement les piles mortes à côté de Gregor. Celui-ci les fit rouler avec sa sandale, pour effrayer Luxa et Henri. Mais quand il vit que Mareth avait lui aussi l'air nerveux, il empocha les piles.

Le repas était cuit quand Vikus et Solovet revinrent. Ils semblaient inquiets.

Tout le monde se rassembla : Mareth fit passer du poisson, du pain et quelque chose qui rappelait à Gregor la patate douce, mais qui n'en était pas.

— Moufle ! Viens dîner ! appela Gregor et elle accourut.

Quand elle réalisa qu'ils ne suivaient pas, elle tourna la tête et, impatiente, fit signe aux cafards.

— Temp ! Ticka ! Dîner !

Un silence gêné s'ensuivit. Personne n'avait pensé à inviter les cafards. Mareth n'avait pas préparé assez de nourriture. De toute évidence, il n'était pas coutumier de dîner avec des Grouilleurs. Heureusement, ils secouèrent la tête.

— Non, Princesse, nous ne mangeons pas maintenant.

Ils firent mine de s'éclipser.

— Estez ici ! dit Moufle en pointant Temp et Tick du doigt. Ous estez ici, gosses bêtes.

Et les insectes s'assirent docilement.

— Moufle ! dit Gregor, embarrassé. Vous n'êtes pas obligés de rester : elle tyrannise tout le monde, dit-il aux cafards. Elle veut juste continuer à jouer avec vous, mais il faut qu'elle mange avant.

— Nous attendrons, répondit l'un d'eux, sèchement, et Gregor eut la sensation que la bébête aurait préféré qu'il se mêle de ses affaires.

Tout le monde mangea avec appétit, sauf Vikus qui avait l'air distrait.

— Alors, quand partons-nous ? demanda Henri, la bouche pleine de poisson.

— Nous ne partons pas, répondit Solovet. Les Grouilleurs ont refusé de venir.

Luxa releva brusquement la tête, indignée.

— Refusé ? Pour quelles raisons ? De quel droit ?

— Ils ne souhaitent pas donner prise à la colère du roi Gorger en rejoignant notre quête, expliqua Vikus. En ce moment, ils sont en paix à la fois avec les humains et les rats. Ils ne veulent pas mettre cela en péril.

Et maintenant, quoi ? pensa Gregor. Ils avaient besoin de deux cafards. C'était écrit dans la prophétie. Pourraient-ils quand même sauver son père, si les insectes ne venaient pas ?

— Nous leur avons demandé de réexaminer notre proposition, dit Solovet. Ils savent que les rats sont en marche. Cela peut peser en notre faveur.

— Ou en celle des rats, marmonna Luxa, et Gregor acquiesça intérieurement.

Les cafards étaient prêts à donner Gregor aux rats, même en sachant que ceux-ci le mangeraient. Et c'était hier, quand la guerre n'était pas encore déclarée. Si Moufle n'avait pas été si charmante, ils seraient sans aucun doute déjà morts. Les cafards n'étaient pas des guerriers. Gregor devinait qu'ils feraient ce qui serait le mieux pour leur espèce, et les rats étaient probablement les alliés les plus forts. Ou du moins ils le seraient, si on pouvait leur faire confiance.

— Et les cafards croient les promesses des rats ? demanda Gregor.

— Les Grouilleurs ne pensent pas de la même manière que nous, dit Vikus.

— Comment pensent-ils ?

— Sans raison ni suite dans les idées, interrompit Henri, furieux. Ce sont les créatures les plus stupides de Souterre ! La preuve, ils savent à peine parler !

— Silence, Henri ! intervint sévèrement Vikus.

Gregor jeta un coup d'œil derrière lui vers Temp et Tick, mais les insectes ne firent aucun signe indiquant qu'ils avaient entendu. Bien sûr qu'ils avaient entendu. Les cafards n'avaient certes pas l'air très intelligent, mais c'était vraiment mal élevé de le dire devant eux. En plus, ça n'allait sûrement pas leur donner envie de les accompagner.

— Souviens-toi, quand Sandwich est arrivé en Souterre, les Grouilleurs étaient déjà là depuis des générations. Il ne fait aucun doute qu'ils survivront quand le souvenir même des Sang-Chaud se sera éteint.

— Ce n'est qu'une rumeur, dit Henri avec dédain.

— Non, c'est vrai. Les cafards existent depuis trois cent cinquante mille ans, et les humains sont là depuis à peine six mille, dit Gregor.

Son père lui avait montré une frise chronologique illustrant l'évolution de différentes espèces d'animaux. Il se souvenait avoir été impressionné par l'âge des cafards.

— Comment sais-tu cela ?

Le ton de Luxa était sec, mais Gregor voyait bien qu'elle était intéressée.

— C'est de la science. Les archéologues déterrent des fossiles et d'autres trucs, et ils peuvent dire de quand ils datent. Les cafards – je veux dire les Grouilleurs – sont très vieux et ils n'ont jamais vraiment changé, dit Gregor.

Il s'aventurait sur un terrain glissant, mais il était presque sûr que c'était vrai.

— Ils sont assez extraordinaires.

Il espérait que Temp et Tick écoutaient.

Vikus lui sourit.

— Pour qu'une créature survive aussi longtemps, il ne fait aucun doute qu'elle a toute l'intelligence qu'il lui faut.

— Je ne crois pas à votre science, insista Henri. Les Grouilleurs sont faibles, ils ne peuvent pas combattre, ils ne dureront pas. C'est ainsi que la nature l'a voulu.

Gregor pensa à sa grand-mère, vieille et dépendant à présent de la gentillesse des autres. Il pensa à Moufle, petite, qui ne pouvait pas encore ouvrir une porte toute seule. Et il y avait son ami Larry qui s'était retrouvé aux urgences trois fois l'an dernier quand son asthme s'était réveillé et qu'il ne pouvait plus respirer.

— C'est ce que tu penses, Luxa ? demanda Gregor. Que seuls les forts méritent de vivre ?

— Ce que je pense n'a pas d'importance si c'est la vérité, répondit évasivement Luxa.

— Mais est-ce la vérité ? C'est une excellente question : la future reine de Regalia devrait y réfléchir, intervint Vikus.

Ils mangèrent en silence et Vikus suggéra qu'ils essayent tous de dormir. Gregor ne savait pas si c'était la nuit ou le jour mais il était fatigué et ne protesta pas.

Pendant qu'il étendait une fine couverture tissée près de l'entrée de la caverne, Moufle essaya d'apprendre à Temp et Tick à jouer à « Main droite main gauche ». Les cafards bougeaient leurs pattes avant dans tous les sens, complètement perdus, sans comprendre ce qui se passait.

— Tiens, oilà main doite ! Tiens, oilà main gausse ! Tiens, oilà gosse bête, moi Moufe ! Tiens, oilà les deux ! chantait Moufle en tapant des mains et en touchant les pieds des Grouilleurs.

Les insectes étaient perplexes.

— Quoi chante la princesse, quoi chante ? demanda Temp… à moins que ce ne soit Tick.

— C'est une chanson qu'on chante avec les bébés en Surterre, expliqua Gregor. Elle vous a inclus dedans, c'est un grand honneur. Elle ne met quelqu'un dans une chanson que si elle l'aime beaucoup.

— Moi aime gosses bêtes, dit Moufle, satisfaite, en continuant à chanter avec les bestioles.

— Désolé, les amis, elle doit dormir, maintenant, dit Gregor. Allez, viens, Moufle. C'est l'heure du dodo. Dis bonne nuit.

Moufle serra spontanément les cafards dans ses bras.

— N'nuit, gosse bête. Do bien.

Gregor se pelotonna avec elle sous la couverture, sur le sol dur. Après sa longue sieste, elle n'avait pas très sommeil. Il la laissa jouer un moment avec la lampe de poche, l'allumer et l'éteindre, mais il avait peur qu'elle ne vide les piles. En plus, cela rendait les Souterriens nerveux. Finalement, il arriva à la calmer et à l'endormir. Alors qu'il s'endormait lui aussi, il crut entendre Temp, ou peut-être Tick, murmurer : « Nous honore la princesse, nous honore ? »

Il ne savait pas ce qui l'avait réveillé. Vu la raideur de son cou, cela devait faire des heures qu'il était allongé sur le sol. Il tendit un bras pour ramener contre lui le corps chaud de Moufle mais ne trouva que la pierre froide sous ses doigts. Il ouvrit les yeux d'un coup et s'assit brusquement. Il ouvrit la bouche pour l'appeler alors que ses yeux s'habituaient à l'obscurité. Aucun son ne sortit.

Moufle était au centre de la grande caverne ronde et tournait calmement sur elle-même en se balançant d'un pied sur l'autre. La lampe torche qu'elle tenait illuminait des sections de la pièce. Il pouvait voir les silhouettes des Grouilleurs s'amasser dans toutes les directions, alignés en cercles concentriques parfaits. Ils se balançaient ensemble, certains vers la droite, d'autres vers la gauche, d'un mouvement lent et hypnotique.

Dans le silence le plus total, des centaines de cafards dansaient autour de Moufle.

CHAPITRE
6

M on Dieu, ils vont la manger ! pensa Gregor en se levant d'un bond et en se cognant la tête au plafond. « Aïe ! » Enlever son casque pour dormir n'était pas une bonne idée, de toute évidence.

Une main se posa sur son épaule. Il distingua Vikus, un doigt sur les lèvres.

— Chut ! Ne les interromps pas ! chuchota-t-il impérieusement.

— Mais ils vont lui faire du mal !

Gregor se baissa et toucha sa tête d'une main. Il sentait déjà une grosse bosse se former.

— Non, Gregor, ils l'honorent. Ils honorent Moufle d'une danse sacrée et rare, murmura Solovet, à côté de Vikus.

Gregor regarda à nouveau les cafards et essaya de comprendre ce qui se passait. Moufle ne semblait pas être en danger immédiat. Aucun des insectes ne la touchait. Ils se contentaient de tourner et de s'incliner, dans leur danse lente et rythmée. Il y avait autre chose, la solennité de la scène, le silence complet, la concentration. Il comprit soudain : les cafards faisaient bien plus qu'honorer Moufle ; ils la *vénéraient* !

— Qu'est-ce qu'ils font ? demanda Gregor.

— C'est la Danse des Anneaux. Il est dit que les Grouilleurs ne la dansent que dans le plus grand secret, pour ceux qu'ils considèrent « élus », répondit Vikus. Dans notre histoire, ils ne l'ont dansée que pour un seul humain, c'était Sandwich.

— Élus pour quoi ? murmura Gregor, inquiet.

Il espérait que les cafards n'imagineraient pas pouvoir garder Moufle juste parce qu'ils avaient dansé autour d'elle.

— Élus pour leur donner du temps, dit simplement Vikus, comme si cela expliquait tout.

Gregor traduisit cela en « élus pour allonger leur vie ».

C'était peut-être encore plus simple que ça. Dès l'instant où sa sœur et lui étaient tombés en Souterre, les cafards avaient senti un lien spécial avec Moufle. S'il avait été seul, il se serait retrouvé chez les rats, point barre. Mais Moufle était devenue leur amie si rapidement. Elle n'avait été ni dégoûtée, ni condescendante, ni terrifiée. Gregor pensait que le fait qu'elle aime les Grouilleurs les avait grandement impressionnés. La plupart des humains avaient une si mauvaise opinion d'eux.

Et il y avait le fait qu'elle avait reconnu Temp. Bizarre. Il ne pouvait toujours pas l'expliquer.

Les cafards tournèrent plusieurs fois sur eux-mêmes avant d'atterrir à plat ventre devant Moufle. Puis, cercle après cercle, ils se fondirent dans l'obscurité. Moufle les regarda partir sans un mot. Quand la pièce fut vide, elle bâilla à pleine bouche et trottina vers Gregor.

— Moi sommeil, dit-elle, avant de s'allonger à côté de lui.

Elle s'endormit immédiatement. Gregor lui prit la lampe et, dans son faisceau, vit que tous les Souterriens étaient réveillés, les yeux fixés sur eux.

— Elle a sommeil, répéta-t-il comme si rien d'inhabituel ne s'était passé, en éteignant la lampe.

Quand ils se réveillèrent, les cafards annoncèrent que Temp et Tick rejoindraient la quête. Il ne faisait aucun doute qu'ils venaient grâce à la princesse.

Gregor était partagé entre une grande fierté et l'envie de rire aux éclats. Sa petite sœur était une arme spéciale, après tout.

Le groupe se prépara rapidement à partir. Temp et Tick refusèrent catégoriquement de monter sur une chauve-souris sans Moufle. Cela causa un bref débat, car elle devait voyager avec Gregor : cela signifiait qu'une chauve-souris devrait porter à la fois les Surterriens et les cafards. Le poids n'était pas un problème, mais le fait que quatre cavaliers inexpérimentés seraient seuls sur son dos, oui.

Vikus confia cette tâche à la grande chauve-souris noire d'Henri, Arès, car il était à la fois fort et agile.

Henri monta avec Luxa. On conseilla à Arès de passer au-dessus des autres, au cas où l'un des cafards tombe-rait et devrait être rattrapé au vol.

Ces discours ne rassurèrent guère Temp et Tick, clairement terrifiés à l'idée de planer dans l'espace, si haut au-dessus du sol. Gregor essaya de les rassu-rer, ce qui était ironique vu qu'il n'aimait pas vrai-ment voler, lui non plus. Il aurait aussi préféré avoir n'importe quelle autre chauve-souris, sauf Arès. La monture d'Henri le détestait sûrement autant que ce dernier.

Ils n'avaient pas le temps de petit-déjeuner, mais Mareth donna à tout le monde des morceaux de gâteau et de viande séchée à manger sur la route. Vikus informa Gregor qu'ils voleraient plusieurs heures avant de faire une pause, celui-ci enfila donc une deuxième couche à Moufle en plus de celle qu'elle portait déjà. Il la positionna aussi dans le porte-bébé de façon à ce qu'elle lui tourne le dos : ainsi elle pourrait papoter avec Temp et Tick, peut-être les distraire de leur peur.

Gregor monta maladroitement sur le dos d'Arès et laissa pendre ses jambes sur les épaules de la chauve-souris. Temp et Tick grimpèrent derrière lui et s'accrochèrent de toutes leurs forces à la fourrure. Gregor crut voir Arès grimacer un peu, mais il ne dit rien. De toute façon, les chauves-souris parlaient rare-ment tout haut. Cela semblait leur demander un grand effort. Elles communiquaient probablement par coui-nements inaudibles pour l'oreille humaine.

— Nous devons à présent voyager vers le territoire des Fileuses, annonça Vikus. Souvenez-vous que les rats font souvent des patrouilles à cet endroit.

— Restez proches les uns des autres. Nous pourrions avoir besoin de nous défendre, ajouta Solovet. En vol !

Les chauves-souris décollèrent. Moufle était aux anges avec ses nouveaux compagnons de voyage. Elle chanta tout son répertoire : « Au clair de la lune », « Fais dodo Colas mon petit frère », « Une souris verte », « Meunier tu dors » et bien sûr « Main droite Main gauche ». Quand elle en eut fait le tour, elle les chanta de nouveau. Et encore une fois. Au dix-neuvième tour, Gregor décida de lui apprendre « Un kilomètre à pied », juste pour varier un peu. Moufle la retint immédiatement et essaya de l'apprendre aux cafards. Le fait qu'ils chantent faux n'avait pas l'air de la déranger, alors que Gregor sentait les muscles du cou d'Arès se crisper un peu plus à chaque refrain.

Il vit que le domaine des cafards était beaucoup plus vaste que Regalia ou les cavernes des chauves-souris. Les humains et leurs alliés occupaient de petits territoires, faciles à défendre. Les Grouilleurs vivaient sur des kilomètres et des kilomètres de Souterre.

Comment décourageaient-ils les attaques avec autant d'espace à protéger ?

Il eut la réponse quand ils survolèrent une vallée remplie de milliers de cafards. Les Grouilleurs étaient nombreux : une multitude, comparés aux humains.

S'ils étaient attaqués, ils pouvaient se permettre de perdre davantage de combattants. Et avec tant d'espace, ils pouvaient se replier indéfiniment de telle sorte que les rats les suivent. Gregor pensa aux cafards qui occupaient sa cuisine à la maison. Ils ne se battaient pas. Ils prenaient la fuite. Sa mère en écrasait pas mal, mais ils revenaient toujours.

Après ce qui lui parut une éternité, Gregor sentit Arès se préparer à atterrir. Ils s'installèrent au bord d'une rivière peu profonde. Gregor sauta de sa monture et posa le pied sur quelque chose de doux et spongieux. Se baissant pour toucher, sa main se retrouva pleine d'un lierre gris-vert et feuillu. Des plantes ! Des plantes poussaient ici sans l'aide des lampes à gaz qu'utilisaient les Souterriens.

— Comment est-ce que ça pousse sans lumière ? demanda-t-il à Vikus en lui montrant la poignée de plantes.

— Elles ont de la lumière, dit Vikus en désignant la rivière. Le feu de la terre.

Gregor scruta l'onde et distingua de petits jets de lumière qui jaillissaient du fond. Les poissons zigzaguaient entre des algues. Les longues pousses de certaines plantes grimpaient sur la rive.

Oh, ce sont comme des volcans miniatures, pensa Gregor.

— Cette rivière passe également à Regalia. Notre bétail se nourrit de ces plantes, mais elles ne sont pas comestibles pour les humains, dit Solovet.

Gregor avait mangé de la viande séchée toute la matinée sans se demander ce que mangeaient les vaches. Il pourrait sans doute passer des années à comprendre comment fonctionnait la Souterre. Mais il n'y tenait pas vraiment.

Des cafards qui pêchaient aux alentours échangèrent des salutations avec Tick et Temp et sortirent plusieurs gros poissons de la rivière avec leurs mandibules. Mareth les nettoya et les mit à griller sur les torches.

Gregor posa Moufle pour qu'elle se dégourdisse les jambes et demanda aux cafards de garder un œil sur elle. Ils gambadèrent le long de la rivière, l'empêchant d'aller vers l'eau et la laissant monter sur leur dos. La nouvelle de son arrivée se répandit rapidement : bientôt, des dizaines d'insectes apparurent et s'installèrent pour regarder la « princesse ».

Une fois le repas cuit, Vikus mit un point d'honneur à inviter Temp et Tick à les rejoindre.

— Il est temps, dit-il en réponse au froncement de sourcils d'Henri. Il est temps que les membres de la prophétie forment un seul esprit tendu vers un même but. Tous sont égaux, ici.

Temp et Tick s'assirent quand même à l'écart, derrière Moufle, mais ils mangèrent avec tout le groupe.

— Ce n'est plus loin à présent, annonça Vikus en désignant un petit tunnel. Nous pourrions y arriver bientôt, même à pied.

— Là où est mon père ? demanda Gregor.

— Non, chez les Fileuses. Nous devons en persuader deux de nous rejoindre dans notre quête, dit Vikus.

— Ah, oui. Les Fileuses, dit Gregor.

Il espéra qu'elles seraient plus motivées que les cafards pour faire le voyage.

Ils finissaient juste de manger quand les cinq chauves-souris levèrent la tête en même temps.

— Des rats, siffla Arès.

Tout le monde se mit en branle. À l'exception de Temp et Tick, tous les cafards disparurent dans les galeries étroites qui menaient loin de la rivière.

Vikus enfourna Moufle dans le sac à dos de Gregor et les poussa vers le tunnel qu'il avait désigné auparavant.

— Fuis ! ordonna-t-il.

Gregor essaya de protester mais Vikus l'interrompit.

— Fuis, Gregor ! Nous sommes tous remplaçables, mais pas toi.

Le vieil homme sauta sur sa chauve-souris et rejoignit les autres Souterriens dans les airs au moment même où une escouade de six rats faisait irruption sur la grève. Le chef, gris et noueux, la face barrée d'une cicatrice en diagonale, désigna Gregor et siffla : « Tuez-le ! »

Coincé sur la rive, sans arme, Gregor n'eut d'autre choix que de sprinter vers le tunnel. Temp et Tick se précipitèrent à sa suite. Il jeta un coup d'œil en arrière et aperçut Vikus qui assommait le rat balafré avec le pommeau de son épée et l'envoyait valser dans l'eau. Les autres Souterriens attaquaient les cinq rats restants, épées brandies.

— Fuis, Gregor ! ordonna Solovet d'une voix rugueuse, si différente de sa douceur habituelle.

— Te dépêche, toi, te dépêche ! l'exhortèrent Temp et Tick.

Lampe torche allumée, Gregor s'élança dans le tunnel. Ce dernier était juste assez haut pour qu'il puisse courir debout. Il réalisa qu'il avait perdu Temp et Tick et se retourna à temps pour voir la galerie se remplir de cafards du sol au plafond. Ils n'attaquaient pas les rats. Ils se servaient simplement de leurs corps pour créer une barricade quasi impénétrable.

Oh non, pensa Gregor. *Ils vont se laisser tuer !* Il fit demi-tour pour les aider, mais les cafards les plus proches de lui insistèrent.

— Fuis, fuis avec la princesse !

Ils avaient raison. Il devait fuir. Il devait sortir Moufle de là. Il devait sauver son père. Peut-être même qu'il devait sauver la Souterre des rats, il n'en savait rien. Mais il ne pouvait pas traverser le mur de quinze mètres de cafards pour combattre les rats, pas plus que les rats ne pouvaient l'atteindre.

Il se mit à courir dans le passage, à un rythme qu'il savait pouvoir maintenir pendant une demi-heure.

Au bout de vingt minutes, il prit un virage et heurta de plein fouet une énorme toile d'araignée.

CHAPITRE 7

En décollant son visage des fils poisseux, il eut l'impression qu'on lui arrachait des morceaux de peau avec du scotch.

— Ouille !

Il parvint à libérer le bras qui tenait la lampe torche, mais l'autre resta coincé dans la toile. Moufle était sur son dos, elle ne s'était donc pas fait prendre.

— Houhou ! appela-t-il. Y a quelqu'un ? Houhou !

Il éclaira autour de lui, mais ne vit que la toile.

— Je suis Gregor le Surterrien. Je viens en paix, dit-il.

Je viens en paix. D'où sortait-il ça ? Probablement d'un vieux film.

— Y a quelqu'un ?

Il sentit qu'on tirait légèrement sur ses sandales et baissa les yeux. Une gigantesque araignée était en train d'entourer ses pieds d'un épais fil de soie qui lui sortait de l'abdomen.

— Hey ! s'écria Gregor en essayant de libérer ses pieds.

Mais en quelques secondes, le fil atteignit ses genoux.

— Vous ne comprenez pas ! Je… je suis le guerrier ! Dans la prophétie ! Je suis celui qui appelle !

L'araignée continua à monter le long de son corps. *Oh, mince*, se dit Gregor. *Elle va nous recouvrir entièrement.* Il sentit le bras qui était pris dans la toile se coller à son corps.

— Guégo ! couina Moufle.

Les cordes de soie la pressaient contre son dos en encerclant sa poitrine.

— C'est Vikus qui m'envoie ! cria Gregor et, pour la première fois, l'araignée s'arrêta.

Il enchaîna rapidement :

— Oui, Vikus m'envoie, il arrive, et il sera furieux si vous nous emballez !

Il gesticula de son bras libre pour appuyer ses mots et, ce faisant, pointa le faisceau de la lampe torche directement vers l'araignée. Elle recula de quelques mètres et Gregor put l'observer à loisir. Six yeux perçants, des pattes couvertes de poils et une énorme mâchoire ornée de crocs recourbés et pointus. Il dévia vite le rayon de sa lampe. Pas besoin de la mettre en colère.

— Vous connaissez Vikus ? demanda-t-il. Il devrait bientôt être là pour avoir une réunion officielle avec votre roi. Reine. Vous avez un roi ou une reine ? Ou bien autre chose. Nous, nous avons un président, mais c'est différent : il est élu.

Il fit une pause.

— Bon, euh, vous pourriez nous détacher, maintenant ?

L'araignée se pencha et coupa un fil avec ses dents. Gregor et Moufle montèrent en flèche à quinze mètres de haut où ils se mirent à rebondir comme s'ils étaient attachés à un grand élastique.

— Hé ! cria Gregor. Hé !

Son déjeuner clapotait dans son estomac. Au bout d'un moment, ils s'immobilisèrent.

Gregor balaya la caverne de sa torche. Il y avait des araignées partout. Certaines étaient très occupées, d'autres avaient l'air endormi. Toutes l'ignoraient complètement. C'était nouveau. Les cafards et les chauves-souris l'avaient salué poliment, une foule entière s'était tue à son entrée dans le stade, et les rats étaient devenus enragés lorsqu'il les avait rencontrés… mais les araignées ? Elles se fichaient royalement de sa présence.

Il leur cria des trucs pendant un moment. Des trucs gentils. Des trucs fous. Des trucs énervants. Elles ne réagirent pas. Il fit chanter à Moufle « Un éléphant qui se balançait » une ou deux fois, puisqu'elle était douée avec les petites bêtes. Pas de réponse. Finalement, il laissa tomber et se contenta de les regarder.

Un insecte malchanceux se prit dans leur toile. Une araignée accourut et planta ses crocs acérés dans la bestiole. Celle-ci s'immobilisa. *Du poison*, pensa Gregor. L'araignée enveloppa rapidement l'insecte de soie, le coupa en morceaux et injecta un genre de jus à l'intérieur. Gregor détourna le regard quand l'araignée se mit à aspirer les entrailles liquéfiées de sa proie. *Berk, ça aurait pu être nous. Ça pourrait encore être nous !* pensa-t-il. Il aurait aimé que Vikus et les autres arrivent.

Mais arriveraient-ils ? Que s'était-il passé sur les berges ? Avaient-ils réussi à battre les rats ? Y avait-il des blessés, ou pire, des morts ?

Il se remémora les paroles de Vikus : « Fuis, Gregor ! Nous sommes tous remplaçables, mais pas toi. » Il devait parler de la prophétie. Ils trouveraient toujours d'autres Grouilleurs, d'autres Planeurs, d'autres Fileuses. Nerissa pourrait remplacer Luxa ou Henri s'il leur arrivait quelque chose. Ou peut-être qu'ils donneraient la couronne à quelqu'un d'autre. Mais Gregor et Moufle, deux Surterriens dont le père était prisonnier des rats... ils étaient irremplaçables.

Gregor pensa gravement à ceux qui se sacrifiaient, là-bas près de la rivière. Il aurait dû rester et combattre même s'il avait peu de chance de gagner. Ils risquaient leurs vies car ils pensaient qu'il était le guerrier. Mais il ne l'était pas. C'était clair à présent, non ?

Les minutes passèrent lentement. Peut-être que toute la troupe avait été décimée, que Moufle et lui étaient les seuls survivants. Peut-être que les araignées le savaient et qu'elles les maintenaient en vie uniquement pour qu'ils soient bien frais quand elles décideraient de les manger.

— Guégo ? dit Moufle.

— Oui, Moufle.

— Va maison ? demanda-t-elle plaintivement. Voi mama ?

— Eh bien, il faut d'abord qu'on trouve papa, dit-il en essayant d'avoir l'air optimiste bien qu'ils soient suspendus au plafond, impuissants, dans le repaire d'araignées géantes.

— Papa ? dit Moufle, curieuse.

Elle connaissait leur père par les photos mais ne l'avait jamais vu en personne.

— Voi papa ?

— On trouve papa. Et ensuite on rentre à la maison, dit Gregor.

— Voi mama ? insista Moufle.

Des images douloureuses de sa mère envahirent l'esprit de Gregor.

— Voi mama ?

À côté d'eux, une araignée se mit à fredonner doucement, bientôt rejointe par les autres. C'était une mélodie douce et apaisante. Gregor tenta de mémoriser l'air pour pouvoir le jouer à son père sur son saxophone. Son père en jouait aussi. Principalement du jazz. Pour les sept ans de Gregor, il lui avait acheté son premier saxo d'occasion, trouvé au clou, et lui avait appris à jouer. Gregor venait juste de commencer à prendre des cours à l'école quand son père avait disparu, prisonnier des rats qui détestaient sûrement la musique.

Et que faisaient les rats à son père, d'ailleurs ?

Il essaya de se distraire avec des pensées plus positives, mais, vu les circonstances, il n'y parvint pas.

Quand Henri apparut sous lui sur le sol de pierre, Gregor en aurait pleuré de soulagement.

— Il vit ! s'écria Henri, l'air sincèrement heureux de le voir.

Dans l'obscurité, Gregor entendit Vikus appeler :

— Libérer vous le Surterrien, libérer vous ?

Il se sentit descendre. Quand ses pieds touchèrent le sol, il tomba sur le ventre, incapable de tenir debout sur ses jambes enrubannées.

Instantanément, ils se rassemblèrent autour de lui et coupèrent les fils de soie avec leurs épées. Même Luxa et Henri donnèrent un coup de main. Tick et Temp rongèrent les liens autour du porte-bébé. Gregor compta les chauves-souris : une, deux, trois, quatre, cinq. Il pouvait voir quelques blessures, mais tout le monde était vivant.

— Nous te croyions perdu, dit Mareth qui saignait abondamment de la cuisse.

— Non, je ne pouvais pas me perdre. Le tunnel menait directement ici, dit Gregor en se libérant avec bonheur des derniers restes de soie.

— Pas perdu dans l'espace, dit Luxa. Perdu pour toujours.

Gregor réalisa qu'elle voulait dire mort.

— Que s'est-il passé avec les rats ? demanda-t-il.

— Tous morts, dit Vikus. Tu n'as pas besoin d'avoir peur qu'ils t'aient vu.

— C'est pire s'ils me voient ? demanda Gregor. Pourquoi ? Ils peuvent sentir que je suis Surterrien à des kilomètres. Ils savent que je suis là.

— Mais seuls les morts savent que tu ressembles à ton père. Que tu es un « fils du soleil », dit Vikus.

Gregor se rappela la réaction de Fangor et Shed lorsqu'ils avaient aperçu son visage. « Vois-tu, Shed, sa teinte ? » Ils n'avaient pas voulu le tuer seulement parce qu'il était Surterrien. Ils pensaient qu'il était le guerrier, eux aussi ! Il voulait en parler à Vikus, mais une multitude d'araignées descendaient autour d'eux et se perchaient dans les toiles avoisinantes.

Une magnifique créature aux élégantes pattes rayées descendit en se balançant devant Vikus.

— Salutations, Reine Wevox.

L'araignée frotta ses pattes contre sa poitrine, comme si elle jouait de la harpe. Une voix étrange sortit de son corps, bien que sa bouche reste immobile.

— Salutations, Lord Vikus.

— Voici Gregor le Surterrien, dit Vikus en désignant Gregor.

— Il fait beaucoup de bruit, dit la reine d'un ton dégoûté, ses pattes avant frottant à nouveau sa poitrine.

Gregor réalisa que c'était comme ça qu'elle parlait, en créant des vibrations sur son corps. Sa voix ressemblait à celle de M. Johnson, de l'appartement

4Q, qui avait été opéré et parlait à travers un trou dans son cou. Seulement la reine, elle, faisait peur.

— Les manières du Surterrien sont étranges, dit Vikus en lançant à Gregor un regard qui lui intimait de ne pas protester.

— Pourquoi venez-vous ? gratta la reine Wevox.

D'une voix douce, Vikus raconta toute l'histoire en dix phrases. Apparemment, il fallait parler aux araignées de manière douce et concise. Crier sans fin était une perte de temps. La reine considéra l'histoire un moment.

— Telles que sont les choses, Vikus, nous ne boirons pas. Tissez-les.

Une horde d'araignées les encercla. Gregor vit un tube de soie fine, magnifique, s'élever autour d'eux comme par magie. Le groupe était à présent isolé, incapable de discerner ce qui se passait à l'extérieur. Les araignées cessèrent de filer lorsque le tube atteignit dix mètres de haut. Deux d'entre elles se postèrent au sommet comme sentinelles. Cela se passa en moins d'une minute.

Tous se tournèrent vers Vikus qui soupira.

— Tu savais que ce ne serait pas simple, dit doucement Solovet.

— Oui, mais j'espérais, avec le récent traité commercial… Je me suis fait des illusions.

— Nous respirons encore, dit Mareth, encourageant. Pour les Fileuses, ce n'est pas rien.

— Qu'est-ce qui se passe ? demanda Gregor. Elles ne viennent pas avec nous ?

— Non, Gregor, répondit Solovet. Nous sommes leurs prisonniers.

CHAPITRE
8

Prisonniers ! s'exclama Gregor. Vous êtes aussi en guerre avec les araignées ?

— Oh non, dit Mareth. Nous sommes en paix avec les Fileuses. Nous troquons avec elles, nous n'envahissons pas nos territoires respectifs... mais dire qu'elles sont nos amies serait exagéré.

— Alors ça, dit Gregor. Est-ce que j'étais le seul à ignorer qu'elles allaient nous enfermer ?

Il avait du mal à cacher son irritation. Il commençait à en avoir assez d'être toujours le dernier au courant.

— Je suis désolé, Gregor, dit Vikus. J'ai longuement travaillé à bâtir des ponts entre les araignées et nous. Je pensais qu'elles seraient plus accommodantes, mais j'ai surestimé mon influence.

Il avait l'air vieux et fatigué. Gregor n'avait pas envie de l'accabler davantage.

— Non, elles vous respectent vraiment. Je veux dire, elles allaient me manger jusqu'à ce que je mentionne votre nom.

Vikus s'anima un peu.

— Vraiment ? Eh bien, c'est déjà quelque chose. Tant qu'il y a de la vie, il y a de l'espoir.

— C'est trop bizarre ! C'est ce que dit toujours ma grand-mère ! dit Gregor en riant, ce qui allégea l'atmosphère.

— Guégo, nou-elle cousse ! réclama Moufle, grognon, en tirant sur son pantalon.

— Oui, Moufle, une nouvelle couche, dit Gregor.

Elle n'avait pas été changée depuis des lustres. Il fouilla dans le sac que lui avait donné Dulcet et réalisa qu'il ne restait que deux couches.

— Oh oh, dit-il. Je n'ai presque plus d'étoffes étanches.

— Eh bien, tu ne pourrais pas être mieux tombé. Les Fileuses tissent toutes nos étoffes étanches, dit Solovet.

— Comment se fait-il qu'elles ne soient pas collantes ? dit Gregor en touchant son visage.

— Les Fileuses peuvent produire six types de soie différents, collante ou douce comme la peau de Moufle. Elles font aussi nos vêtements.

— Vraiment ? dit Gregor. Vous pensez qu'elles nous donneront d'autres couches ? Même si on est prisonniers ?

— Je n'en doute pas. Le but des araignées n'est pas de nous brimer mais de nous garder jusqu'à ce qu'elles prennent une décision à notre sujet.

Elle appela une des sentinelles et, quelques minutes plus tard, une vingtaine de couches descendirent au bout d'un fil. Les araignées envoyèrent aussi trois paniers tissés remplis d'eau potable.

Solovet passa le groupe en revue, nettoyant les blessures et les recousant du mieux possible. Luxa, Henri et Mareth la regardaient attentivement, comme si elle donnait un cours. Gregor réalisa que la capacité de soigner les blessures de guerre était sans doute importante pour ceux qui vivaient sous terre.

Solovet commença par nettoyer la plaie sur la cuisse de Mareth, avant de la recoudre avec une aiguille et du fil. Le visage du garde était pâle et tendu. Gregor grimaça pour lui. Deux chauves-souris avaient besoin de points de suture sur les ailes et, même si elles tentaient de rester immobiles quand Solovet plongeait l'aiguille dans leur peau, l'opération était visiblement très douloureuse pour elles.

Une fois que toutes les hémorragies apparentes eurent été stoppées, Solovet se tourna vers Gregor.

— Occupons-nous de ton visage, à présent.

Gregor toucha sa joue et découvrit que des cloques s'étaient formées là où il avait arraché la toile. Solovet trempa une couche dans l'eau et la plaça sur la plaie. Gregor dut serrer les dents pour ne pas crier.

— Je sais que ça brûle, mais il faut nettoyer la colle, sinon cela va suppurer, dit Solovet.

— Suppurer ? demanda Gregor.

Cela semblait horrible.

— Si tu supportais de mettre de l'eau directement sur ton visage, cela serait plus douloureux mais aussi plus rapide.

Gregor prit une grande inspiration et plongea la tête directement dans le panier. « Aaaaah ! » cria-t-il, le son étouffé par l'eau, avant de ressortir à bout de souffle. Après cinq ou six plongeons, la douleur s'estompa.

Solovet hocha la tête, admirative, et lui donna un petit pot d'onguent à appliquer sur son visage. Pendant qu'il étalait maladroitement la crème, elle nettoya et pansa une série de blessures légères et obligea un Vikus réticent à la laisser envelopper son poignet.

Finalement, elle se tourna vers Temp et Tick.

— Grouilleurs, avez-vous besoin de mon aide ?

Moufle pointa du doigt l'antenne pliée d'un des cafards.

— Bobo Temp, dit-elle.

— Non, Princesse, guérir nous guérir, dit Temp.

Gregor était désolé que Temp soit blessé, mais au moins maintenant, il pouvait différencier les insectes.

— Pansement ! insista Moufle en tendant la main pour attraper l'antenne tordue.

— Non, Moufle ! dit Gregor, l'arrêtant. Pas de pansement pour Temp.

— Pansement !

Moufle fronça les sourcils et repoussa Gregor.

Oh, super, pensa Gregor. *C'est parti pour un tour*. En général, Moufle était une très gentille petite fille. Mais elle n'en avait pas moins deux ans et, parfois, elle faisait des colères qui laissaient la famille épuisée. Généralement, quand elle était fatiguée et affamée.

Gregor fouilla dans le sac. Dulcet avait parlé de provisions, non ? Il sortit un biscuit.

— Un biscuit, Moufle ?

Elle prit le gâteau, toujours grognon, et s'assit pour le grignoter. Peut-être avait-il évité le pire.

— Nous déteste, la princesse, nous déteste ? demanda Tick, inquiet.

— Oh, non, dit Gregor. Elle est comme ça de temps en temps. Ma mère dit que c'est l'âge terrible. Parfois, elle se met en colère sans raison.

Moufle fronça les sourcils et tapa des pieds par terre.

— Nous déteste, la princesse, nous déteste ? murmura tristement Temp.

Apparemment, les bébés cafards ne faisaient jamais de colère.

— Non, vraiment, elle vous trouve toujours super, promit Gregor. Il faut juste... laissez-la tranquille un moment.

Il espérait que les cafards ne seraient pas blessés par l'attitude de Moufle, au point de vouloir rentrer chez eux. Enfin, pour l'instant, personne n'allait nulle part.

Vikus lui fit signe de rejoindre le groupe qui s'était rassemblé. Il lui parla tout bas.

— Gregor, ma femme craint que les Fileuses ne communiquent notre position aux rats. Elle recommande que nous nous évadions au plus vite.

— Ça me va ! dit Gregor. Mais comment ?

Moufle s'approcha de lui par-derrière et lui pinça le bras.

— Non, Moufle ! Pas pincer !

— Enco gâteau ! dit-elle en lui tirant le bras.

— Non, pas pour les pinceuses ! Pas de gâteaux pour les pinceuses ! dit Gregor fermement.

Le menton de Moufle se mit à trembler. L'air furieux, elle s'éloigna, se laissa tomber par terre et se mit à donner des coups de pied au porte-bébé.

— OK, désolé, quoi ? Quel est le plan ? dit Gregor en se tournant à nouveau vers le groupe. Est-ce qu'on pourrait juste découper la toile et s'enfuir par là ?

— Non, de l'autre côté de ce tube, il y a des dizaines d'araignées prêtes à le réparer et à nous attaquer avec leur poison. Si nous nous évadons par le haut, elles nous sauteront dessus du plafond, chuchota Solovet.

— Qu'est-ce qui nous reste ? demanda Gregor.

— Une seule option. Nous devons détruire la toile si complètement, si rapidement qu'elles ne pourront la réparer et qu'elle ne supportera plus leur poids, exposa Solovet. Quelqu'un doit réaliser la Tornade.

Tout le monde se tourna vers Luxa, Gregor fit donc de même. Sa chauve-souris dorée, debout derrière elle, pencha la tête et toucha son cou.

— Nous pouvons le faire, dit doucement Luxa.

— Nous n'insistons pas, Luxa. Le danger est grand, surtout au sommet. Mais en vérité, tu es notre meilleure chance de nous enfuir, reconnut Vikus, contrarié.

Henri passa son bras sur les épaules de Luxa.

— Elles peuvent le faire. Je les ai vues à l'entraîne-
ment. Elles sont rapides et précises.

Luxa hocha la tête, décidée.

— Nous pouvons le faire. N'attendons pas.

— Gregor, monte sur la chauve-souris de Vikus.
Vikus, avec moi. Henri et Mareth, prenez un Grouilleur chacun, ordonna Solovet.

— Il nous faut une distraction pour couvrir Luxa,
dit Mareth. Je pourrais sortir par le côté.

— Pas avec cette jambe, protesta Solovet en regardant autour d'elle. Et personne ne sort par le côté :
c'est la mort assurée.

— Les Fileuses sont très sensibles au bruit, remarqua Vikus. Dommage que nous n'ayons pas de clairon.

Gregor sentit deux petits pieds lui marteler furieusement les jambes. Il se retourna et vit Moufle, par
terre, en train de lui donner des coups de pied.

— Arrête ça ! Tu veux aller au coin ?

— Pas au coin ! Toi au coin ! Toi au coin ! Gâteau !
Gâteau ! hoqueta Moufle.

Elle était sur le point d'exploser.

— Vous avez besoin de bruit ? dit Gregor qui commençait à en avoir marre. J'ai du bruit pour vous.

Il souleva Moufle, la forçant à entrer dans le porte-
bébé.

— Non ! Non ! Non ! s'écria Moufle, d'une voix de
plus en plus aiguë et forte.

— Tout le monde est prêt ? demanda Gregor en tirant un biscuit du sac de Dulcet.

Les Souterriens n'étaient pas sûrs de comprendre ce qu'il faisait mais, en quelques secondes, ils étaient prêts à partir. Solovet hocha la tête.

— Nous sommes prêts.

Gregor leva le biscuit.

— Hé, Moufle ! dit Gregor. Tu veux un gâteau ?

— Non, gâteau, non, gâteau, non, non, non ! répondit Moufle, bien trop excédée pour pouvoir être apaisée.

— OK, dit Gregor. Alors, je le mange.

Et, juste sous son nez, il enfourna le biscuit entier dans sa bouche.

— À moi ! cria Moufle. À moi ! À moi ! À moaaaaaaaaaaaaaaaaaaa !!!!

C'était un hurlement à vous crever les tympans : Gregor sentit son cerveau se retourner dans sa tête.

— Va, Luxa ! s'écria Solovet.

La jeune fille décolla. Gregor comprenait maintenant pourquoi ils avaient fait tout un plat de la Tornade. Luxa s'élevait le long de la toile en tournoyant et tourbillonnant si vite qu'elle lui donnait le tournis. Son épée levée au-dessus de sa tête, elle réduisait le tube en lambeaux. Seul un cavalier extraordinaire pouvait réussir une figure pareille.

— Waouh ! s'exclama Gregor en sautant sur la chauve-souris grise de Vikus.

— À moaaaaaaaaaaaaaaa ! hurlait toujours Moufle. À moaaaaaaaaaaaaaa !

Au-dessus de lui, Luxa tournoyait et tailladait. Les autres Souterriens la suivaient, coupant les côtés du tube à la verticale. Gregor fermait le cortège avec Moufle et ses cris insupportables.

Au sommet de la cheminée, la chauve-souris dorée resta suspendue en l'air, dessinant un huit à l'envers compliqué. Protégés par l'épée de Luxa, les Souterriens filèrent vers la liberté.

Seul Gregor était encore dans le cylindre quand le pire arriva. Un jet de soie descendit du plafond et désarçonna Luxa en encerclant le bras qui tenait son épée. Une paire de jambes striées la ramenèrent comme un poisson au bout d'une canne à pêche.

Les mâchoires de la reine Wevox s'écartèrent pour accueillir le cou de Luxa.

CHAPITRE
9

La bouche de Gregor s'ouvrit en un cri d'horreur. Dans quelques secondes, Luxa serait morte. Elle le savait aussi. Elle se tordait dans tous les sens, terrifiée, essayant de déchirer avec les dents la corde de soie à son poignet, mais en vain.

Il fouilla dans le sac, désespéré, à la recherche d'une arme. Qu'avait-il ? Des couches ? Des biscuits ? Oh, pourquoi ne lui avaient-ils pas donné d'épée ? Il était le fichu guerrier, non ? Ses doigts s'enfoncèrent plus loin dans le sac et se refermèrent autour de la canette de Coca-Cola. Du Coca ! Il tira le soda hors du sac et se mit à le secouer de toutes ses forces.

— Attaque ! Attaque ! hurla-t-il.

Au moment même où les crocs allaient percer la gorge de Luxa, il s'éleva et ouvrit la canette. Le Coca en jaillit, frappant l'araignée en plein visage. Elle laissa tomber Luxa pour tenter d'essuyer ses six yeux.

Luxa tomba et fut récupérée par Aurora. Ils rejoignirent les Souterriens qui se battaient pour revenir en arrière au secours de la jeune fille.

— Roue de lames ! ordonna Solovet.

Aussitôt, les chauves-souris adoptèrent la formation qui avait encerclé Gregor lorsqu'il avait essayé de s'enfuir du stade.

Les humains tendirent leurs épées vers l'extérieur et le groupe fendit l'air comme une scie électrique.

À cause des hurlements de Moufle, de nombreuses araignées se recroquevillaient en boules tremblantes. Gregor ne savait pas si c'était grâce au bruit, à la roue de lames ou à la peur du Coca mais, quelques minutes plus tard, ils volaient librement et laissaient les araignées loin derrière eux.

Réalisant qu'il devait être en train d'étrangler sa chauve-souris, Gregor desserra les jambes. Il avait toujours la canette de Coca à moitié vide dans une main. Il l'aurait bue... s'il avait été capable d'avaler quoi que ce soit.

Les cris de Moufle se transformèrent bientôt en gémissements. Elle posa la tête sur son épaule et s'endormit. Elle avait été si malheureuse qu'elle hoquetait encore dans son sommeil. Gregor se tourna pour déposer un baiser sur sa tête bouclée.

Luxa était allongée sur le dos de sa chauve-souris, vivante mais épuisée. Il vit Solovet et Vikus voler à côté d'elle et lui parler. Elle opina du chef mais ne se redressa pas. Le couple prit la tête de la troupe et les chauves-souris accélérèrent encore dans l'obscurité.

Ils volèrent longtemps le long de couloirs déserts. Gregor n'aperçut aucun signe de vie, animale ou végé-

La Quête

tale. Finalement, Solovet et Vikus signalèrent l'atterrissage dans une vaste grotte à l'entrée d'un tunnel.

À peine descendus des chauves-souris, tous se laissèrent tomber à terre et restèrent allongés là. Temp et
Tick étaient presque catatoniques de peur. Les
chauves-souris titubèrent les unes vers les autres et se
rassemblèrent en un groupe tremblant.

Au bout d'un moment, Gregor s'entendit demander :

— Alors, est-ce qu'il ne serait pas grand temps que
j'aie une épée ?

Après un moment de silence, tous les Souterriens
éclatèrent de rire, sans pouvoir s'arrêter. Gregor ne
comprenait pas vraiment la blague, mais il rit avec eux,
sentant l'angoisse des dernières heures le quitter.

Le rire réveilla Moufle qui se frotta les yeux et
demanda gaiement :

— Où a-aignées ?

Cela déclencha une nouvelle vague de fous rires.
Ravie de cette réaction, Moufle continua à répéter :
« Où a-aignées ? Où a-aignées ? », redoublant l'hilarité
générale.

— Les araignées ont fait au revoir, dit finalement
Gregor. Ça te dit, un biscuit ?

— Ou-oui ! dit Moufle sans la moindre trace de
colère concernant l'« incident gâteau » précédent.

C'était l'une de ses grandes qualités. Une fois
qu'elle s'était épuisée et qu'elle avait dormi, elle rede-
venait agneau.

Quand ils réalisèrent que la princesse ne les détestait pas vraiment, Temp et Tick se reprirent et accoururent pour jouer à chat avec elle.

Mareth voulut préparer à manger mais Solovet lui ordonna de s'allonger en surélevant sa jambe. Vikus et elle firent le dîner pendant qu'Henri et Mareth jouaient aux cartes.

Gregor rejoignit Luxa, assise sur une saillie rocheuse. Il se laissa tomber à côté d'elle et sentit qu'elle tremblait encore.

— Comment ça va ? demanda-t-il.

— Je vais très bien, répondit-elle d'une voix tendue.

— C'était vraiment cool, ce truc que tu as fait, la Tornade.

— C'était ma première fois dans une vraie toile d'araignée, avoua-t-elle.

— Moi aussi. Bien sûr, en Surterre, les araignées sont minuscules, et ce ne sont pas nos voisines.

— Nous ne sympathisons pas trop avec les Fileuses, dit Luxa en faisant la grimace.

— C'est pas plus mal. Je veux dire, qui voudrait passer du temps avec quelqu'un qui ne pense qu'à vous boire ?

Luxa eut l'air choqué.

— Tu ne plaisanterais pas comme ça si la reine t'avait emprisonné !

— Hé, je suis resté pendu une heure à m'époumoner avant que vous vous décidiez à venir me sauver, dit Gregor. Et elles ne m'aimaient vraiment pas.

Luxa rit.

— Oui, je l'avais deviné au commentaire de la reine Wevox !

Elle fit une pause. Gregor sentit que ce qu'elle voulait dire lui coûtait.

— Merci.

— De quoi ?

— De m'avoir sauvée avec... Quelle est cette arme ? demanda-t-elle en désignant la canette.

— Ce n'est pas une arme. C'est un Coca, répondit Gregor.

Il but une gorgée, au grand dam de Luxa.

— Est-ce bien sage de le boire ?

— Bien sûr, tiens, essaie, offrit Gregor en lui passant la canette.

Elle porta précautionneusement la boisson à ses lèvres et ses yeux s'arrondirent.

— Cela pétille sur la langue !

— Oui, c'est pour ça que ça a explosé. Je l'ai secouée pour faire beaucoup de bulles. Tu ne risques rien, maintenant. C'est comme de l'eau. Vas-y, tu peux la finir, dit-il.

Luxa, curieuse, continua à prendre de minuscules gorgées.

— Enfin, j'avais une dette envers toi, ajouta Gregor. Tu m'as sauvé de ce rat le premier soir. On est quittes.

Luxa hocha la tête, l'air troublé.

— Il y a autre chose. Je n'aurais pas dû te frapper pour avoir cherché à t'enfuir. Je suis désolée.

— Et moi, je suis désolé d'avoir dit que ton pays était flippant. Ce n'est pas comme si tout était flippant. Il y a des trucs super.

— Est-ce que je suis « flippante » pour toi ? demanda Luxa.

— Oh, non. « Flippant », c'est les araignées, les rats et, tu sais, les choses qui te donnent la chair de poule. Tu es juste… difficile, dit Gregor qui voulait être honnête sans être trop impoli.

— Toi aussi. C'est difficile de… euh… te faire faire les choses.

Gregor hocha la tête mais, quand elle eut le dos tourné, il leva les yeux au ciel. Il ne pouvait pas imaginer quelqu'un de plus têtu.

Vikus les appela tous pour dîner et même les cafards se sentirent assez à l'aise pour se joindre à eux.

— Je bois l'arme à Fileuses de Gregor, annonça Luxa en levant la canette de Coca.

Gregor dut à nouveau expliquer la boisson : après ça, tout le monde voulut y goûter.

Quand la canette arriva à Moufle, croyant qu'elle avait avalé les dernières gorgées, il dit :

— Bon, ben, y en a plus.

Mais la fillette versa deux petites flaques sur le sol.

« Gosses bêtes », dit-elle en désignant la première. « Chaussou-is », en désignant la deuxième. Les deux groupes d'animaux ne se firent pas prier pour boire.

— Je crois que Moufle est une ambassadrice-née, remarqua Vikus en souriant. Elle traite tout le monde avec une égalité à laquelle j'aspire moi-même. Allons, mangeons.

Ils entamèrent le repas comme s'ils n'avaient jamais vu de nourriture auparavant. Quand, plus calme, il commença à sentir le goût des aliments, Gregor posa la question qui l'inquiétait depuis qu'ils avaient échappé aux araignées.

— Pouvons-nous quand même continuer la quête sans les Fileuses ?

— C'est la question, répondit Vikus. C'est ce que nous devons tous considérer. Clairement, nous ne pouvons pas attendre que des Fileuses nous suivent de leur plein gré.

— Nous aurions dû en attraper deux quand nous étions là-bas, dit Henri sombrement.

— La prophétie dit que les Fileuses doivent acquiescer, rappela Vikus. Ceci étant dit, les rats ont fait beaucoup de prisonnières parmi les Fileuses. Peut-être pourrions-nous en libérer quelques-unes et les convaincre de nous accompagner. J'ai souvent obtenu de bons résultats avec elles.

— Mais tu ne seras pas là, Vikus, dit doucement Solovet.

— Comment ça ? demanda Gregor, la bouche sèche.

Vikus fit une pause et regarda le groupe.

— Il est temps que rentrent à la maison ceux d'entre nous qui ne figurent pas dans la prophétie. Mareth, Solovet et moi décollerons une fois reposés.

Gregor vit Luxa et Henri aussi surpris que lui.

— Rien dans la prophétie ne vous interdit de venir avec nous, dit Luxa.

— Nous ne sommes pas censés être là. Et, de plus, nous avons une guerre à mener, lui opposa Solovet.

L'idée de continuer sans le couple remplit Gregor de panique.

— Mais vous ne pouvez pas nous laisser ! Je veux dire, on ne sait même pas où on va. Est-ce que vous savez où on va ? demanda-t-il à Henri et Luxa.

Ils firent non de la tête.

— Vous voyez ?

— Vous vous débrouillerez. Henri et Luxa sont bien entraînés et toi, tu sembles avoir beaucoup de ressources, dit Solovet.

Elle parlait simplement, résolument. Elle pensait à la guerre, à la situation générale, pas à eux.

Gregor sut d'instinct qu'il ne pourrait pas la faire changer d'avis. Il se tourna vers Vikus.

— Vous ne pouvez pas partir. Nous avons besoin de vous ! Nous avons besoin de quelqu'un… quelqu'un qui sache ce qu'il fait !

Il jeta un œil à Henri et Luxa pour voir s'ils étaient vexés, mais tous deux attendaient, anxieux, la réponse du vieil homme. *Ils savent*, pensa Gregor. *Ils jouent les durs, mais ils savent qu'on ne pourra pas s'en sortir seuls.*

— Je ne compte pas vous abandonner en Morterre, dit Vikus.

— Oh, super, on est en Morterre, s'exclama Gregor. Alors vous allez... quoi ? Nous dessiner une carte ?

— Non, je vais vous fournir un guide.

— Un guide ? demanda Henri.

— Un guide ? répéta Luxa en écho.

Vikus prit une grande inspiration, comme s'il allait commencer un long récit. Mais, à ce moment-là, quelqu'un l'interrompit.

— Oh, je préfère me considérer comme une légende, mais je suppose que « guide » fera l'affaire, dit une voix profonde et désabusée sortant de l'obscurité.

Gregor pointa sa torche vers le son.

Appuyé contre l'entrée du tunnel, un rat les regardait, le visage barré d'une cicatrice en diagonale. Gregor le reconnut immédiatement : c'était celui que Vikus avait fait tomber dans la rivière.

TROISIÈME PARTIE

Le **Rat**

CHAPITRE
1

— **P**aix ! s'écria Vikus quand Luxa, Henri et Mareth bondirent, épée à la main. Paix !

L'air amusé, le rat contempla les trois humains armés.

— Oui, paix, ou je serai obligé de bouger et cela me met toujours de mauvaise humeur, dit-il avec langueur.

Luxa et Mareth s'immobilisèrent, indécis, mais Henri ignora l'injonction et se jeta sur le rat. Sans bouger d'un poil, celui-ci fit claquer sa queue comme un fouet : soudain l'épée du garçon tournoya sur le sol de la caverne et s'arrêta contre le mur. Henri agrippa son poignet blessé.

— La leçon la plus dure à apprendre pour un soldat est d'obéir aux ordres auxquels il n'adhère pas, remarqua le rat, philosophe. Fais attention, petit, ou tu finiras comme moi, toute respectabilité perdue et réchauffant ta carcasse racornie au feu de tes ennemis.

Le rat salua le vieil homme de la tête.

— Vikus.

— Ripred, salua Vikus en souriant. Nous venons juste de commencer à dîner. Te joindrais-tu à nous ?

— Ah, j'ai failli attendre, dit Ripred, quittant le mur et s'approchant du feu d'un pas traînant.

Il s'accroupit à côté de Solovet.

— Ma chère Solovet, c'est si gentil à toi d'avoir volé jusqu'ici pour me saluer. Et en plus de cela, avec une guerre en cours.

— Pour rien au monde, je n'aurais manqué une occasion de rompre le pain avec toi, Ripred, dit Solovet.

— Oh, arrête, tu sais parfaitement que tu ne t'es jointe à la fête que pour me soutirer des informations. Et pour te vanter de ta victoire aux Flammes.

— Je t'ai détruit, jubila Solovet. Ton armée a tourné les talons et s'est enfuie dans la rivière en pleurant.

— Mon armée, grogna Ripred. Si ça, c'était une armée, je suis un papillon. J'aurais eu plus de chance de gagner en me battant aux côtés de Grouilleurs.

Le rat regarda Temp et Tick qui tremblaient contre le mur. Il soupira.

— Je ne dis pas ça pour vous, bien sûr.

Moufle fronça les sourcils et trottina jusqu'à Ripred. Elle pointa son doigt dodu vers lui.

— Toi sou-is ?

— Oui, je suis une souris. Couic couic. Maintenant, du balai, retourne avec tes amies les bestioles, dit Ripred en prenant un morceau de bœuf séché.

Il en déchira un bout avec ses incisives avant de s'apercevoir que Moufle n'avait pas bougé. Il retroussa

les lèvres, révélant une rangée de dents inégales et siffla sèchement.

— Oh ! dit Moufle en se précipitant vers ses
cafards. Oh !

— Ne faites pas ça, intervint Gregor.

Le rat tourna ses yeux brillants vers lui et Gregor fut
choqué par ce qu'il y vit. L'intelligence, l'efficacité
meurtrière et, plus surprenant, la douleur. Ce rat n'était
pas comme Fangor et Shed. Il était bien plus compliqué
et bien plus dangereux. Pour la première fois en Souterre, Gregor sentit qu'il ne faisait pas le poids. Dans un
combat contre ce rat, il n'avait aucune chance. Il per-
drait. Il mourrait.

— Ah, voilà donc notre guerrier, dit doucement
Ripred. Comme tu ressembles à ton papounet.

— Ne faites pas peur à ma sœur, dit Gregor d'une
voix qu'il voulait posée. C'est seulement un bébé.

— À ce que j'ai entendu, elle a plus de tripes que
vous tous réunis. Bien sûr, le courage ne compte que
lorsqu'on sait compter. Je suppose que vous autres
savez compter et allez rassembler votre courage inces-
samment sous peu.

Le rat regarda autour de lui : Luxa, Mareth et Henri
gardaient leurs distances. Les chauves-souris ouvraient
et fermaient leurs ailes, indécises.

— Eh bien alors, personne d'autre n'a faim ? Je
déteste manger seul. Je me sens mal aimé.

— Je ne les ai pas préparés, Ripred, expliqua Vikus.

— Clairement, dit le rat. De toute évidence, mon arrivée est un plaisir inattendu.

Il attaqua son os de bœuf, faisant un affreux bruit de raclement.

— Voici Ripred, le Racleur, dit Vikus au groupe. Il se joint à la quête : ce sera votre guide.

La moitié de l'assemblée inspira brusquement de surprise. Une longue pause suivit, durant laquelle personne n'expira. Gregor essaya de comprendre ce que Vikus avait annoncé si calmement. Un rat. Il les laissait entre les griffes d'un rat. Il aurait voulu objecter mais sa gorge était paralysée.

Finalement, Luxa parla d'une voix rauque de haine.

— Non, c'est hors de question. Nous ne voyageons pas avec des rats.

— La Prophétie du Gris l'exige, Luxa, dit Solovet. « Un Racleur auprès ».

— « Auprès » peut vouloir dire n'importe quoi, gronda Henri. Peut-être que nous laissons le Racleur mort « auprès » de nous.

— Peut-être bien. Mais, au vu de votre dernier assaut, j'en doute, railla Ripred en attaquant un morceau de fromage.

— Nous avons tué cinq rats depuis ce midi, déclara Luxa.

— Tu veux dire les idiots que j'avais choisis précisément pour leur poltronnerie et leur inaptitude ? Ah, oui, bravo, votre Majesté. C'était un combat de maître, dit Ripred, dégoulinant de sarcasme. Ne te flatte pas en pensant que tu as déjà combattu un rat.

— Ils ont tué Fangor et Shed eux-mêmes, intervint bravement Mareth.

— Ah, dans ce cas, au temps pour moi. Fangor et Shed étaient d'excellents combattants, dans les rares moments où ils étaient sobres, dit Ripred. Cependant, je suppose qu'ils étaient largement dépassés en nombre et quelque peu déstabilisés par l'arrivée de notre guerrier. Qu'en dis-tu, Guerrier ? Refuses-tu également de m'accompagner ?

Gregor regarda dans les yeux moqueurs et tourmentés de Ripred. Il voulait refuser, mais pourrait-il alors jamais sauver son père ?

Comme s'il suivait ses pensées, Vikus intervint.

— Tu as besoin de Ripred pour te guider vers ton père. Ces tunnels ne sont pas cartographiés par les humains. Tu ne trouveras jamais ton chemin sans lui.

Certes, mais c'était quand même un rat. Gregor n'était en Souterre que depuis quelques jours, mais il méprisait déjà les rats. Ils avaient tué les parents de Luxa et Henri, emprisonné son père et failli les manger, Moufle et lui. Sa haine pour eux était tellement puissante qu'il la sentait comme une présence dans son corps. Si tous les rats étaient mauvais, qui était donc cette étrange créature qui l'observait de l'autre côté du feu, en proposant d'être leur guide ?

— Qu'est-ce que vous y gagnez ? lui demanda Gregor.

— Bonne question, dit Ripred. Eh bien, Guerrier, je prévois de renverser le roi Gorger et j'ai besoin de ton aide.

— Mon aide ? Pour quoi faire ?

— Je ne sais pas, admit Ripred. Aucun de nous ne le sait.

Gregor se leva et prit le bras de Vikus.

— Il faut que je vous parle, seul à seul.

La colère dans sa voix le surprit lui-même. Mais il était *vraiment* en colère ! Le rat ne faisait pas partie de leur accord initial. Il ne s'était pas engagé pour cela.

Vikus ne releva pas l'agressivité de Gregor. Il s'y attendait sans doute. Ils s'éloignèrent à deux cents mètres du groupe.

— Alors, depuis quand avez-vous ce plan avec le rat ? demanda Gregor.

Vikus réfléchit un moment.

— Je ne suis pas sûr… environ deux ans. Bien sûr, cela dépendait de ton arrivée.

— Comment se fait-il que vous ne m'en ayez pas parlé avant ?

— Je ne donne pas aux gens plus d'informations qu'ils ne peuvent en gérer.

— Qui dit que je ne peux pas gérer ? Je peux gérer ! s'écria Gregor, de toute évidence dépassé par la situation.

— Peut-être que tu le peux, en tout cas plus facilement que Luxa et Henri. Je t'en aurais sans doute parlé

si nous avions terminé notre discussion sur la Prophétie du Gris, dit Vikus. Tu m'aurais alors posé la question et, oui, je t'en aurais parlé.

Gregor tira la prophétie de sa poche et dit :

— Finissons-la maintenant.

Il chercha la ligne où ils s'étaient arrêtés.

Un Racleur auprès, un perdu au-delà.

— Donc, Ripred est le « Racleur », mon père celui
qui est « perdu au-delà », dit Gregor.

Il continua à lire.

Et seulement huit de reste, si les morts on enlève.

— Qu'est-ce que ça veut dire ? demanda Gregor en
désignant la phrase.

— Si on additionne tous les acteurs de la prophétie, deux dessus, deux dessous, deux Planeurs, deux
Grouilleurs, deux Fileuses, un Racleur et un perdu,
cela fait douze, dit gravement Vikus. À la fin de la
quête, seuls huit auront survécu. Quatre seront morts.
Mais personne ne sait lesquels.

— Oh, dit Gregor, assommé.

Il avait déjà entendu ces mots, mais leur sens ne lui
apparaissait que maintenant.

— Quatre d'entre nous, morts.

— Mais huit vivants, Gregor, dit doucement Vikus.
Et peut-être un monde sauvé.

Gregor ne voulait pas penser à cette partie de la prophétie pour l'instant, se demander qui resterait à la fin de l'aventure. Il avança jusqu'à la dernière strophe.

Le dernier à mourir doit décider son camp.
La vie de ces huit autres de son seul choix dépend.
Qu'il fasse bien attention, avise où il bondit
Car la vie est la mort et la mort est la vie.

— Je ne comprends pas cette dernière partie, dit Gregor.

— Moi non plus, ni personne. Elle est très énigmatique. Je crois que nul ne la comprendra vraiment jusqu'au dernier instant, dit Vikus. Gregor, ce que je te demande n'est ni plaisant ni facile, mais c'est essentiel : essentiel pour toi, si tu souhaites retrouver ton père ; essentiel pour mon peuple, s'il veut survivre.

Gregor sentit sa colère s'estomper, remplacée par la peur. Il essaya une autre tactique.

— Je ne veux pas aller avec ce rat, supplia-t-il. Il nous tuera.

— Non, tu ne peux juger Ripred par ce que tu sais des autres rats. Il a une sagesse unique, parmi toutes les créatures. Les relations n'étaient pas toujours si tendues entre les humains et les rats. Quand Solovet, Ripred et moi étions plus jeunes, nous vivions relativement en paix. Ripred souhaite la rétablir, mais le roi Gorger voudrait voir mourir tous les humains, dit Vikus.

— Donc, vous dites que Ripred est un bon rat, dit Gregor en s'étranglant sur les mots.

— Si ce n'était pas le cas, crois-tu que je laisserais ma petite-fille entre ses mains ?

— Votre petite-fille ? répéta Gregor, ébahi.

— Judit, la mère de Luxa, était ma fille, dit Vikus.

— Vous êtes son grand-père ? Pourquoi est-ce qu'elle vous appelle Vikus ? demanda Gregor.

Ces gens étaient si bizarres et formels. Comment avait-il pu rater ça ?

— C'est notre coutume. Occupe-toi d'elle. Si c'est dur pour toi, sache que c'est un calvaire pour Luxa.

— Je n'ai pas encore dit que j'irais ! dit Gregor en regardant le vieil homme dans les yeux. D'accord, j'irai. Y a-t-il autre chose que vous ne m'avez pas dit et que j'ai besoin de savoir ?

— Seulement cela : malgré mes paroles, j'ai su que tu étais le guerrier dès l'instant où j'ai posé les yeux sur toi.

— Merci. C'est super. Ça me fait une belle jambe, dit Gregor.

Ils retournèrent vers le groupe.

— OK, Moufle et moi allons avec le rat. Qui d'autre nous suit ?

Il y eut une pause.

— Où va la princesse, aller nous, dit Temp.

— Que dis-tu, Luxa ? demanda Vikus.

— Que puis-je dire, Vikus ? Puis-je retourner vers notre peuple et lui dire que je me suis retirée de la quête alors que notre survie en dépend ? répondit amèrement Luxa.

— Bien sûr que non, cousine. C'est pour cela qu'il a attendu jusqu'à maintenant, ragea Henri.

— Tu pourrais choisir de... commença Vikus.

— Je pourrais choisir ! Je pourrais choisir ! rétorqua Luxa. Ne m'offre pas de choix quand tu sais fort bien qu'il n'y en a pas !

Henri et elle tournèrent le dos au vieil homme.

— Planeurs ? demanda Solovet, car Vikus semblait avoir perdu la parole.

— Aurora et moi allons avec nos unis, murmura Arès.

— Alors, c'est réglé. Viens, Mareth, on a besoin de nous à Regalia, dit Solovet.

Un Mareth bouleversé empaqueta rapidement des provisions pour les membres de la quête.

— Volez haut, vous tous, dit-il d'une voix tendue, avant de monter sur sa chauve-souris.

Solovet se mit en selle et déroula sa carte. Pendant que Ripred l'aidait à décider du chemin le plus sûr pour rentrer à Regalia, Vikus s'approcha d'Henri et Luxa. Ni l'un ni l'autre ne se tournèrent pour le regarder.

— Je préférerais ne pas vous quitter ainsi, mais je comprends votre colère. Peut-être serez-vous un jour capables de me pardonner ce moment. Vole haut, Henri. Vole haut, Luxa, dit-il.

Il attendit une réponse, en vain, fit demi-tour et monta lourdement sur sa chauve-souris.

Gregor avait beau se sentir mal d'être abandonné avec un rat, il souffrait pour Vikus. Il voulait crier à Luxa : « Dis quelque chose ! Ne laisse pas ton grand-père partir comme ça ! Quatre d'entre nous ne reviendront pas ! » Mais les mots se coincèrent dans sa gorge. Une partie de lui n'était pas prête non plus à pardonner au vieil homme.

— Vole haut, Gregor le Surterrien, dit Vikus.

Gregor ne savait pas quoi dire. Devait-il plutôt l'ignorer ? Lui faire comprendre qu'aucun d'entre eux, pas même un Surterrien, ne pouvait lui pardonner ? Alors qu'il décidait de ne pas répondre, Gregor pensa aux deux dernières années, sept mois et quoi ? quinze jours maintenant ? Il y avait tellement de choses qu'il aurait dû dire à son père quand il en avait l'occasion. À quel point c'était spécial quand ils montaient sur le toit pour observer les étoiles. Ou combien il aimait prendre le métro avec lui pour aller voir un match de baseball. Ou juste qu'il se sentait chanceux que, de tous les hommes sur terre, son père fut son père.

Il n'y avait plus de place dans son cœur pour les non-dits. Les chauves-souris s'élevaient. Il n'avait qu'une seconde.

— Vole haut, Vikus ! cria-t-il. Vole haut !

Vikus se retourna et Gregor vit des larmes briller sur ses joues. Il leva la main pour le remercier.

Un instant plus tard, ils avaient disparu.

CHAPITRE
2

Donc, ça se jouait à eux neuf. Pour Gregor, tous les adultes étaient partis en laissant les enfants avec la baby-sitter, en l'occurrence un rat. Intérieurement, il se sentait mal, vide et très jeune : il aurait voulu que quelqu'un le protège. Il observa le groupe et réalisa qu'il n'avait personne vers qui se tourner.

— Nous ferions aussi bien de nous reposer, dit Ripred avec un grand bâillement. Pour démarrer en forme dans quelques heures.

Il brossa les miettes de fromage de sa fourrure, se mit en boule et, une minute plus tard, il ronflait bruyamment.

Personne ne savait quoi dire. Gregor étala sa couverture par terre et appela Moufle.

— Font auvoi ? demanda Moufle en montrant du doigt la direction dans laquelle Vikus était parti.

— Ils ont fait au revoir, Moufle. On va dormir ici. C'est l'heure du dodo.

Il s'allongea sur la couverture et la petite se blottit contre lui sans protester. Temp et Tick les encadrèrent.

Est-ce qu'ils montaient la garde ? Pensaient-ils vraiment pouvoir faire quoi que ce soit si Ripred décidait de les attaquer ? Malgré tout, c'était plutôt réconfortant de les savoir là.

Luxa refusa de s'allonger. Aurora la rejoignit et l'enveloppa de ses ailes dorées. Arès pressa son dos noir et poilu contre celui d'Aurora ; Henri s'étendit à ses pieds.

Ils pouvaient prendre toutes les précautions possibles : de toute façon, Gregor était sûr que Ripred pourrait les tuer tous les huit en un instant. *Il commencerait par Luxa et Henri, puisque ce sont les seuls à avoir des armes, ensuite il nous achèverait un par un*, pensa Gregor. Peut-être qu'Arès et Aurora pourraient s'échapper, mais tous les autres seraient des proies faciles. C'était la vérité, il ferait aussi bien de l'accepter.

Bizarrement, une fois qu'il l'eut acceptée, Gregor se sentit plus détendu. Il n'avait pas d'autre choix que de se fier à Ripred. S'il pouvait lui faire confiance, alors il pouvait dormir. Il se laissa glisser dans le sommeil, en bloquant les images de pattes striées et de dents de rat acérées qui lui venaient à l'esprit. Quelle journée pourrie !

Un bruit de claquement le réveilla en sursaut. Instinctivement, il protégea Moufle de son corps avant de réaliser que c'était juste Ripred qui frappait le sol de sa queue.

— Allez, debout, gronda-t-il. Il est temps d'y aller. Mangez et partons.

Gregor rampa de sous sa couverture et attendit que Mareth apporte la nourriture, avant de se rappeler que le soldat était parti.

— Comment voulez-vous gérer le problème de la nourriture ? demanda-t-il à Henri.

— Luxa et moi ne servons pas à manger, nous sommes de sang royal, répondit dédaigneusement Henri.

— Oui, eh bien moi, je suis le guerrier et Moufle est une princesse. Et vous allez vite crever de faim si vous attendez que je vous serve, dit Gregor.

Il commençait à en avoir marre de ces enfants gâtés royaux.

— Dis-lui, garçon, rigola Ripred. Dis-lui que ton pays a combattu pour ne plus avoir à obéir aux rois et reines.

Surpris, Gregor se tourna vers Ripred.

— Comment savez-vous ça ?

— Oh, je sais des choses sur la Surterre que nos amis ici présents ignorent. J'y ai passé beaucoup de temps au milieu de vos livres et de vos journaux.

— Vous savez lire ? s'étonna Gregor.

— La plupart des rats lisent. Ce qui nous frustre, c'est que nous ne pouvons pas tenir un stylo pour écrire. Maintenant, bouge-toi, Surterrien. Mange ou ne mange pas, mais partons, ordonna Ripred.

Gregor alla jusqu'aux sacs de provisions pour inspecter les réserves. Principalement de la viande séchée, du pain et ce qui ressemblait à des patates douces. Il estima qu'en faisant attention, ils avaient assez de nourriture pour trois jours. Bien sûr, Ripred était un goinfre, et il s'attendait sûrement à ce qu'on le nourrisse. OK, peut-être deux jours.

Luxa le rejoignit et s'assit à ses côtés, mal à l'aise.

— Quoi ? fit Gregor.

— Comment est-ce qu'on... fait la nourriture ?

— Qu'est-ce que tu veux dire ?

— Henri et moi n'avons jamais vraiment préparé à manger, avoua Luxa.

Gregor vit Henri regarder sa cousine en fronçant les sourcils, mais elle l'ignora.

— Tu veux dire que tu ne t'es même jamais fait un sandwich ? demanda Gregor.

Il ne savait pas cuisiner grand-chose, mais si sa mère devait travailler tard, il lui arrivait de préparer le dîner. Des plats simples comme des œufs brouillés ou des pâtes au fromage, il se débrouillait.

— Un sandwich ? Est-ce un plat nommé en l'honneur de Bartholomé de Sandwich ? demanda-t-elle, perplexe.

— Je ne sais pas. Ce sont deux tranches de pain avec du jambon, du fromage, du beurre de cacahuète ou autre chose entre les deux.

— Je n'ai jamais fait de sandwich.

— C'est facile. Tiens, coupe des tranches de viande. Pas trop épaisses, dit-il en lui tendant un couteau.

Gregor parvint à couper dix-huit tranches de pain dans une seule miche. Luxa s'en sortit très bien avec la viande ; c'était vrai qu'elle avait l'habitude de manier des lames. Il lui montra comment assembler les sandwiches, et elle eut l'air assez contente de cet accomplissement. Elle en prit quatre pour elle, son cousin et les chauves-souris. Gregor prit les cinq autres. C'était trop lui demander que de servir Ripred et les cafards.

Il réveilla Moufle qui attaqua son sandwich sans attendre. Temp et Tick remercièrent poliment de la tête pour les leurs. Puis Gregor s'approcha de Ripred, appuyé à la paroi du tunnel, l'air boudeur. Il lui tendit un sandwich.

— Tenez.

— Pour moi ? dit Ripred, feignant la surprise. Comme c'est gentil de ta part. Je suis sûr que le reste de ton équipe serait ravi de me voir mourir de faim.

— Si vous mourez de faim, je ne trouverai jamais mon père, dit Gregor.

— Très vrai, dit Ripred en enfournant le sandwich entier dans sa bouche. Il est bon que nous nous comprenions. Le besoin mutuel est un lien puissant. Plus puissant que l'amitié ou l'amour.

— Est-ce que les rats aiment ? demanda sèchement Gregor.

— Oh oui, répondit Ripred avec un sourire moqueur. Nous nous aimons beaucoup nous-mêmes.

Pas étonnant, pensa Gregor. Il alla s'asseoir près de Moufle, en train de faire un sort à son sandwich.

— Enco, dit Moufle en pointant du doigt celui de Gregor. Il était affamé, mais il ne pouvait pas la laisser avoir faim. Il commençait à couper son sandwich en deux quand Temp poussa délicatement le sien devant Moufle.

— La princesse peut manger le mien, dit Temp.

— Tu as besoin de manger, toi aussi, objecta Gregor.

— Pas beaucoup, dit Temp. Tick non plus. Partager avec moi, elle.

Elle. Donc Tick devait être une cafarde.

— Partager avec lui, dit-elle.

Et Temp était un mâle. Ça ne faisait aucune différence pour Gregor, mais c'était une information de plus qui lui éviterait d'offenser les cafards à l'avenir.

Vu que Moufle avait déjà mâchonné la moitié du sandwich de Temp, Gregor accepta. Il essaierait de leur donner une partie de sa nourriture au prochain repas.

Le petit-déjeuner fut avalé en deux minutes, les bagages faits en cinq. Ils s'apprêtaient à monter sur Arès et Aurora quand Ripred les arrêta.

— Ce n'est pas la peine. Vous ne pouvez pas voler là où nous allons, annonça-t-il en indiquant le tunnel qui faisait à peine deux mètres de haut sur deux mètres de large.

— Nous entrons là-dedans ? Est-ce qu'il n'y a pas un autre chemin pour atteindre mon père ? demanda Gregor.

Même s'ils avaient besoin l'un de l'autre, il ne tenait pas à entrer dans cet endroit étroit et sombre avec Ripred.

— Il y a un *autre* chemin, pas un *meilleur* chemin. Sauf si tu en connais un.

Gregor sentait Arès et Aurora trembler d'angoisse.

— Et les chauves-souris ?

— Je suis sûr que tu régleras ça, dit Ripred d'un ton traînant.

— Pouvez-vous marcher ? demanda Gregor à Arès.

— Pas longtemps. Pas loin.

— Alors nous devrons vous porter.

— Monter vous, Planeurs, monter vous ? demanda Temp.

— Les Planeurs ne montent pas les Grouilleurs, dit Aurora, crispée.

— Pourquoi pas ? Ils vous ont bien montés, intervint Gregor.

Il en avait assez qu'ils soient tous dédaigneux avec les cafards. Ils ne se plaignaient jamais, ils faisaient leur part du travail et ils s'occupaient de Moufle. Tout bien considéré, c'étaient les compagnons de voyage les plus faciles à vivre.

Les chauves-souris battirent des ailes mais ne répondirent pas.

— En tout cas, je ne vous porterai pas. J'ai déjà Moufle et un sac de rôti. Luxa et Henri ne peuvent pas vous porter tous les deux. Donc, si vous êtes trop bien pour monter sur les cafards, je suppose qu'il faut que vous demandiez à Ripred de vous transporter.

— Ne prends pas ce ton-là avec eux, intervint sèchement Luxa. Ils ne raillent pas les Grouilleurs. C'est l'étroitesse du tunnel. Les Planeurs n'aiment pas les endroits où ils ne peuvent pas étendre leurs ailes.

— Oui, eh bien, la moitié d'entre nous n'était pas ravie non plus de voler à des dizaines de mètres du sol, rétorqua Gregor.

Il réalisa qu'il commençait à réagir comme un pauvre type. Arès et Aurora n'avaient été ni méchants ni impatients quand lui et les cafards avaient eu peur de voler.

— Écoutez, je sais que ça va être difficile mais je suis sûr que tout le trajet ne se fera pas dans d'aussi petits tunnels. N'est-ce pas, Ripred ?

— Oh, sûrement pas *tout* le trajet, dit Ripred que la discussion ennuyait à mourir. Pouvons-nous y aller, s'il vous plaît ? La guerre sera finie avant que nous ayons fixé nos plans de voyage.

— Nous monterons les Grouilleurs, dit Arès.

Gregor aida Henri et Luxa à mettre les chauves-souris sur le dos des cafards. Elles durent s'allonger sur le ventre et agripper les carapaces lisses avec leurs griffes. Gregor dut admettre que cela semblait très inconfortable. Il glissa Moufle dans le porte-bébé et prit sa part de la nourriture.

— Ok, passez devant, dit-il à Ripred.

— Enfin ! s'exclama Ripred avant d'entrer dans le boyau sombre.

Henri prit la suite, armé d'une torche et de son épée. Gregor devina qu'il faisait en sorte que les chauves-souris se sentent protégées. Elles le suivirent, en file indienne, sur les cafards.

Gregor attendit que Luxa passe devant lui mais elle secoua la tête.

— Non, Surterrien. Je pense qu'il vaut mieux que je couvre nos arrières.

— Probablement, dit Gregor en réalisant qu'il n'avait toujours pas d'épée.

Il entra dans le tunnel en donnant la lampe torche à Moufle pour qu'elle la tienne. Luxa ferma la marche.

C'était horrible. Étroit et sans air, avec un affreux liquide qui sentait l'œuf pourri et dégoulinait du plafond. Les chauves-souris étaient si mal qu'elles étaient raides comme des bouts de bois, mais les Grouilleurs semblaient à leur aise.

— Bek, dit Moufle quand une goutte de liquide tomba sur le casque de Gregor. Caca.

— Oui, berk berk, caca, acquiesça Gregor.

Il espérait que le tunnel n'était pas long. Il serait facile de devenir fou, là-dedans. Il se retourna pour voir comment allait Luxa. Elle n'avait pas l'air ravi, mais elle s'en sortait.

— Que veut dire ce « berk » ? demanda-t-elle.

— Euh, berk, beurk, crade... dégoûtant, expliqua Gregor.

— Oui, cela décrit bien le territoire des rats, remarqua Luxa en reniflant.

— Hé, Luxa, comment se fait-il que tu aies été surprise par l'arrivée de Ripred ? Je veux dire, je ne connais pas vraiment la prophétie, mais toi oui. Tu ne t'attendais pas à la présence d'un rat ?

— Non. Je pensais qu'« un Racleur auprès » voulait dire qu'un rat nous suivrait à la trace, nous pourchasserait peut-être. Je n'ai jamais imaginé qu'il pourrait faire partie de la quête.

— Vikus dit qu'on peut lui faire confiance.

— Vikus dit beaucoup de choses, répondit Luxa.

Elle avait l'air si en colère que Gregor décida de laisser tomber le sujet.

Ils continuèrent péniblement à avancer en silence. Vu les éclaboussures régulières tombant sur son visage, Gregor savait que Moufle devait être mouillée. Il tenta de lui mettre son casque mais, trop grand, il n'arrêtait pas de tomber. Finalement, il sortit quelques étoffes étanches et les attacha sur la tête de la petite. Ils n'avaient vraiment pas besoin que Moufle s'enrhume.

Après plusieurs heures de marche morose, tout le monde était trempé et déprimé. Ripred les mena dans une petite caverne où de l'eau putride coulait le long des parois comme de la pluie. Les chauves-souris étaient si courbatues que Luxa et Henri durent les soulever et les aider à étendre leurs ailes.

Ripred leva le nez et inspira profondément.

— Voilà. Tout ça a bien contribué à masquer votre odeur, dit-il, l'air satisfait.

— Vous voulez dire que vous nous avez fait passer par là uniquement pour qu'on sente l'œuf pourri ? demanda Gregor.

— Tout à fait nécessaire. En groupe, vous étiez complètement nauséabonds.

Gregor était trop fatigué pour discuter. Luxa et lui ouvrirent les sacs et répartirent la nourriture. Personne n'avait envie de parler. Ripred ne fit qu'une bouchée de son dîner et se posta à l'entrée du tunnel.

Ils finissaient juste de manger quand les chauves-souris se figèrent.

— Les Fileuses, avertit Aurora.

— Oui, oui, elles sont à nos trousses depuis le début de notre voyage. Je ne peux pas sentir combien elles sont ici, avec de l'eau partout. Que peuvent-elles bien vouloir, je me le demande.

Ripred fit signe à Luxa et Henri avec sa queue et ordonna :

— Arc de cercle, vous deux.

Luxa et Henri échangèrent un regard et ne bougèrent pas.

— Arc de cercle, ce n'est pas le moment de tester mon autorité, petits ! gronda Ripred en découvrant ses dents redoutables.

En traînant les pieds, Henri et Luxa prirent place de chaque côté du rat, quelques pas en arrière. Les trois formaient un petit arc de cercle entre le reste du groupe et l'entrée du tunnel. Les chauves-souris se pla-cèrent derrière eux.

Gregor tendit l'oreille, mais il ne distingua que l'eau qui ruisselait. Y avait-il une armée d'araignées à leurs trousses ? Il se sentait, comme d'habitude, désarmé et sans défense. Cette fois, il n'avait même pas une canette de Coca.

Tout le monde s'immobilisa. Temp et Tick sen-taient, eux aussi, les intrus. Moufle suçait gravement un biscuit, sans faire aucun bruit.

Gregor voyait les muscles du large dos gris de Ripred onduler d'anticipation à mesure que les Fileuses approchaient. Il se prépara à une vague d'arai-gnées suceuses de sang, mais elle n'arriva jamais.

Une grande araignée orange qui en portait une petite marron sur son dos tituba dans la caverne et s'écroula. Un étrange liquide bleu suintait de la plus petite. Elle fit un grand effort pour se lever. Ses pattes avant caressèrent sa poitrine et elle parla.

— Vikus nous envoie. Les Racleurs ont attaqué les toiles. Beaucoup de Fileuses perdues. Nous deux… nous rejoignons… la quête.

Et sur ce, l'araignée marron tomba raide morte.

CHAPITRE
3

En état de choc, Gregor contempla l'araignée. Dans ses derniers instants, elle avait roulé sur le dos et ramené ses pattes sur sa poitrine. Du liquide bleu coulait d'une blessure à son ventre, tachant le sol pierreux.

— Donc, nous sommes tous là, remarqua doucement Gregor.

— Que veux-tu dire ? demanda Henri.

Gregor tira la prophétie de sa poche.

— Sandwich avait raison. Nous sommes tous ensemble. Ou, en tout cas, nous l'avons été, quelques secondes.

Il lut tout haut.

Deux dessus, deux dessous, descendance des rois,
Deux Planeurs, deux Grouilleurs, deux Fileuses se lèvent.
Un Racleur auprès, un perdu au-delà.

Il ne put se résoudre à lire la phrase suivante, mais Ripred n'eut pas de scrupules.

— *Et seulement huit de reste, si les morts on enlève.* Bien, une de faite, plus que trois, commenta-t-il en touchant l'araignée du bout de la queue.

— Arrêtez ça ! intima Gregor.

— Oh, quoi ? On ne va pas prétendre avoir été très attachés à cette Fileuse. On ne connaît même pas son nom. Sauf toi, peut-être, dit Ripred à l'araignée orange.

— Treflex, répondit-elle. Je suis celle appelée Gox.

— Eh bien, Gox, je suppose que tu es affamée après ton voyage, mais notre nourriture est limitée. Si tu veux faire ton dîner de Treflex, personne ici ne t'en tiendra rigueur.

Gox se mit immédiatement à injecter du venin dans sa compagne.

— Elle ne va pas... oh, mince ! s'exclama Gregor.

— Heureusement, les araignées ne sont ni cho- chottes ni sentimentales, dit Ripred.

Gregor se détourna de façon à ce que ni lui ni Moufle ne soient témoins de cet acte cannibale. Il fut content de voir que Luxa et Henri étaient un peu ver- dâtres, eux aussi.

— Écoutez, si quelque chose devait nous arriver, à moi ou à Moufle, ne laissez pas cette araignée nous boire. Balancez-nous d'une falaise, dans une rivière, tout sauf ça, OK ? leur demanda Gregor.

Ils hochèrent tous deux la tête.

— Tu feras la même chose pour nous, répondit Luxa, blême. Et nos chauves-souris ?

— Et Tick et Temp, aussi, c'est promis, dit Gregor.

Le bruit de succion lente de Gox vidant le corps de Treflex lui donnait des frissons.

Heureusement, il ne fallut pas longtemps à l'araignée pour finir son dîner. Ripred l'interrogea immédiatement sur l'attaque des rats. Elle lui raconta qu'une armée entière – plusieurs centaines de rats, au moins – avait envahi le territoire des araignées. Les Fileuses les avaient repoussés mais beaucoup étaient morts des deux côtés avant qu'ils ne battent en retraite. Vikus, arrivé après le carnage, avait envoyé Treflex et Gox sur sa chauve-souris jusqu'à l'entrée du tunnel.

— Pourquoi ? demanda Gox. Pourquoi les Racleurs nous tuent-ils ?

— Je ne sais pas. Peut-être que le roi Gorger a déclaré la guerre à tous les Souterriens. Ou peut-être ont-ils eu vent de deux Surterriens qui se dirigeaient vers leur territoire. Ont-ils mentionné le guerrier de la Prophétie du Gris ? s'enquit Ripred.

— Il n'y a pas eu un mot, seulement la mort.

— Il est heureux que vous nous ayez trouvés. Libérer deux Fileuses des prisons du roi sans être repérés aurait pris beaucoup de temps, et nous n'en avons pas à perdre, dit Ripred à Gox.

Il se tourna vers Gregor.

— Cette attaque contre les Fileuses n'augure rien de bon pour ton père.

— Pourquoi ? Comment ? Pourquoi ça ? demanda Gregor, sentant son sang se glacer.

— Vikus t'a très bien dissimulé. À part moi, aucun rat n'a survécu assez longtemps après t'avoir vu pour relayer l'information. Les rats ne savent pas que le guerrier est arrivé. Mais le fait que les humains aient amené des Surterriens chez les Fileuses va les rendre suspicieux, expliqua Ripred.

Il réfléchit un moment.

— Cependant, la guerre provoque beaucoup de confusion et aucun rat ne t'a identifié. Avançons, maintenant.

Personne ne discuta. Ils firent leurs sacs et sortirent de la caverne par un tunnel plus grand, plus aéré. Aurora et Arès pouvaient voler à présent, même si le peu d'espace empêchait leurs cavaliers de les monter.

— Nous irons à pied, dit Luxa à Aurora. Même si vous nous portiez, que ferions-nous du Racleur ?

Les chauves-souris s'envolèrent donc avec le reste des sacs.

Gregor les contempla avec envie.

— Heureusement que je ne suis pas une chauve-souris. Je serais tenté de m'envoler loin d'ici sans me retourner.

— Aurora et Arès ne feraient jamais ça. Ils sont unis à nous, dit Luxa.

— Comment est-ce que ça marche, exactement ?

— Quand une chauve-souris et un humain s'unissent, ils jurent de se battre l'un pour l'autre jusqu'à la mort, expliqua-t-elle. Aurora ne m'abandonnerait jamais dans une situation dangereuse, ni moi elle.

— Est-ce que tout le monde a une chauve-souris ? demanda Gregor, en se disant que ce serait sympa d'avoir quelqu'un toujours là pour vous défendre, surtout dans cet endroit.

— Oh, non. Certains ne trouvent jamais de chauve-souris avec laquelle se lier. Je me suis unie à Aurora quand j'étais très jeune, mais ce n'est pas courant.

— Comment se fait-il que tu te sois liée si tôt ?

— Après le meurtre de mes parents, il y a eu une période où je ne me sentais pas en sécurité au sol. Je passais le plus clair de mon temps en l'air, sur Aurora. C'est pour cela que nous volons si bien ensemble. Vikus a convaincu le Concile de nous autoriser à nous unir plus tôt que les autres. Après cela, je n'avais plus si peur.

— Est-ce que tu as peur, maintenant ?

— Parfois, avoua-t-elle. Mais pas plus que si j'étais à Regalia. Tu vois, je me suis lassée de trembler sans cesse, j'ai donc pris une décision. Chaque jour, quand je me réveille, je me dis que c'est le dernier. Si tu arrêtes de t'accrocher au temps, tu n'as plus si peur de le perdre.

Gregor pensa que c'était la chose la plus triste qu'il ait jamais entendue. Il ne put pas répondre.

— Et alors, si tu vis jusqu'au soir, tu ressens la joie d'avoir trompé la mort un jour de plus, dit-elle. Tu comprends ?

— Je crois, répondit Gregor, hébété.

Une idée terrible le frappa. La stratégie de Luxa n'était-elle pas une forme extrême de sa propre règle ? C'est vrai, il ne pensait pas à la mort tous les jours, mais il se privait du luxe d'imaginer un futur, avec ou sans son père. S'il n'était pas tombé à travers la grille de sa buanderie et n'avait pas découvert que son père était encore vivant, si son père n'était jamais rentré, combien de temps aurait-il continué à refuser d'être heureux ? Toute sa vie ? *Peut-être*, se dit-il. *Peut-être toute ma vie.* Gregor s'empressa de reprendre la conversation.

— Alors, comment s'unit-on à une chauve-souris ?

— C'est une cérémonie simple. De nombreux humains et Planeurs se rassemblent. Tu te tiens face à ta chauve-souris et tu prêtes serment. Ainsi, montra Luxa en étendant la main et en récitant un poème :

Aurora la planeuse, à toi je m'unis.
Deux se joignent dans la mort et la vie.
Dans la nuit, dans les flammes, dans la guerre, le conflit
Je te sauve comme je sauve ma vie.

— Ensuite, ta chauve-souris le récite aussi en utilisant ton nom. Puis il y a un festin, conclut-elle.

— Et qu'est-ce qui se passe si l'un de vous brise le serment ? Par exemple, si Aurora s'envolait et te laissait en danger ? demanda Gregor.

— Aurora ne le ferait pas mais, c'est vrai, quelques serments ont été brisés. La punition est sévère. Celui qui a trahi est banni, obligé de vivre seul, dit Luxa. Et en Souterre, personne ne survit longtemps seul.

— Aussi fascinantes que puissent être vos coutumes locales, pensez-vous que nous puissions avancer en silence ? Étant donné que la nation des rats tout entière nous guette, ce serait plus prudent, intervint Ripred.

Luxa et Gregor se turent. Ce dernier aurait aimé parler davantage. Luxa se comportait différemment quand elle n'était pas avec Henri. Elle était plus aimable. Moins arrogante. Mais Ripred avait raison pour le bruit.

Heureusement, Moufle dormait. Pendant plusieurs heures, ils n'entendirent que le son léger de leurs pas et le raclement des dents de Ripred sur un os du déjeuner qu'il avait gardé.

Gregor était rongé de nouvelles inquiétudes concernant son père. Selon Ripred, les rats pourraient le tuer pour éviter que Gregor ne l'atteigne. Mais pourquoi ? Ça ne changerait pas la prophétie, si ? Il supposa que personne ne le savait, en fait. Et que signifiait cette dernière strophe ? Il déroula le parchemin et le lut tant de fois qu'il finit par savoir son contenu par cœur.

Le dernier à mourir doit décider son camp.
La vie de ces huit autres de son seul choix dépend.
Qu'il fasse bien attention, avise où il bondit
Car la vie est la mort et la mort est la vie.

Il n'y comprenait rien, excepté que le quatrième à mourir, quel qu'il soit, avait une sacrée responsabilité envers les huit qui restaient. Mais comment ? Quoi ? Où ? Quand ? La dernière strophe de la Prophétie du Gris omettait tous les détails qui l'auraient rendue utile.

Ripred continua à avancer jusqu'à ce que le groupe titube de fatigue. Quand il donna enfin l'ordre de s'arrêter, au moins c'était dans une caverne dont le sol était sec et qui avait une source d'eau potable.

Gregor et Luxa distribuèrent la nourriture de plus en plus réduite, qui disparaissait bien plus vite que Gregor ne l'avait estimé. Il tenta de protester quand les cafards voulurent donner leur part à Moufle : il avait prévu de lui donner la sienne.

— Laisse-les, dit Ripred. Un Grouilleur peut vivre un mois sans nourriture s'il a de l'eau. Et ne prends pas la peine de nourrir Gox. Treflex la fera tenir bien après la fin de notre voyage.

La caverne était glaciale. Gregor sortit Moufle de ses vêtements humides et lui en enfila de nouveaux. Quelque chose n'allait pas. Elle était plus silencieuse que d'habitude et sa peau était moite et froide. Il se blottit sous la couverture avec elle pour essayer de la réchauffer. Que ferait-il si elle tombait malade ? Si seulement ils étaient à la maison ! Sa mère savait toujours quoi faire pour tout arranger, une combinaison de médicaments, de jus de fruit et d'oreillers bien moelleux. Il essaya de se consoler à l'idée que son père pourrait l'aider quand ils le trouveraient.

Ils étaient tous si fatigués qu'ils s'endormirent immédiatement.

Quelque chose sortit Gregor d'un profond sommeil. Un bruit ? Un mouvement ? Il l'ignorait. Ce dont il était sûr, c'est qu'en ouvrant les yeux, il vit Henri qui surplombait Ripred, prêt à plonger son épée dans le dos du rat endormi.

ChAPITRE
4

Gregor ouvrit la bouche pour crier : « Non ! », juste au moment où les yeux du Racleur s'entrouvrirent. Henri était derrière le rat. Ripred ne vit que l'expression du visage de Gregor, mais cela suffit.

Dans la fraction de seconde qu'il fallut à Henri pour abattre son épée, Ripred roula sur le dos et donna un coup de ses griffes redoutables. L'épée taillada la poitrine du rat alors qu'il ouvrait une large plaie sur le bras d'Henri.

À ce moment-là, le « Non ! » de Gregor sortit enfin de sa bouche et son cri réveilla la majorité du groupe. Ripred se leva sur ses pattes arrière, sanglant, furieux et terrifiant à voir. À côté de lui, Henri avait l'air petit et faible ; il pouvait à peine lever son épée avec un bras blessé. Luxa et Aurora s'envolèrent immédiatement. Arès fondit sur le rat.

Mais Gregor arriva avant lui : il se jeta entre Ripred et Henri, les bras écartés.

— Stop ! cria-t-il. Stop !

Étonnamment, tout le monde s'immobilisa. Gregor devina que c'était la première fois qu'ils voyaient quelqu'un s'interposer entre un rat et un humain en train de se battre. Leur seconde d'hésitation lui donna juste le temps de s'écrier :

— Si vous voulez vous entretuer, il faudra d'abord me passer sur le corps !

Pas très poétique, mais cela eut l'effet désiré. Personne ne souhaitait la mort de Gregor. Tout le monde savait que le guerrier était essentiel à la quête.

— Bouge, Surterrien, le rat nous tuera tous ! ordonna Luxa qui se préparait à plonger sur Ripred.

— Le rat essayait simplement de dormir. Crois-moi, petite, si j'avais voulu te tuer, nous ne serions pas en train d'avoir cette conversation, dit Ripred.

— Garde tes mensonges, Racleur ! lança Luxa. Penses-tu que nous allons croire ta parole plus que celle d'un des nôtres ?

— C'est vrai ! Il dit la vérité ! Ce n'est pas lui qui a commencé ! C'est Henri ! cria Gregor. Il a essayé de tuer Ripred dans son sommeil !

Tout le monde se tourna vers Henri qui rétorqua :

— Oui, et il serait mort à présent si le Surterrien n'était pas intervenu !

La confusion régnait. À l'expression de Luxa, Gregor voyait qu'elle n'était pas au courant du plan d'Henri. Elle avait supposé que Ripred était l'attaquant. Elle ne savait plus quoi faire.

— Stop, Luxa ! S'il te plaît ! On ne peut pas se permettre de perdre plus de quêteurs ! Nous devons nous serrer les coudes !

Il avait trouvé le mot « quêteur » à l'instant, et ça sonnait bien.

Luxa descendit lentement au sol, mais resta sur le dos d'Aurora. Arès planait, incertain. Gregor se demanda si Henri lui avait confié ses projets. Mais si c'était le cas, pourquoi n'avaient-ils pas attaqué ensemble, d'en haut ? C'était tellement difficile de deviner ce que pensaient ces animaux.

Gregor remarqua pour la première fois que Temp et Tick étaient littéralement debout au-dessus de Moufle endormie, lui faisant un bouclier de leurs corps. Gox était toujours perchée dans la toile qu'elle avait tissée au moment de se coucher.

— Ça suffit, dit Gregor avec une autorité qu'il ne se connaissait pas. Pose ton épée, Henri. Ripred... assieds-toi ! C'est fini !

Est-ce qu'ils l'écouteraient ? Gregor n'en savait rien, mais il était déterminé à ne pas lâcher d'un pouce. S'ensuivit un long silence tendu. Puis Ripred abaissa ses lèvres sur ses crocs dénudés et éclata de rire.

— Si j'ai une chose à dire en ta faveur, Guerrier, c'est que tu ne manques pas d'audace !

Henri laissa son épée tomber au sol, ce qui n'était pas vraiment une concession : Gregor voyait bien qu'il pouvait à peine la tenir.

— Ni de traîtrise, dit Henri dans un souffle.

Gregor plissa les yeux.

— Tu sais, là d'où je viens, on ne pense pas du bien de quelqu'un qui poignarde une personne en douce dans son sommeil.

— Ce n'est pas une personne, c'est un rat, dit Henri. Si tu ne peux pas faire la différence, considère-toi comme déjà mort.

Gregor soutint le regard froid du jeune homme. Il savait que plus tard il penserait à plusieurs répliques de dur qu'il aurait pu lui envoyer, mais rien ne lui venait à l'esprit maintenant. À la place, il se tourna vers Luxa et dit :

— On ferait mieux de les rafistoler.

Ils n'étaient pas meilleurs secouristes que cuisiniers, mais Luxa savait au moins quels onguents utiliser. Gox se révéla être la plus utile de tous. Elle tissa une toile spéciale et leur conseilla de presser des poignées de fil soyeux contre les blessures. Quelques minutes plus tard, le bras d'Henri et la poitrine de Ripred ne saignaient plus.

Pendant que Gregor ajoutait des couches de soie sur la fourrure emmêlée de Ripred, le rat marmonna :

— Je suppose que je devrais te remercier.

— N'y pense même pas, dit Gregor. Je ne l'ai fait que parce que j'ai besoin de toi.

Il ne voulait pas que Ripred pense qu'ils étaient amis ou un truc du genre.

— Vraiment ? Tu m'en vois ravi. J'avais cru détecter en toi un certain *fair-play*. Très dangereux en Souterre, gamin.

Gregor aurait aimé que tout le monde arrête une bonne fois pour toutes de parler de ce qui était dangereux pour lui en Souterre. L'endroit tout entier était un champ de mines géant. Il ignora le commentaire du rat et continua à appliquer la toile d'araignée. Derrière lui, il entendit Luxa chuchoter à Henri :

— Pourquoi ne nous en as-tu pas parlé ?

— Pour te garder en sécurité, répondit tout bas Henri.

En sécurité, se dit Gregor. C'est ça. Même s'il retournait en Surterre, Gregor n'imaginait pas pouvoir jamais se sentir à nouveau en sécurité.

— Tu ne dois pas recommencer, Henri, l'admonesta Luxa. Tu ne peux pas le battre seul.

— J'aurais pu, si le Surterrien n'était pas intervenu, dit Henri.

— Non, le risque est trop grand, et nous aurons peut-être besoin de lui, insista Luxa. Laisse le rat tranquille.

— Est-ce un ordre, Votre Altesse ? demanda Henri avec une certaine tension dans la voix.

— Si c'est le seul moyen pour que tu suives mon conseil, alors oui, dit Luxa sérieusement. Retiens ton épée jusqu'à ce que nous comprenions mieux notre situation.

— Tu parles exactement comme ce vieux fou de Vikus, cracha Henri.

— Non, je parle comme moi-même, rétorqua Luxa, piquée au vif. Et comme quelqu'un qui veut que nous survivions tous les deux.

Les cousins réalisèrent qu'ils avaient élevé la voix et que tout le monde les entendait. Ils se turent. Dans ce silence, Ripred entreprit de ronger l'os qu'il trimballait partout avec lui. Le raclement énerva vite Gregor.

— Tu pourrais arrêter ça, s'il te plaît ?

— Non, de fait, je ne peux pas. Les dents des rats continuent à pousser toute leur vie, ce qui requiert de rogner quelque chose en permanence pour les garder à une longueur gérable. Si je ne rongeais pas fréquemment, mes dents du bas transperceraient vite mon crâne, puis mon cerveau, ce qui me tuerait, hélas.

— J'ai bien fait de poser la question, dit Gregor en plaquant un dernier morceau de soie sur Ripred et en s'adossant au mur de la caverne. Et maintenant, qu'est-ce qu'on fait ?

— Bon, puisque de toute évidence personne ne va repartir au pays des rêves, nous ferions aussi bien de nous diriger vers ton père, décida Ripred en se levant.

Gregor alla réveiller Moufle. Il fut alarmé en la touchant. Son visage était brûlant.

— Oh non, s'écria-t-il, impuissant. Hé, Moufle. Hé, petite fille.

Il secoua doucement son épaule. Elle gémit dans son sommeil mais ne se réveilla pas.

— Luxa, quelque chose ne va pas. Moufle est malade.

La jeune fille posa la main sur le front de Moufle.

— Elle a de la fièvre. Elle a dû attraper quelque pestilence du territoire des rats.

Pestilence. Gregor espérait que ce n'était pas aussi grave que ça en avait l'air. Luxa fouilla dans les flacons que leur avait laissés Solovet et en leva un, incertaine.

— Je crois que c'est pour la fièvre.

Ripred renifla et fronça le nez.

— Non, c'est contre la douleur.

Il enfouit son nez dans le sac et en tira une bouteille en verre bleu.

— Il te faut celle-là. Donne-lui seulement quelques gouttes. Elle ne peut pas en prendre plus à son âge.

Gregor ne voulait lui donner aucun de ces médicaments étranges, mais Moufle était si chaude… Il glissa quelques gouttes entre ses lèvres et eut l'impression qu'elle les avalait. Il essaya de la soulever pour la mettre dans le porte-bébé mais elle gémit de douleur. Il se mordit la lèvre.

— Elle ne peut pas voyager avec moi, ça lui fait mal.

Ayant placé une couverture sur le dos de Temp, ils y étendirent Moufle. Gox fila une toile pour la maintenir sur la carapace de l'insecte.

Gregor était malade d'inquiétude.

Et seulement huit de reste, si les morts on enlève.

Il ne pouvait pas perdre Moufle. C'était impossible. Gregor devait la ramener à la maison. Il aurait dû la laisser à Regalia. Il n'aurait jamais dû accepter de participer à la quête. Ce serait de sa faute si quelque chose arrivait à sa sœur.

La noirceur du tunnel s'infiltrait à travers sa peau jusque dans ses veines. Il voulait crier de douleur, mais l'obscurité l'étranglait. Il aurait donné n'importe quoi pour entrapercevoir le soleil.

Le groupe boitillait lentement, douloureusement, suspicieusement, préoccupé par les inquiétudes que tous partageaient mais dont personne ne parlait. Même Ripred, de loin le plus endurci de la troupe, semblait courbé sous le poids de la situation.

Ce désespoir général fut une des raisons pour lesquelles ils ne détectèrent pas la vingtaine de rats avant d'être sur eux. Même Ripred ne pouvait distinguer leur odeur dans un endroit qui puait le rat à plein nez. Les chauves-souris ne pouvaient les entendre dans l'étroit tunnel alors qu'ils approchaient de la rivière au grondement de plus en plus fort. Les humains ne voyaient rien dans l'obscurité.

Ripred les mena hors du boyau, dans une énorme caverne barrée d'une profonde gorge. Une rivière puissante coulait au milieu. Un pont suspendu enjambait l'eau. Il avait dû être fabriqué par plusieurs espèces travaillant en collaboration, en des temps plus pacifiques. Une épaisse corde de soie filée par les araignées soutenait de fines plaques de pierre découpées par les humains. Ils avaient sans doute eu besoin des ailes des chauves-souris pour construire ce pont.

Quand Gregor leva sa lampe torche pour voir comment le pont était attaché, il les aperçut. Vingt rats assis immobiles sur le rocher surplombant l'entrée du tunnel. Juste au-dessus de leurs têtes. À l'affût.

— Cours ! cria Ripred en lui mordant littéralement les talons.

Gregor commença à traverser le pont en trébuchant, ses pieds glissant sur les plaques de pierre usées par les nombreux passages. Il sentait le souffle chaud de Ripred sur sa nuque. Henri et Luxa volaient devant lui, filant au-dessus de l'eau.

Il était au milieu du pont quand il se souvint que Moufle n'était pas sur son dos. Ils avaient été inséparables pendant tout le voyage, si bien qu'il la considérait comme faisant partie de lui. Mais à présent, elle était sur Temp !

Gregor se retourna brusquement pour faire demi-tour. Comme s'il anticipait précisément cette réaction, Ripred retourna Gregor et attrapa le sac à dos avec ses dents. Le garçon se sentit soulevé dans les airs, Ripred sprintant vers l'autre côté de la rivière.

— Moufle ! s'écria Gregor. Moufle !

Ripred était rapide comme l'éclair. Aussitôt qu'il eut atteint l'autre rive, il laissa tomber Gregor sur le sol et rejoignit Luxa et Henri qui essayaient désespérément de couper les fils de soie soutenant le pont.

Gregor pointa sa lampe de poche et vit que Gox avait traversé aux trois quarts. Derrière elle, Temp luttait pour avancer avec Moufle. Entre la petite fille et les vingt rats tueurs qui déferlaient maintenant sur la passerelle… il n'y avait que Tick.

— Moufle ! cria Gregor en plongeant à nouveau vers le pont suspendu.

La queue de Ripred le frappa en pleine poitrine et l'envoya au sol, le souffle coupé. Il hoqueta, essayant de remplir ses poumons, avant de se mettre à genoux et de ramper vers le bord. Il devait l'aider. Il le fallait.

Gox débula du pont et se mit à scier la soie avec ses mandibules.

— Non ! toussa Gregor. Ma sœur !

À peine remis sur pied, la queue de Ripred le renvoya valdinguer.

Les cafards étaient à trois mètres de la rive quand les rats les rattrapèrent. Il n'y eut aucune discussion entre eux. C'était comme si les insectes avaient prévu cette situation depuis longtemps. Temp piqua un sprint pour atteindre le bord, et Tick se retourna pour faire face aux Racleurs, seule.

Alors qu'ils accouraient vers elle, Tick vola directement au visage du chef, le faisant reculer de surprise. Gregor n'avait jamais réalisé jusqu'alors que les cafards avaient des ailes. Peut-être que les rats ne le savaient pas non plus. Mais il ne leur fallut pas longtemps pour se reprendre. Le meneur s'élança et broya la tête de Tick entre ses mâchoires.

Temp s'écroula sur la rive juste au moment où le pont cédait. Vingt rats, le chef tenant toujours Tick entre ses dents, furent précipités dans la rivière. Comme si cette vision n'était pas assez horrible, l'eau bouillonna, révélant d'énormes poissons semblables à des piranhas qui firent surface et dévorèrent les rats hurlants.

En une minute, c'était fini. L'eau redevint calme. Les Racleurs s'étaient évanouis. Et Tick avait disparu pour toujours.

CHAPITRE
5

A vancez, avancez, bougez-vous ! ordonna Ripred en les poussant à quitter la rive pour entrer dans un tunnel.

Il les obligea à courir pendant quelques minutes jusqu'à ce qu'ils soient tous hors de vue et, avec un peu de chance, hors de nez de l'entrée du passage. Dans une petite grotte, il leur donna l'ordre de s'arrêter.

— Stop, asseyez-vous, ralentissez vos cœurs.

Sans un mot, les membres restants de la quête se laissèrent tomber au sol. Gregor s'assit avec Temp, le dos tourné aux autres. Il passa la main sur le dos du cafard, trouva les petits doigts de Moufle et les prit dans les siens. Il avait failli la perdre. La perdre vraiment. Elle n'aurait jamais eu la chance de rencontrer leur père, ou de retrouver les bras de sa mère, ou de jouer dans les arroseurs automatiques avec lui et Lizzie, ou de faire quoi que ce soit d'autre.

Il ne voulait pas regarder les autres quêteurs. Tous autant qu'ils étaient, ils auraient laissé Moufle et les Grouilleurs tomber dans la rivière pour arrêter les rats. Il n'avait rien à leur dire.

Et il y avait Tick. Courageuse Tick, qui s'était jetée seule sur une armée de rats pour sauver sa petite sœur. Tick, qui ne parlait pas beaucoup. Tick, qui partageait sa nourriture. Tick, qui n'était après tout qu'un cafard. Un cafard qui avait donné tout le temps qui lui restait pour que Moufle puisse en avoir plus.

Gregor pressa les doigts de Moufle contre ses lèvres et sentit des larmes brûlantes couler sur ses joues. Il n'avait pas pleuré, pas depuis qu'il était ici, et pourtant il aurait eu plein de raisons de le faire. Mais le sacrifice de Tick avait réduit en miettes la fine carapace qui restait entre lui et son chagrin. À présent, il se sentait une dette envers les Grouilleurs, qui ne s'estomperait jamais. Il ne tuerait plus jamais un seul cafard. Ni ici ni en Surterre, si par miracle ils rentraient à la maison.

Ses épaules commencèrent à trembler. Les autres trouvaient sans doute ridicule qu'il pleure un cafard, mais il s'en fichait. Il les détestait. Il les détestait tous.

Temp, dont les antennes s'étaient affaissées sur sa tête, tendit une patte et toucha Gregor.

— Merci. De pleurer quand Tick n'a plus de temps.

— Moufle pleurerait aussi si elle n'était pas…

Gregor ne put continuer, une nouvelle vague de sanglots le submergea. Il était heureux que Moufle n'ait pas été témoin de la mort de Tick. Elle aurait été dévastée et n'aurait pas compris. Il ne comprenait pas vraiment lui-même.

Gregor sentit une main sur son épaule et se dégagea brusquement. Il savait que c'était Luxa, mais ne voulait pas lui parler.

— Gregor, murmura-t-elle tristement. Gregor, sache que nous aurions rattrapé Moufle et Temp s'ils étaient tombés. Nous aurions rattrapé Tick, aussi, si elle avait été encore en vie.

Il pressa les paumes sur ses yeux pour arrêter ses larmes et hocha la tête. Au moins, c'était une consolation. Bien sûr que Luxa aurait plongé après Moufle si elle était tombée. Pour les Souterriens et leurs chauves-souris, tomber n'était pas grave, pas comme pour lui.

— Ça va, dit-il. Je sais.

Quand Luxa s'assit à côté de lui, il ne s'écarta pas.

— Je suppose que tu me trouves assez stupide de pleurer un cafard.

— Tu ne connais pas encore les Souterriens si tu penses que nous manquons de larmes, répondit Luxa. Nous pleurons. Nous pleurons, et pas seulement pour les nôtres.

— Mais pas pour Tick, commenta Gregor avec une trace d'amertume.

— Je n'ai pas pleuré depuis la mort de mes parents, dit doucement Luxa. Mais, pour cette raison, on me considère comme anormale.

Gregor sentit de nouvelles larmes glisser sur ses joues : il fallait être blessé au-delà des mots pour perdre la capacité de pleurer. À cet instant, il pardonna tout à Luxa. Il oublia même pourquoi il devait lui pardonner.

— Gregor, ajouta-t-elle quand ses larmes se furent taries. Si tu rentres à Regalia et que je ne suis plus avec toi… dis à Vikus que j'ai compris.

— Compris quoi ?

— Pourquoi il nous a laissés avec Ripred. Nous devions avoir un Racleur. Je vois à présent qu'il essayait de nous protéger.

— OK, je lui dirai, promit Gregor en s'essuyant le nez.

Il resta silencieux un moment avant de demander :

— Alors, combien de fois est-ce qu'on donne de ce médicament à Moufle ? Elle est toujours assez chaude.

— Donnons-en-lui maintenant, avant de continuer, dit Luxa en caressant le front de Moufle.

Moufle marmonna dans son sommeil mais ne se réveilla pas. Ils glissèrent quelques gouttes de plus entre ses lèvres.

Gregor se leva et se secoua pour tenter de déloger la tristesse.

— Allons-y, dit-il sans regarder Ripred.

Le rat avait participé à des tas de guerres. Il avait probablement vu plein de créatures se faire tuer. Il avait dit à Gox de manger Treflex. Gregor était sûr que la mort de Tick l'affectait autant que… eh bien, qu'un cafard écrasé affectait les gens de New York.

Mais quand Ripred prit la parole, ce fut sans son ton railleur habituel.

— Haut les cœurs, Surterrien. Ton père est près d'ici.
À ces mots, Gregor releva la tête.

— Près comment ?

— Une heure de marche, pas plus, répondit
Ripred. Mais ses gardes y sont aussi. Nous devons procéder avec une extrême prudence. Enveloppez vos pieds
de soie, ne parlez pas et restez derrière moi. Nous avons
eu beaucoup de chance, au pont. Je ne pense pas qu'elle
nous suivra là où nous allons maintenant.

Gox, que Gregor appréciait de plus en plus avec le
temps, fila rapidement d'épais chaussons de soie pour
amortir le bruit de leurs pas. Alors que Gregor éclairait Luxa de sa lampe pour qu'elle mette les siens, la
lumière s'éteignit. Il fouilla dans son sac et en sortit les
deux dernières piles.

— Combien de temps peut encore durer ta torche ?
demanda Gregor à Luxa.

Il avait remarqué qu'ils étaient passés à une seule
torche depuis qu'ils avaient retrouvé Ripred, sans
doute pour économiser le combustible. À présent,
l'unique torche brûlait bas.

— Peu de temps, admit Luxa. Ton bâton à
lumière ?

— Je ne sais pas. Ce sont mes dernières piles, et
j'ignore combien il leur reste de jus.

— Une fois que nous aurons trouvé ton père, nous
n'aurons plus besoin de lumière. Arès et Aurora peuvent nous ramener dans le noir, dit Luxa pour l'encourager.

— Elles vont y être obligées, répondit Gregor.

Les quêteurs se regroupèrent. Ripred passa devant avec Temp et Moufle juste derrière lui. Le tunnel était assez large pour que Gregor et Gox marchent à côté d'eux. Aurora et Arès suivaient, voletant silencieusement sur de courtes distances. Henri et Luxa fermaient la marche, épée à la main. Ripred hocha la tête et ils avancèrent, s'enfonçant plus loin en territoire ennemi.

Ils marchaient sur la pointe des pieds, osant à peine respirer. Gregor s'immobilisait chaque fois qu'un caillou bougeait sous ses pas, certain d'avoir déclenché une deuxième attaque des rats. Il avait très peur, mais une nouvelle émotion l'habitait, lui donnant la force de continuer à mettre un pied devant l'autre. L'espoir. Il courait dans ses veines, insistant pour qu'il brise sa règle. Son père était tout près. Il le verrait bientôt. Si seulement ils arrivaient à rester inaperçus, il le verrait bientôt.

Au bout d'une demi-heure de cheminement à pas de loup, Ripred s'arrêta soudain à un tournant. Toute la troupe s'immobilisa derrière lui. Le nez de Ripred frémit furieusement et il s'accroupit.

Deux rats bondirent devant eux. Dans un mouvement impossible, Ripred égorgea l'un avec ses dents tout en aveuglant l'autre avec ses pattes arrière. En un instant, les deux rats étaient étendus raide morts. Personne n'avait eu le temps de faire un mouvement. La démonstration de Ripred confirma ce que Gregor avait deviné dès la première fois qu'il l'avait vu. Même parmi les rats, leur guide était létal.

Ripred essuya son museau sur l'un des rats morts et chuchota :

— Ces deux-là gardaient ce passage. Nous allons être à découvert. Restez contre le mur, en file indienne, car le sol est instable et la chute sans fin.

Tout le monde hocha la tête, hébété, encore ébahi par sa férocité.

— Tout va bien, ajouta-t-il. Souvenez-vous, je suis de votre côté.

Au-delà du coude du tunnel se trouvait l'entrée.

Ripred tourna à droite et ils le suivirent à la queue leu leu. Un chemin étroit bordait une gorge. Quand Gregor pointa sa torche vers le fond, il ne vit que l'obscurité. *Et la chute est sans fin*, pensa-t-il.

Le sol sous son pied gauche, le plus près du bord, s'émietta en envoyant une pluie de pierres et de poussière dans le vide. Gregor ne les entendit jamais toucher le fond. Son seul réconfort était qu'Aurora et Arès avançaient lentement quelque part derrière lui, prêts à sauver quiconque tomberait.

Au bout d'environ cinquante mètres, ils atteignirent le sol plus ferme qui s'étendait au bout du canyon. Une arche de pierre naturelle encadrait une large route, polie par de nombreuses pattes de rats. Ripred accéléra en passant sous l'arche et Gregor sentit que le terrain ne leur offrait maintenant plus aucune protection.

Ripred, Temp, Gox et Gregor filèrent le long de la route. Instinctivement, Luxa et Henri avaient enfourché leurs chauves-souris. Gregor avait l'impression que des yeux de rats brillaient dans chaque crevasse.

Le chemin s'arrêta soudain au bord d'un profond puits circulaire, dont les murs étaient aussi lisses que de la glace. Une faible lumière brillait dans le puits, révélant une créature poilue, penchée sur une plaque de roche, en train de bricoler quelque chose. Gregor leva d'abord la main en signe d'avertissement. Il crut que c'était un rat.

Puis la créature leva la tête et Gregor reconnut ce qui restait de son père.

CHAPITRE
6

L'homme qui avait disparu de la vie de Gregor deux ans, sept mois et qui sait combien de jours plus tôt respirait la santé. Fort, grand et vibrant, il rayonnait d'énergie. L'homme qui les regardait du fond du puits était si maigre et si faible qu'il ne put se lever. Lorsqu'il essaya, il tomba à quatre pattes et dut soutenir sa propre tête d'une main pour la pencher en arrière.

— Papa ? voulut dire Gregor, mais sa bouche était sèche comme le désert.

Il tomba à genoux au bord du puits et tendit le bras, vainement. Trois mètres les séparaient.

Luxa et Henri volèrent jusqu'au fond du puits, aidèrent la forme pitoyable à enfourcher Aurora et remontèrent.

Toujours à genoux, Gregor agrippa les mains de son père, autrefois si puissantes et si agiles. Ces mains qui, il y a deux ans, cassaient des noix sans aucun outil, il en sentait à présent les os.

— Papa ? Papa, c'est moi. Gregor.

Son père fronça les sourcils, comme s'il essayait de se rappeler quelque chose.

— C'est la fièvre. J'ai à nouveau des visions.

— Non, papa, c'est moi, je suis là. Et Moufle est là aussi.

— Moufle ? répéta son père, perplexe.

Il fronça à nouveau les sourcils et Gregor se souvint qu'il n'avait jamais vu Moufle. Elle était née après sa chute.

— Margaret, se reprit Gregor.

Dès que sa mère était tombée enceinte, ses parents avaient prévu de nommer le bébé Margaret, comme la grand-mère de son père.

— Margaret ? dit son père, à présent complètement embrouillé. Il se frotta les yeux. Grand-mère ?

La prophétie avait parlé d'« un perdu au-delà », mais Gregor ne s'attendait pas à ce que son père soit aussi perdu. Squelettique, affaibli… et qu'était-il arrivé à ses cheveux et à sa barbe ? Ils étaient blancs comme neige. Gregor toucha l'épaule de son père et réalisa qu'il portait un manteau de fourrure de rats. Pas étonnant qu'il ait eu l'air d'un rongeur vu d'en haut.

— Dormir, dit son père d'un air vague.

C'était le plus terrifiant de tout. Gregor pensait retrouver un parent en atteignant son père. Ne plus avoir à prendre de décisions difficiles. Il pourrait se contenter d'être un enfant. Mais l'homme devant ses yeux avait encore plus besoin de son soutien que Moufle.

Luxa posa la main sur la joue de son père et fronça les sourcils.

— Il brûle comme ta sœur et n'a pas la force de combattre la fièvre. C'est pourquoi ses paroles sont confuses.

— Peut-être que si je lui parle une minute, il se souviendra. Il faut qu'il se souvienne, Luxa, dit Gregor, éperdu.

— Nous devons décoller immédiatement, Gregor, insista Luxa en versant une bonne dose de la bouteille bleue dans la bouche de son père. Nous le soignerons correctement à Regalia. Henri, aide-moi.

Elle tenta d'attacher son père à Aurora avec un fil de soie que Gox était en train de filer.

— Henri ? répéta Luxa.

Mais Henri se tenait à l'écart. Sans aider. Sans se dépêcher. Sans même se donner la peine d'avoir l'air anxieux.

— Non, Luxa. Nous n'avons plus besoin de nous dépêcher à présent.

Drôle de réponse. Personne ne comprit ce qu'il voulait dire, sauf Ripred. Une expression étrange passa sur son visage.

— Non, je crois qu'Henri s'est occupé de tout, dit le rat.

— Il a bien été obligé, cracha Henri.

Il porta les doigts à sa bouche et siffla longuement.

— Tu es fou ? Qu'est-ce que tu fais ? demanda Gregor.

Il se tourna vers Luxa qui semblait s'être transformée en marbre. La corde de soie lui échappa et tomba au sol.

Le son d'une cavalcade de rats leur parvint de la route. Que se passait-il ? Qu'avait fait Henri ?

— Ripred ? interrogea Gregor.

— Il semblerait que je ne sois pas le seul espion parmi nous, Surterrien, commenta Ripred, sarcastique. Et un membre de la famille royale, avec ça.

— Tu veux dire, Henri... ?

Gregor n'aurait jamais, mais alors jamais cru qu'Henri était un espion à la solde des rats. Ils avaient tué ses parents, son peuple.

— Ce n'est pas possible, laissa échapper Gregor. Il ne peut pas, je veux dire, faire ça à Luxa ?

Ils étaient si proches.

— Désolée, cousine. Mais je n'avais pas le choix. Nous allions droit au désastre avec Vikus. Il veut nous allier aux plus faibles, quand notre seule vraie chance de survie est de nous unir aux plus puissants. Nous joindrons nos forces à celles des rats et règnerons ensemble, toi et moi.

Gregor n'avait jamais vu Luxa aussi calme.

— Non, Henri. Ni maintenant ni jamais.

— Il le faut, Luxa, tu n'as pas le choix. Tu dois te joindre à nous ou mourir.

Henri parlait froidement, mais sa voix tremblait un peu.

— Aujourd'hui ou un autre jour, quelle différence ? C'est un bon jour pour mourir, dit Luxa.

Elle avait l'air d'avoir mille ans et d'être à mille lieues de là, mais ne semblait pas avoir peur.

— Ils t'ont promis un trône, c'est ça ? Vraiment, Henri, tu n'es pas assez bête pour croire qu'ils vont te le donner, intervint Ripred en éclatant de rire.

— Ils me le donneront. Ensemble, nous débarrasserons la Souterre des Grouilleurs et des Fileuses et nous nous partagerons leur territoire, annonça Henri.

— Mais pourquoi ? Pourquoi ferais-tu une chose pareille ? demanda Gregor.

— J'en ai assez d'être allié à des froussards et des faibles, dit Henri. Au moins, on ne peut pas reprocher ça aux rats. Ensemble, nous nous protégerons mutuellement. Ensemble, nous régnerons. Ensemble, nous serons en sécurité. Cela a été décidé.

— Ensemble, ensemble, imita Ripred d'une voix aiguë. C'est beaucoup d'ensemblitude que tu as prévu là. Et tant de solitude t'attend. Ah, voilà justement tes amis.

Ils étaient au moins cinquante. Les rats se déployèrent rapidement et encerclèrent les quêteurs. La plupart riaient, enchantés de la belle prise qu'ils avaient faite.

Gregor évalua la situation. Qui se battrait à ses côtés ? Son père marmonnait quelque chose sur les poissons. Moufle était attachée au dos de Temp, inconsciente. Henri était un traître et uni à Arès, il ne fallait donc pas compter sur la chauve-souris. Il restait lui, Luxa, Aurora, Gox et... soudain, il ne savait plus quoi penser de Ripred. Et Ripred ? De quel côté était vraiment le rat ?

Il le regarda, et celui-ci lui fit un lent clin d'œil.

— Souviens-toi, Gregor, selon la prophétie seulement quatre sur douze doivent mourir. Tu penses qu'on peut les battre, à nous deux ?

OK, il avait aussi un rat extraordinaire de son côté.

Le cercle s'élargit, ouvrant un passage, par lequel un énorme rat argenté s'avança. Il portait une couronne d'or, clairement conçue pour une tête humaine : il l'avait coincée sur une oreille pour la maintenir en place. Gregor entendit la respiration de Luxa s'accélérer. La couronne devait appartenir à l'un de ses parents.

— Roi Gorger, salua Ripred en s'inclinant profondément. Je n'espérais pas avoir l'honneur de votre présence ici.

— Un malheureux Grouilleur nous avait rapporté ta noyade, Ripred, dit le roi d'une voix grave.

— Oui, eh bien, c'était mon plan. Mais les plans s'égarent souvent.

— Il nous faut te remercier d'avoir amené le guerrier jusque dans nos pattes. C'était le travail d'Henri, en fait, mais ça n'a pas d'importance du moment qu'il est là. Je voulais être sûr. Le voir de mes propres yeux avant de le tuer. Alors, c'est lui ? demanda le roi Gorger en contemplant Gregor. Je m'attendais à tellement plus.

— Oh, ne le juge pas trop vite, dit Ripred. Il s'est révélé délicieux, plein de surprises.

Il passa le cercle en revue, levant de temps en temps une patte pour se gratter le nez. Chaque fois, les rats près de lui sursautaient.

— Clawsin... Bloodlet... oh, mon pauvre cœur, Razor, c'est toi ? Cela me fait tant de peine de te voir en compagnie de Sa Majesté.

Razor baissa les yeux, incapable de soutenir le regard de Ripred. Avait-il honte ? Les rats connaissaient-ils la honte ?

Ripred arriva derrière Henri et le poussa en avant.

— Va, va, va. Va te mettre avec tes amis.

Henri trébucha et marcha sur la queue du roi en se plaçant à ses côtés. Les autres rats rirent, mais pas Gorger qui dégagea brusquement sa queue et trancha la pauvre Gox en deux.

Les rats arrêtèrent de rire. Gregor vit le sang bleu de l'araignée jaillir sur le sol. Cela se passa si vite. En une fraction de seconde, un troisième membre de la quête était mort.

— Pourquoi cessez-vous de rire ? Allez-y, riez ! ordonna le roi, et les rats laissèrent échapper un son qui ressemblait au bêlement d'un mouton.

Gorger s'allongea sur le sol, apparemment détendu, mais Gregor voyait bien que ses muscles étaient encore contractés par la colère.

— Qui sera le prochain ? Allez, ne soyez pas timides. Devrions-nous nous occuper de la petite ? Elle a l'air prête à expirer, de toute façon.

Il posa ses yeux de rat sur Moufle.

Pas Moufle, pensa Gregor. *Pas tant que je suis encore debout.* Quelque chose le titillait. Cette situation lui rappelait quelque chose, mais quoi ? Et soudain il sut. Il sut ce que la fin de la prophétie signifiait.

Le dernier à mourir doit décider son camp.
La vie de ces huit autres de son seul choix dépend.
Qu'il fasse bien attention, avise où il bondit
Car la vie est la mort et la mort est la vie.

C'est moi, réalisa-t-il. *Je suis le dernier à mourir.* C'était clair. Les rats voulaient Gregor. Il était la menace. Il était le guerrier. Il devait choisir son camp. Et il n'allait pas rester là, à regarder mourir les gens qu'il aimait. Il était le guerrier, et le guerrier sauvait les autres.

Une fois qu'il sut, ce fut facile. Il estima la hauteur, courut sept pas et sauta par-dessus le dos argenté du roi Gorger.

Un hurlement s'éleva derrière lui alors qu'il fonçait le long de la route. Aux cris de rats qui suivirent, il devina que Luxa, Aurora et Ripred s'étaient mis en action pour le couvrir. Mais il était sûr que tous les rats en état de le faire lui couraient après. Bien. De cette façon, avec de la chance, les autres pourraient s'enfuir. Sauf Henri et Arès : il se fichait de ce qui leur arriverait.

La lumière de sa lampe torche faiblit dramatiquement. Il la jeta sur le côté : elle le ralentissait de toute façon. Mais courir dans le noir n'allait pas non plus. Il pourrait trébucher et tomber, or il fallait qu'il attire les rats aussi loin des autres que possible. C'est alors qu'il se souvint de la lampe sur son casque. Il avait prévu de la garder pour un cas de force majeure. Dans le genre, c'était un cas majeur de force majeure. Il actionna l'interrupteur sans s'arrêter et le puissant rayon illumina la route devant lui.

Mais la route ! Il avait oublié à quel point elle était courte ! À seulement trente mètres de lui, le canyon l'attendait, le canyon à la profondeur sans fin. Il n'avait pas la moindre chance de s'en sortir en essayant de le longer. Les rats seraient sur lui en quelques secondes.

Il ne voulait pas mourir comme ça. Il ne voulait pas donner aux rats la satisfaction de le manger. Il les entendait respirer derrière lui, faire claquer leurs dents. Le roi Gorger grogna furieusement.

À cet instant terrible, la dernière partie de la prophétie prit son sens.

Qu'il fasse bien attention, avise où il bondit
Car la vie est la mort et la mort est la vie.

Il devait sauter, et par sa mort les autres vivraient. C'était ça. C'était ce que Sandwich essayait de leur dire depuis le début. À ce point du voyage, il croyait aux prédictions de Sandwich.

Il piqua un dernier sprint, comme l'entraîneur le lui avait appris en athlé. Il y mit tout ce qu'il avait. Dans les derniers pas avant le canyon, il sentit une douleur fulgurante à l'arrière de sa jambe, juste avant que le sol ne cède sous ses pieds. Gregor le Surterrien bondit.

CHAPITRE
7

G regor s'éleva au-dessus de la gorge, s'élançant aussi haut qu'il le pouvait. Il sentait du sang chaud couler sur sa jambe. Un des rats l'avait griffé au moment où il sautait.

Je tombe, pensa Gregor. *Comme quand je suis arrivé en Souterre.* Seulement, là, il tombait bien plus vite. Aucun courant d'air ne le soutenait, un vide terrible s'ouvrait sous lui. Il n'avait jamais vraiment compris comment il avait atterri sain et sauf la première fois, ni eu un moment de calme pour interroger Vikus. Il devina qu'il ne le saurait jamais, à présent.

Peut-être tout cela faisait-il partie du même rêve : il se réveillerait finalement dans son lit, il pourrait aller trouver sa mère et tout lui raconter. Mais Gregor savait que ce n'était plus un rêve. Il tombait vraiment. Et quand il atteindrait le fond, il ne se réveillerait pas dans son lit.

Cette chute était différente de la première. À en croire le bruit, il avait de la compagnie.

Gregor réussit à se retourner en l'air. La lumière de son casque éclaira une scène étonnante. Les rats qui le pourchassaient, presque tous apparemment, tombaient autour de lui dans une avalanche de pierres. Le sol instable au bord du canyon avait cédé, entraînant toute l'armée après lui.

Il eut la surprise d'apercevoir un humain parmi les rats. Henri. Il avait poursuivi Gregor, lui aussi. Mais c'était impossible. Ils ne pouvaient pas mourir tous les deux. La prophétie ne prévoyait la mort que d'un quêteur de plus.

Un battement d'ailes apporta la réponse. Bien sûr. C'était Arès, la chauve-souris unie à ce traître. Arès sauverait Henri, la prophétie s'accomplirait. Mais au moins, les quêteurs restants seraient en sécurité.

Gregor n'avait jamais vu Arès dans un vrai piqué. Il plongeait vers le sol à une vitesse extraordinaire, évitant les rats qui tentaient de l'attraper. Le garçon avait du mal à croire qu'il pourrait se redresser.

Il a mal calculé, pensa-t-il quand la chauve-souris dépassa Henri à fond de train.

Il entendit la supplique désespérée d'Henri : « Arès ! »

À cet instant, Gregor percuta quelque chose de plein fouet.

Je suis mort, pensa-t-il, mais il ne se sentait pas mort du tout. Son nez lui faisait un mal de chien et sa bouche était pleine de fourrure. Il eut la sensation de s'élever et sut qu'il était sur le dos d'Arès. Il regarda par-dessus l'aile de la chauve-souris. Les rats commençaient à exploser en dessous sur les rochers. Gregor était presque au fond quand Arès l'avait rattrapé. La vision des rats était insupportable, même s'ils avaient été sur le point de le tuer. Juste avant qu'Henri ne s'écrase, Gregor enfouit son visage dans la fourrure d'Arès et se boucha les oreilles.

Un instant plus tard, ils étaient au sol. Luxa avait attaché son père sur Aurora. Temp sauta sur Arès derrière lui.

Un Ripred sanguinolent se tenait avec trois autres rats qui devaient l'avoir rejoint dans les derniers instants. Le rat sourit amèrement à Gregor.

— Délicieux et plein de surprises.

— Que vas-tu faire, Ripred ?

— Fuis, gamin. Cours comme la rivière. Vole haut, Gregor le Surterrien ! dit Ripred en s'élançant sur la route.

— Vole haut, Ripred ! Vole haut ! cria Gregor alors qu'Arès et Aurora filaient au-dessus de la tête du rat.

Ils survolèrent le ravin. Quelque part au fond gisaient les corps du roi Gorger, de son armée de rats et d'Henri. Au bout du canyon, les chauves-souris prirent un grand tunnel qui tournicotait dans tous les sens.

Maintenant qu'il était en sécurité, Gregor commença à ressentir la terreur de la chute dans ce grand trou noir. Son corps tout entier se mit à trembler. Il cacha son visage dans le cou d'Arès, même si ça redoublait la douleur de son nez. Il entendit la chauve-souris murmurer :

— Je ne savais pas, Surterrien. Je te le jure, je ne savais pas.

— Je te crois, lui murmura Gregor en retour.

S'il avait été au courant et complice d'Henri, ce dernier serait en train de voler quelque part et Gregor serait...

Les derniers mots de la prophétie lui revinrent.

Le dernier à mourir doit décider son camp.
La vie de ces huit autres de son seul choix dépend.
Qu'il fasse bien attention, avise où il bondit
Car la vie est la mort et la mort est la vie.

Finalement, cela parlait d'Henri autant que de Gregor : Henri avait décidé de se battre aux côtés des rats. Cela avait déterminé le destin des huit autres quêteurs. Il n'avait pas fait attention à l'endroit où il sautait, n'avait pas regardé du tout car il tenait tant à aider les rats. Henri était mort à cause de sa décision. Jusqu'aux derniers instants, il avait dû croire qu'Arès le sauverait. Mais Arès avait choisi de sauver Gregor.

— Surterrien, nous avons des ennuis, murmura Arès, interrompant ses pensées.

— Pourquoi ? Qu'est-ce qu'il y a ?

— Aurora et moi, nous ne savons pas dans quelle direction est Regalia, dit Arès.

— Tu veux dire qu'on est perdus ? Luxa avait dit que vous pouviez nous ramener dans le noir.

— Oui, nous pouvons voler dans le noir, mais nous devons savoir dans quelle direction, expliqua Arès. Ce coin n'est pas cartographié par les Planeurs.

— Qu'en pense Luxa ? demanda Gregor.

Il y eut une pause. Gregor supposa qu'Arès était en train de communiquer avec Aurora. Puis, Arès rompit le silence :

— Luxa ne peut plus parler.

Elle est probablement en état de choc, pensa Gregor. *Après ce qu'Henri lui a fait.*

— Pour compliquer les choses, Aurora a une aile déchirée qui doit être vite réparée si nous voulons continuer.

Gregor réalisa soudain que c'était à lui de décider.

— OK, cherchez un endroit sûr pour vous poser, d'accord ?

Le boyau alambiqué s'ouvrit bientôt sur une large rivière. La source en était une magnifique chute d'eau qui se déversait d'une arche en pierre et tombait trente mètres plus bas.

Au-dessus de l'arche se trouvait un rebord naturel rocheux, d'environ trois mètres de profondeur. Arès et Aurora s'y posèrent. Leurs cavaliers glissèrent au sol.

Gregor s'empressa auprès de Luxa, espérant qu'elle l'aiderait à élaborer un plan, mais un coup d'œil lui apprit que, là, il était vraiment seul. La jeune fille avait les yeux dans le vague et elle tremblait comme une feuille.

— Luxa ? Luxa ? appela-t-il.

Comme Aurora l'avait rapporté, elle ne pouvait plus dire un mot. Ne sachant que faire, Gregor l'enveloppa dans une couverture.

Il se tourna ensuite vers Aurora. Son aile gauche avait une longue déchirure où le sang affleurait.

— Je peux tenter de recoudre ça, proposa Gregor, que l'idée n'enchantait pas.

Il savait un peu coudre, des boutons et des petits accrocs. Mais l'idée de se servir d'une aiguille sur une aile si délicate l'angoissait.

— Occupe-toi des autres d'abord, répondit Aurora.

Elle voleta jusqu'à Luxa et l'entoura de son aile valide.

Moufle dormait toujours sur le dos de Temp, mais son front était moins chaud. Le médicament semblait avoir calmé son père aussi. Ce qui n'empêchait pas Gregor d'être toujours perturbé de le voir si fragile. De toute évidence, les rats l'avaient presque laissé mourir de faim. Il se demanda ce qu'ils lui avaient fait d'autre.

Arès était avachi dans une position de si grande tristesse que Gregor décida qu'il valait mieux le laisser seul. La traîtrise d'Henri avait pratiquement détruit la chauve-souris.

Personne ne semblait avoir été blessé physiquement lors de la rencontre avec l'armée du roi Gorger, à part Aurora et lui-même. Gregor fouilla dans la trousse de secours. S'il devait recoudre la chauve-souris, il valait mieux le faire avant de trop y réfléchir. Il trouva une petite boîte d'aiguilles en métal et en choisit une au hasard. Plusieurs bobines de fil de soie se trouvaient également dans le kit. Il ouvrit la bouche pour demander à Gox laquelle il devait utiliser, mais s'interrompit quand il se rappela le sang dégoulinant de son corps sans vie. Il choisit un fil qui avait l'air fin mais solide.

Il nettoya la blessure d'Aurora du mieux qu'il put et appliqua un onguent qui devait, selon elle, anesthésier la zone. Puis, plein d'appréhension, il commença à recoudre la déchirure. Il aurait aimé avancer rapidement, mais c'était un travail long et méticuleux. Aurora essayait de rester immobile mais ne pouvait s'empêcher de réagir à la douleur.

— Pardon, je suis désolé, répétait-il en boucle.

— Non, je vais bien, lui répondait-elle, mais il voyait que ça lui faisait très mal.

Quand il eut enfin terminé, il transpirait à grosses gouttes à force de concentration. Mais l'aile était à nouveau en un seul morceau.

— Essaye-la, dit-il à Aurora, et elle étendit maladroitement son aile.

— C'est bien réparé, Surterrien. Cela devrait tenir jusqu'à Regalia.

Gregor se sentit soulagé et pas peu fier d'y être arrivé.

— À présent, tu dois t'occuper de tes propres blessures, dit Aurora. De toute façon, je ne peux pas voler tant que mon aile est anesthésiée.

Gregor nettoya sa jambe et y appliqua un onguent qu'il se rappelait avoir vu Solovet utiliser pour les blessures. Son nez était un autre problème. Il en essuya le sang, mais il faisait encore deux fois sa taille normale. Il était certainement cassé. Comment les médecins soignaient-ils un nez cassé ? On ne pouvait pas vraiment le plâtrer. Il le laissa tel quel, se disant qu'il ferait sans doute plus de dégâts en cherchant à le réparer.

Une fois qu'il eut fini, Gregor hésita sur la conduite à suivre. Il évalua leur situation. Ils étaient perdus. Ils avaient juste assez de nourriture pour un repas de plus. La torche de Luxa était éteinte, laissant seulement son casque pour les éclairer. Moufle était malade, son père incohérent, Luxa en état de choc, Aurora blessée et Arès au désespoir. Il restait Temp et lui.

— Temp ? demanda Gregor. Qu'est-ce qu'on devrait faire, maintenant ?

— Je ne sais pas, Surterrien, répondit Temp. Entendre toi les rats, entendre toi ?

— Quand ils sont tombés, tu veux dire ? Oui, c'était horrible.

— Non. Entendre toi les rats, entendre toi ? répéta Temp.

— Maintenant ?

Gregor sentit une nausée froide lui envahir l'estomac.

— Où ça ?

Il rampa sur le ventre jusqu'au bord du plateau et jeta un œil en bas.

Les rats se rassemblaient, par centaines, sur le bord de la rivière. Plusieurs étaient accroupis, leurs griffes grattant les murs crayeux qui flanquaient la chute d'eau. Un ou deux essayèrent de grimper et glissèrent jusqu'au sol. Ils commencèrent à tailler des prises dans la surface. Ça leur prendrait du temps d'escalader le mur, mais Gregor savait qu'ils y arriveraient. Par n'importe quel moyen.

Il s'éloigna du bord en rampant et enserra ses genoux de ses bras. Qu'allaient faire les quêteurs ? Eh bien, ils allaient devoir voler. Aurora serait obligée de se débrouiller si les rats parvenaient à escalader le mur.

Mais voler où ? La lumière de son casque ne durerait pas éternellement. Il serait alors dans le noir total avec un groupe d'invalides. Avaient-ils traversé ce cauchemar pour mourir perdus en Morterre ?

Vikus enverrait peut-être de l'aide. Mais comment saurait-il où ils étaient ? De toute façon, impossible de deviner ce qui se passait à Regalia. Gregor et Henri avaient joué la dernière strophe de la Prophétie du Gris. Mais cela voulait-il dire que les humains avaient gagné la guerre ? Il n'en avait pas la moindre idée.

Gregor ferma les yeux et y pressa ses paumes. Il ne s'était jamais senti aussi abandonné de toute sa vie. Il tenta de se consoler avec le fait que huit d'entre eux survivraient, selon la Prophétie du Gris.

Bon, Ripred s'en sortira sûrement, mais il faudrait un miracle pour que nous survivions tous les sept, pensa-t-il.

Et c'est alors que le miracle se produisit.

— Gregor ? dit une voix perplexe.

Il n'était même pas sûr de l'avoir entendue.

— Gregor, c'est toi ?

Lentement, refusant d'y croire, Gregor leva les yeux vers la voix. Faiblement, son père s'était soulevé sur un coude. Il tremblait d'épuisement, son souffle était court, mais il semblait reconnaître Gregor.

— Papa ? Papa ?

— Qu'est-ce que tu fais là, fils ? demanda son père, et Gregor sut que son esprit était clair.

Il ne pouvait pas bouger. Il aurait dû courir dans ses bras, mais soudain il avait peur de cet étranger couvert de peaux de rats, censé être son père. Était-il vraiment sain d'esprit, maintenant ? Ou le temps qu'il parcoure les quelques mètres qui les séparaient, son père se remettrait-il à marmonner sur le poisson, abandonnant Gregor à l'obscurité ?

— Guégo ! gazouilla une petite voix. Guégo, moi soti !

Gregor se retourna et vit Moufle qui luttait pour se libérer de la toile qui l'attachait au dos de Temp. Il s'empressa auprès d'elle et déchira la soie. C'était plus facile que de gérer son père.

— Boi ? Ptidèj ? demanda Moufle alors qu'il la sortait de son cocon.

Gregor sourit. Si elle voulait manger, elle allait mieux.

— Gâteau ? ajouta-t-elle avec espoir.

— OK, OK. Mais regarde, regarde qui est là. C'est papa, dit-il en désignant son père.

S'ils y allaient ensemble, peut-être que Gregor aurait le courage de lui faire face.

— Papa ? répéta Moufle, curieuse.

Elle le regarda et un grand sourire éclaira son visage.

— Papa ! s'écria-t-elle.

Elle se tortilla pour sortir des bras de Gregor et courut droit dans ceux de son père, le faisant tomber sur le dos.

— Margaret ? demanda-t-il, luttant pour s'asseoir. Tu es Margaret ?

— Non, moi Moufe ! corrigea la petite fille en tirant sur sa barbe.

Eh bien, le courage de Moufle ne compterait peut-être que quand elle saurait compter, mais sa capacité à aimer comptait tout le temps. Voyant cela, Gregor sentit fondre sa méfiance. Il avait combattu des rats, des araignées et ses pires frayeurs pour que lui et son père soient réunis. Que faisait-il assis là, comme s'il avait acheté un billet pour assister à l'événement ?

— Moufle, hein ? dit son père, en éclatant d'un rire très rouillé.

Ce rire déferla sur Gregor comme un flot de soleil. C'était lui. C'était vraiment son père !

— Papa !

Gregor courut vers lui en trébuchant et se jeta dans ses bras.

— Oh, Gregor, dit son père, les larmes ruisselant sur son visage. Comment va mon garçon ? Comment va mon petit homme ?

Gregor se contenta de rire. Il sentit ses propres larmes se mettre à couler.

— Qu'est-ce que tu fais là ? Comment es-tu arrivé en Souterre ? demanda son père, inquiet tout à coup.

— Comme toi, je suppose, répondit Gregor qui avait retrouvé sa voix. Je suis tombé de la buanderie avec Moufle. Puis nous sommes venus te chercher, et te voilà.

Il tapota le bras de son père pour se prouver que c'était vrai.

— Tu es là.

— Et où est « là », exactement ? interrogea son père en plissant les yeux dans l'obscurité.

Gregor revint brutalement à la réalité.

— Nous sommes au-dessus d'une chute d'eau en Morterre. Un tas de rats essayent d'escalader le mur. On est presque tous blessés et complètement perdus, dit-il.

Puis il le regretta. Peut-être qu'il n'aurait pas dû dire à son père à quel point la situation était désespérée. Peut-être que ce dernier n'était pas prêt. Mais Gregor vit que son regard était celui qu'il avait lorsqu'il se concentrait.

— À quelle distance de nous sont les rats ? demanda-t-il.

Gregor glissa jusqu'au bord et regarda en bas. Il fut terrifié de constater que les rats étaient à la moitié du mur.

— Environ quinze mètres, dit-il.

— Et qu'avons-nous comme lumière ?

— Juste ça, dit Gregor en tapant son casque. Et je ne pense pas que la pile dure très longtemps.

La lumière semblait effectivement faiblir à mesure qu'il parlait.

— Nous devons retourner à Regalia, conclut son père.

— Je sais, mais aucun de nous ne connaît le chemin, répondit Gregor, impuissant.

— C'est au nord de la Souterre.

Gregor hocha la tête, mais il ne voyait pas en quoi cette information les aidait. Ce n'était pas comme s'ils avaient un coucher de soleil, l'étoile Polaire ou de la mousse sur la face nord des arbres pour les guider. Ils se trouvaient dans un grand espace noir.

Les yeux de son père se posèrent sur l'aile d'Aurora.

— Cette chauve-souris, comment l'as-tu recousue ?

— Avec du fil et une aiguille, dit Gregor, tout en se demandant si l'esprit de son père ne recommençait pas à battre la campagne.

— Une aiguille en métal ? Tu l'as toujours ?

— Oui, ici, répondit Gregor en sortant le paquet.

Son père prit une aiguille et tira une petite pierre de sa poche. Il se mit à frotter l'aiguille avec la pierre, à petits coups secs.

— Trouve un bol ou quelque chose comme ça, et remplis-le d'eau, lui indiqua son père. Vide ce médicament, s'il le faut.

Gregor suivit rapidement ses instructions, toujours incertain.

— Alors, qu'est-ce qu'on fait, au juste ?

— Cette pierre… c'est de la magnétite, du minerai de fer. Il y en avait un tas dans mon puits. J'en ai gardé une dans la poche, au cas où.

— Au cas où quoi ? demanda Gregor.

— Au cas où j'arriverais à m'échapper. J'avais des morceaux de métal là-bas aussi, mais rien qui fasse la bonne taille. Cette aiguille est parfaite.

— Parfaite pour quoi ?

— Si je frotte l'aiguille avec la pierre, je vais la magnétiser. En gros, je vais la transformer en aiguille de boussole. Si on peut la faire flotter sur l'eau sans briser la tension de la surface…

Son père glissa doucement l'aiguille dans l'eau. Elle flotta. Au grand étonnement de Gregor, l'aiguille pivota de quarante-cinq degrés vers la droite et resta en place.

— Elle va montrer le nord.

— Elle montre le nord ? Comme une boussole ? demanda Gregor, ébahi.

— Eh bien, il y a probablement quelques degrés de différence, mais en gros c'est la direction, assura son père.

Gregor sourit au-dessus du bol d'eau. Tout allait bien se passer. Son père était de retour.

Le bruit des griffes creusant la pierre effaça le sourire de son visage.

— Aurora, appela Gregor. Peux-tu voler ?

— Je pense qu'il le faut, répondit-elle, consciente de la présence des rats.

— Arès, si je te dirige maintenant vers Regalia, peux-tu garder le cap ? demanda Gregor en secouant un peu la chauve-souris.

— Je peux garder à peu près le cap si je sais dans quelle direction voler, dit Arès en se levant.

— En selle ! lança Gregor, exactement comme Vikus le jour où ils avaient commencé la quête. En selle, nous rentrons à la maison !

Tout le monde se débrouilla pour trouver une monture. Gregor mit Temp avec Luxa, juste pour qu'il garde un œil sur elle. Il glissa Moufle dans le porte-bébé et aida son père à monter sur Arès. Il vérifia une dernière fois l'aiguille dans le bol et pointa Arès dans la bonne direction.

— C'est le nord. C'est le chemin vers Regalia, dit-il.

Gregor allait récupérer le bol quand il vit la première patte de rat apparaître sur le rebord. Il sauta sur le dos d'Arès et les chauves-souris s'envolèrent, une meute de rats jurant derrière eux.

Arès suivit le tunnel qui menait vers le nord et, après environ une heure de vol, il dit à Gregor :

— Je sais maintenant où nous volons.

Ils filèrent alors droit vers Regalia, à travers de larges grottes ouvertes.

Partout il y avait des victimes de la guerre. Gregor vit les corps de rats, d'humains, de cafards, d'araignées, de chauves-souris et d'autres créatures dont il ne connaissait même pas l'existence en Souterre, comme des souris ou des papillons. Non, en fait Ripred avait mentionné les papillons mais Gregor avait pensé qu'il parlait de ceux de Surterre. Tous les corps avaient un point commun. Ils étaient très, très immobiles.

Ce fut presque un soulagement quand la lampe de son casque finit par s'éteindre. Il avait vu assez de carnage. Dans l'obscurité, il perdit toute notion du temps.

Gregor entendit les cornes signalant leur approche bien avant qu'ils n'atteignent la ville. Il regarda en bas, l'esprit confus, et vit des gens agiter les bras et crier. Ni lui ni Luxa ne répondirent.

Luxa ne regardait même pas. Dès l'instant où ils avaient décollé, elle avait enveloppé de ses bras le cou d'Aurora et fermé les yeux. Gregor ne pouvait pas imaginer ce qu'elle devait ressentir. Lui avait retrouvé son père. Moufle était hors de danger. Ils rentreraient en Surterre et sa famille serait de nouveau réunie. Mais Henri était la famille de Luxa et il l'avait vendue aux rats. Que pouvait-elle ressentir, à présent ?

Les portes du stade s'ouvrirent à la volée et la ville s'étendit sous leurs yeux. Des gens les acclamaient, agitaient des drapeaux. Le palais fut bientôt visible. Arès plongea vers la Haute Salle.

Ils effectuèrent leur approche et les chauves-souris, épuisées, atterrirent simplement sur le ventre en glissant sur le sol. Des Souterriens se pressèrent autour d'eux. Quelque part dans la confusion, il vit Dulcet prendre Moufle dans ses bras et sortir rapidement de la pièce, suivie par l'éternellement fidèle Temp. Son père fut étendu sur un brancard et emporté sur-le-champ. Les chauves-souris purent à peine protester quand elles furent emmenées elles aussi, ayant plus besoin de repos que d'attention médicale.

Gregor résista à toutes les tentatives de le mettre sur un brancard, mais il accepta une compresse froide pour son nez. Il fallait que quelqu'un raconte l'histoire, et Luxa ne semblait pas en mesure de le faire.

Elle était debout, pâle et perdue, ne remarquant même pas le tourbillon d'activité autour d'elle. Ses beaux yeux violets étaient vides et ses mains pendaient mollement à ses côtés. Il se plaça près d'elle mais ne la toucha pas. Il voulait juste qu'elle sache qu'il était là.

— Luxa, ça va aller, dit-il.

Il savait que ses mots sonnaient creux.

La pièce se vida et il aperçut Vikus qui accourait vers eux. Le vieil homme s'arrêta à quelques mètres, son visage marqué de profondes rides d'inquiétude.

Gregor savait qu'il devait expliquer ce qui s'était passé, mais tout ce qui sortit fut :

— Henri travaillait pour les rats. Il avait fait un marché pour le trône.

Vikus regarda Luxa et ouvrit les bras. Elle resta debout, toujours immobile, le considérant comme s'il était un parfait étranger.

— Luxa, c'est ton grand-père, dit Gregor.

Cela semblait être la meilleure chose à dire, la plus importante à cet instant.

— C'est ton grand-père.

Luxa cligna des yeux. Une minuscule larme se forma au coin de sa paupière. Son visage refléta le combat qu'elle livrait pour stopper les émotions qui montaient en elle.

Les émotions gagnèrent et, au grand soulagement de Gregor, elle se jeta dans les bras de Vikus.

due date

May 7

CHAPITRE
8

Finalement, c'est à Solovet que Gregor raconta l'histoire. Elle apparut peu après Vikus, embrassa les joues mouillées de Luxa, puis serra Gregor dans ses bras. S'il se fichait de ses blessures, elle non. Elle le mena immédiatement dans la partie « hôpital » du palais pour qu'il y soit traité.

Pendant que les médecins nettoyaient et recousaient sa jambe tout en essayant de réduire l'enflure de son nez, Gregor révéla tout ce qui s'était passé depuis qu'ils s'étaient quittés. Le voyage à travers les caves putrides, l'arrivée des araignées, la tentative de meurtre d'Henri sur Ripred, la fièvre de Moufle, le sacrifice de Tick, la découverte de son père et l'étrange série d'événements qui avait fini d'accomplir la prophétie de Sandwich.

Quand il eut fini, il eut l'impression d'être un ballon que quelqu'un aurait dégonflé. Il voulait juste voir son père et Moufle avant d'aller dormir. Solovet le mena d'abord à Moufle qui était dans une nursery avec d'autres enfants malades. Elle avait été baignée et changée et bien qu'elle soit toujours chaude, Dulcet lui promit que la maladie n'était pas grave.

GREGOR

— Nous ne savons pas encore guérir beaucoup de choses, mais nous pouvons guérir cela. C'est juste un cas de fièvre moite, le rassura-t-elle.

Gregor caressa les boucles de Moufle et s'en fut voir son père. Celui-ci avait déjà meilleure mine, le visage détendu dans son sommeil. Les Souterriens ne l'avaient pas seulement baigné, ils avaient aussi taillé ses cheveux et sa barbe. Les horribles peaux de rats avaient été remplacées par des vêtements de soie. Ils l'avaient nourri et lui avaient donné un calmant.

— Et quand il se réveillera, il ira bien ? demanda Gregor.

— Personne ne peut passer des années avec les rats et en sortir inchangé, dit doucement Solovet. Mais son corps et son esprit guériront-ils ? Je le pense.

Gregor dut se satisfaire de cette réponse. Lui-même ne serait plus jamais pareil après ce dont il avait été témoin en Souterre. Il devait s'attendre à ce que son père change aussi.

En quittant l'hôpital, il entendit une voix joyeuse l'appeler :

— Surterrien !

Mareth l'attrapa et le serra dans ses bras comme un ours. Gregor était heureux de voir que le soldat était vivant, même s'il portait des blessures de récentes batailles.

— Hé, Mareth. Comment ça va ?

— Sombrement, comme toujours en temps de guerre. Mais tu nous as ramené la lumière, dit-il fermement.

— Ah oui ? dit Gregor.

Il avait quasiment oublié cette partie de la prophétie.

Un guerrier de Surterre, un fils du soleil,
Nous rendra la lumière, ou ne nous rendra rien.

Il avait dû y arriver, finalement. Ramener la lumière. Il n'était pas sûr du comment, mais si Mareth le disait, tous les Souterriens devaient le croire.

— Quelle lumière ? demanda-t-il.

Les images qui emplissaient son esprit étaient toutes plus sombres les unes que les autres.

— Quand les rats apprirent la mort du roi Gorger, le chaos envahit leurs rangs. Nous les avons repoussés loin en Morterre. Sans chef, ils sont dans la confusion la plus totale, rapporta Mareth.

— Oh. Bien. Pourvu que ça dure.

Mareth l'accompagna à son ancienne chambre, celle qu'il avait partagée avec Moufle. Il prit un bain rapide, juste pour se débarrasser de l'odeur d'œuf pourri qui lui collait à la peau depuis le tunnel dégoulinant, et s'écrasa dans son lit.

Quand il se réveilla, il sentit qu'il avait dormi longtemps. Pendant les deux premières minutes, il resta allongé, empli d'un sentiment de sécurité somnolente, sans aucun souvenir. Puis tout ce qui s'était passé défila devant ses yeux et il ne put rester au lit plus longtemps. Il prit un deuxième bain et mangea la nourriture apparue dans sa chambre pendant qu'il se lavait.

Il était sur le point de se diriger vers l'hôpital quand Luxa accourut. Ses yeux étaient rouges d'avoir pleuré, mais elle semblait être à nouveau elle-même.

— Gregor, tu dois venir ! Vite ! s'écria-t-elle, attrapant son bras et le tirant après elle.

Il pensa tout de suite qu'il y avait eu une attaque contre le palais, mais ce n'était pas le cas.

— C'est Arès ! Ils veulent le bannir ! haleta Luxa alors qu'ils dévalaient les couloirs au pas de course. Il ne savait pas, Gregor ! Il n'était pas au courant du complot d'Henri, pas plus que moi !

— Je le sais bien ! répondit-il.

Ils surgirent dans une pièce que Gregor n'avait jamais vue. C'était comme une petite arène. Plusieurs centaines de chauves-souris et d'humains étaient assis sur les gradins qui s'élevaient autour d'une scène centrale. Au premier rang se tenaient les membres du Concile de Regalia, parmi eux Vikus et Solovet. Au milieu de la scène, seul et voûté, se tenait Arès.

Quand Gregor et Luxa accoururent sur la scène, Aurora voleta hors des gradins pour les rejoindre.

— Stop ! cria Gregor en essayant de reprendre son souffle. Vous ne pouvez pas faire ça !

Il ne connaissait pas toutes les conséquences d'un bannissement, mais Luxa avait dit que personne ne survivait longtemps seul en Souterre. Peut-être qu'un rat comme Ripred le pouvait, mais il était vraiment exceptionnel.

Quand Gregor apparut, tout le monde se leva et s'inclina.

— Bienvenue, Guerrier, et notre gratitude pour tout ce que tu nous as apporté, dit formellement Vikus.

Mais il sourit tristement à Gregor d'une manière bien plus personnelle.

— Ouais, de rien, dit Gregor. Qu'est-ce que vous faites à Arès ?

— Nous étions sur le point de voter sur son sort, dit Vikus. Il y a eu beaucoup de débats pour savoir s'il était ou non dans la confidence d'Henri.

— Il n'y était pas ! Bien sûr qu'il n'y était pas ! Ou je ne serais pas là. Il m'a sauvé et a laissé tomber Henri quand il s'est rendu compte de ce qui se passait.

— Il était lié à Henri, dit une grande chauve-souris rousse. Il est difficile de croire à son innocence.

— Et à mon innocence ? demanda Luxa, la voix tendue. Personne n'était plus proche d'Henri que moi. Me bannirez-vous aussi ?

Un murmure ennuyé courut dans la pièce. Tout le monde savait à quel point les cousins étaient proches, et pourtant Henri avait trahi Luxa.

— Même si Arès est reconnu innocent des charges de trahison qui pèsent contre lui, il reste le problème du serment brisé, dit la chauve-souris rousse. C'est une cause de bannissement en soi.

— Même si vous vous rendez compte que vous êtes lié à un gars vraiment mauvais ? demanda Gregor. Il me semble qu'il devrait y avoir une règle spéciale pour ça.

Plusieurs membres du Concile se mirent à parcourir leurs piles de parchemins, comme s'ils espéraient y trouver une réponse à sa question. Mais d'autres voulaient clairement la peau d'Arès.

— Qu'il soit banni pour trahison ou pour avoir brisé son serment, cela m'est égal. Je veux juste qu'il s'en aille. Qui parmi nous pourrait à nouveau lui faire confiance ? s'écria une femme.

L'arène s'enflamma. Arès sembla se courber davantage, comme écrasé par la colère dirigée contre lui.

Gregor ne savait pas quoi faire. Il ne pouvait pas les laisser jeter Arès en Morterre, seul et sans ressources. Mais comment les faire changer d'avis ?

La chauve-souris rousse fit écho aux derniers mots que Gregor avait entendus.

— Oui, qui parmi nous pourrait à nouveau lui faire confiance ?

— Moi, je le pourrais ! cria Gregor, faisant taire la foule. Je lui confierais ma vie !

Et il sut ce qu'il devait faire.

Il courut vers Arès et étendit la main. La chauve-souris leva la tête, perplexe, avant de comprendre.

— Oh, non, Surterrien, murmura-t-il. Je ne suis pas digne d'accepter.

Gregor attrapa la griffe de l'aile d'Arès. On aurait pu entendre une mouche voler dans la pièce quand il prononça les premiers mots.

Arès le Planeur, à toi je m'unis.

C'était tout ce qu'il se rappelait du serment que Luxa lui avait récité, juste derrière, elle lui soufflait les mots dans un murmure.

Deux se joignent dans la mort et la vie.
Dans la nuit, dans les flammes, dans la guerre, le conflit

Et la dernière phrase vint à Gregor naturellement :

Je te sauve comme je sauve ma vie.

Arès avait retrouvé un peu d'espoir. Le fait que le guerrier se soit uni à lui ne garantissait pas qu'il échappe au bannissement, mais c'était un fait qu'il serait difficile d'ignorer. Il hésitait quand même.

— Dis-le, supplia tout bas Gregor. S'il te plaît, dis-le-moi aussi.

Et Arès le dit, finalement, en remplaçant son nom par celui de Gregor.

Gregor le Surterrien, à toi je m'unis.
Deux se joignent dans la mort et la vie.
Dans la nuit, dans les flammes, dans la guerre, le conflit
Je te sauve comme je sauve ma vie.

Gregor recula d'un pas pour faire face à la foule. Arès et lui se tenaient debout devant elle, main et griffe toujours liées. Gregor parla, rempli d'une puissance complètement nouvelle pour lui.

— Je suis le guerrier. Je suis celui qui a appelé. Qui d'entre vous ose bannir Arès, uni à moi ?

ChAPITRE
9

Il y eut des disputes, des éclats de voix et beaucoup de débats sur la loi mais, au bout du compte, ils ne purent bannir Arès. Le fait que Gregor se soit uni à la chauve-souris avait plus de poids qu'il ne le pensait.

Un vieil homme continua à retourner frénétiquement ses parchemins jusqu'à ce que Vikus lui dise :

— Oh, arrête de remuer tes peaux, nous n'avons clairement aucun précédent pour cette situation.

Gregor se tourna vers son nouveau compagnon.

— Euh, je ne vais sans doute pas rester ici très longtemps.

— Cela n'a pas d'importance, répondit Arès. Tant que j'aurai des ailes, je serai toujours là pour toi.

Dès que les choses se furent calmées, Gregor fonça à l'hôpital. Craignant une rechute, il se prépara au pire avant d'entrer dans la chambre de son père mais une scène heureuse l'attendait à l'intérieur. Son père était assis dans son lit, riant aux éclats, et Moufle essayait de lui faire manger des biscuits.

— Salut, p'pa, dit-il en souriant.

— Oh, Gregor… s'écria son père, rayonnant.

Il tendit les bras, Gregor s'y précipita et s'agrippa à lui. Il aurait pu rester là pour toujours, mais Moufle le tira par la manche.

— Non, Guégo. Papa mange gâteau, dit-elle.

— L'infirmière lui a ordonné de me faire manger et elle prend son rôle très au sérieux, expliqua son père en souriant.

— Tu te sens bien ? demanda Gregor sans le lâcher.

— Oh, quelques bons repas et je serai comme neuf.

Ils savaient tous les deux que ce n'était pas aussi simple. Leur vie ne serait plus jamais la même, mais ils la vivraient ensemble.

Gregor passa les quelques heures qui suivirent avec son père, Moufle et Temp qui était venu voir comment allait la princesse. Il n'aurait pas posé de questions à son père sur l'épreuve qu'il avait endurée, mais celui-ci semblait avoir besoin de parler.

— Cette nuit-là, la nuit où je suis tombé, je n'arrivais pas à dormir. Je suis descendu dans la buanderie pour jouer un peu de saxophone. Je ne voulais réveiller personne.

— On est tombés de là aussi ! s'écria Gregor. À travers le conduit d'aération.

— Oui. La grille en métal s'est mise à claquer sans raison. Quand je suis allé voir ce qui se passait, je me suis fait aspirer jusqu'ici. Tu vois, ils ont ce phénomène bizarre avec les courants d'air…

Le Rat

Et son père développa pendant vingt minutes l'aspect scientifique des courants. Gregor ne savait pas de quoi il parlait, mais c'était super de l'écouter.

— Je suis resté à Regalia pendant deux semaines, mais je devenais fou, vous me manquiez trop. Alors une nuit, j'ai essayé de m'échapper avec deux lampes torches et un pistolet à plomb que j'avais trouvé dans le musée. Les rats m'ont attrapé avant que j'arrive à la Voie d'Eau.

— Comment se fait-il qu'ils t'aient laissé en vie ? demanda Gregor.

— Ce n'était pas pour moi. C'était pour le pistolet. Une fois que mes munitions furent épuisées, ils me tombèrent dessus. L'un d'eux me posa des questions sur l'arme et je me mis à la décrire en long en large et en travers. Je les persuadai que je pouvais en fabriquer, ils décidèrent donc de me garder en vie. Je passais mon temps à concevoir des armes que je pouvais utiliser, mais qui se désintégraient dès que les rats y touchaient. Une arbalète, une catapulte, un bélier. Heureusement que tu es arrivé, je pense qu'ils commençaient à se douter que je ne leur construirais jamais rien qui fonctionnerait deux fois.

— Je ne sais pas comment tu as supporté tout ça, dit Gregor.

— J'ai toujours cru profondément que je rentrerais à la maison un jour.

Une ombre passa sur le visage de son père. Il eut du mal à prononcer la question suivante.

— Alors, comment va ta mère ?

— Là tout de suite, probablement pas très bien, dit Gregor. Mais elle ira mieux une fois que tu seras rentré.

Son père hocha la tête.

— Et toi ?

Gregor ne parla pas du mauvais, juste des trucs faciles. Il raconta l'athlé, l'école, le concert à Carnegie Hall. Il ne mentionna ni les araignées, ni les rats, ni tout ce qu'il avait vécu depuis que son père avait disparu.

Ils passèrent l'après-midi à jouer avec Moufle, à se donner mutuellement la becquée, et souvent, sans raison particulière, à tendre la main pour se toucher l'un l'autre.

Finalement, Dulcet fit son apparition et décréta que Moufle et son père devaient se reposer ; Gregor s'en alla donc flâner dans le palais, plus heureux qu'il ne l'avait été depuis deux ans, sept mois, et un nombre de jours dont il se fichait à présent. Il en avait fini avec la Règle. Pour de bon. Certes, le présent était douloureux. Mais même si les choses se gâtaient, il ne s'interdirait plus jamais de penser que le futur pouvait être heureux. Il se permettrait de rêver.

En retournant vers sa chambre, il passa devant la pièce où il avait été amené, prisonnier, la nuit de sa tentative de fuite. Vikus était assis à la table, seul, entouré de piles de parchemins et de cartes. Son visage s'éclaira en voyant Gregor, et il lui fit signe d'entrer dans la pièce.

— Viens, viens, nous n'avons pas encore parlé depuis ton arrivée, dit-il avec empressement. Comment se porte ton père ?

— Mieux. Bien mieux, répondit Gregor en s'asseyant devant le vieil homme.

— Et la princesse ? demanda Vikus dans un sourire.

— Elle va bien. Plus de fièvre.

Pendant un instant ils restèrent assis là, sans trop savoir par où commencer. Vikus se lança :

— Alors, Guerrier... tu as bondi.

— Je suppose que oui, acquiesça Gregor en souriant de toutes ses dents. Heureusement qu'Arès était là.

— Heureusement pour Arès, également, remarqua Vikus. Heureusement pour nous tous. Sais-tu que les rats ont battu en retraite ?

— Mareth me l'a dit.

— Je crois que la guerre touche à sa fin. Les rats se battent entre eux pour le trône.

— Et Ripred ?

— J'ai eu de ses nouvelles. Il assemble un groupe de rats soutenant sa cause en Morterre. Ce ne sera pas une tâche facile de prendre la tête des Racleurs. Il doit d'abord les convaincre que la paix est désirable, ce sera une longue lutte. Mais ce n'est pas un rat facile à ignorer.

— Ça, c'est sûr, dit Gregor. Même les autres rats ont peur de le combattre.

— Et ils ont de bonnes raisons. Personne ne peut se défendre contre lui, dit Vikus. Ah, ça me rappelle… J'ai quelque chose pour toi. Plusieurs fois pendant le voyage, tu as mentionné ton désir d'avoir une épée. Le Concile m'a demandé de te présenter ceci.

Vikus passa la main sous la table et en tira un long objet enveloppé d'une soie très épaisse. Gregor la déroula et y trouva une épée étonnamment belle, incrustée de pierres précieuses.

— Elle appartenait à Bartholomé de Sandwich lui-même. C'est le souhait de mon peuple que tu l'acceptes.

— Je ne peux pas la prendre, protesta Gregor. Je veux dire, c'est trop, et en plus ma mère ne me laisse même pas avoir un canif.

C'était vrai. Pour les dix ans de Gregor, son oncle lui avait envoyé un couteau suisse à quinze lames et sa mère l'avait confisqué jusqu'à ses vingt et un ans.

— Je vois, dit Vikus en regardant attentivement Gregor. Si ton père la gardait pour toi, elle le permet-trait peut-être.

— Peut-être. Mais il y a autre chose…

Il ne savait pas comment l'expliquer, mais c'était la raison principale pour laquelle il ne voulait pas toucher l'objet devant lui. C'était à cause de Tick, Treflex et Gox, à cause de toutes les créatures qui gisaient immobiles sur le chemin du retour. C'était même à cause d'Henri et des rats. Peut-être qu'il n'était pas assez intelligent, peut-être qu'il ne comprenait pas. Mais il semblait à Gregor qu'il aurait dû y avoir une autre manière de tout arranger pour que personne ne meure.

— J'ai prétendu être le guerrier pour pouvoir retrouver mon père. Mais je ne veux pas être un guerrier, avoua Gregor. Je veux être comme vous.

— J'ai combattu dans de nombreuses batailles, Gregor, dit Vikus avec circonspection.

— Je sais, mais vous n'allez pas les chercher. Vous essayez d'arranger les choses avant, de toutes les manières imaginables. Même avec les araignées. Et Ripred. Même quand les gens pensent que vous avez tort, vous continuez à essayer.

— Eh bien, dans ce cas, Gregor, il y a bien un cadeau que j'aimerais te donner, mais tu ne peux le trouver qu'en toi.

— Qu'est-ce que c'est ?

— L'espoir. Il y a des moments où il sera très difficile à trouver. D'autres où il sera plus facile de choisir la haine. Mais si tu veux atteindre la paix, tu dois d'abord être capable d'espérer qu'elle soit possible.

— Vous ne m'en croyez pas capable ? demanda Gregor.

— Au contraire, j'ai grand espoir que tu y arrives, le rassura Vikus avec un sourire.

Gregor glissa l'épée vers lui.

— Dites-leur merci, mais non merci.

— Tu ne peux pas imaginer à quel point je suis heureux de délivrer ce message, dit Vikus. À présent, tu dois te reposer. Tu as un long voyage demain.

— Ah bon ? Vers où ? On ne retourne pas en Mor-terre ? demanda Gregor, un peu malade à cette idée.

— Non. Je pense qu'il est temps qu'on te renvoie à la maison.

Ils installèrent un lit dans la chambre de son père ce soir-là pour que Moufle et lui puissent dormir à côté. Maintenant qu'il rentrait chez lui, Gregor s'autorisa à penser à Lizzie et à sa grand-mère, et surtout à sa mère. Est-ce qu'elles iraient toujours bien à son retour ? Il se souvint de sa discussion avec Vikus et tenta de garder espoir.

Sitôt que son père et Moufle furent réveillés, on les emmena tous au dock d'où Gregor s'était échappé le premier soir. Un groupe de Souterriens s'était assem-blé pour leur souhaiter bon voyage.

— Arès va vous emmener à l'entrée au-dessus de la Voie d'Eau, annonça Vikus. Ce ne sera pas loin de ta maison.

Mareth mit une poignée de papiers dans la main de Gregor. Ce dernier réalisa que c'était de l'argent.

— Je l'ai pris au musée. Vikus a dit que tu pourrais en avoir besoin pour te déplacer en Surterre.

— Merci.

Gregor se demanda où était exactement le portail de la Voie d'Eau par rapport à son appartement. Il sup-posa qu'il le découvrirait bien assez tôt.

— C'est sans danger maintenant, mais ne traînez pas. Comme vous le savez, les choses peuvent changer rapidement en Souterre, dit Solovet.

Gregor réalisa soudain qu'il ne reverrait plus jamais ces gens. Il fut surpris de constater à quel point ils lui manqueraient. Ils avaient traversé beaucoup de choses ensemble. Il serra tout le monde dans ses bras. Quand il arriva à Luxa, il se dit qu'il devrait sans doute lui serrer la main, mais il la prit quand même dans ses bras et elle lui rendit son étreinte. Elle était un peu rigide mais, après tout, c'était une reine.

— Bon, eh bien, si tu es un jour en Surterre, passe nous voir, dit Gregor.

— Peut-être que nous te reverrons ici, dit Luxa.

— Oh, je ne sais pas. Ma mère va probablement me boucler jusqu'à la fin de ma vie, juste pour me garder en sécurité.

— Que veut dire ceci, « te boucler » ? demanda Luxa.

— Elle ne me laissera jamais quitter l'appartement.

— Ce n'est pas ce qui est dit dans la Prophétie du Fléau, remarqua pensivement Luxa.

— Quoi ? Qu'est-ce que c'est ? demanda Gregor, sentant la panique l'envahir.

— Vikus ne t'en a pas parlé ? Elle suit la Prophétie du Gris.

— Mais je ne suis pas dedans. J'y suis ? Je veux dire, je n'y suis pas, hein ? Vikus ?

— Ah, vous devez partir immédiatement si vous voulez attraper le courant, dit Vikus en glissant Moufle dans le porte-bébé sur le dos de Gregor, tout en le menant à Arès qui portait déjà son père.

— Qu'est-ce que vous me cachez ? C'est quoi, la Prophétie du Fléau ? insista Gregor en se sentant soulevé sur le dos d'Arès.

— Oh, ça, dit Vikus nonchalamment. Elle est très vague. Personne n'a été capable de l'expliquer depuis des siècles. Vole haut, Gregor le Surterrien.

Vikus fit signe à Arès qui déploya ses ailes.

— Mais quand même, qu'est-ce que c'est ? Qu'est-ce qu'elle dit ? cria Gregor alors qu'ils s'élevaient dans les airs.

— Auvoi, Temp ! À bientôt ! lança Moufle en agitant gaiement la main.

— Non, Moufle, non ! On ne va pas revenir ! protesta Gregor.

La dernière chose qu'il vit en quittant le palais fut Vikus qui lui faisait signe. Il n'en était pas sûr, mais il lui sembla l'entendre dire : « À bientôt ! »

Il fila à nouveau le long de la rivière, mais cette fois il volait au-dessus des flots écumants sur le dos solide d'Arès. Bientôt, ils dépassèrent la plage où il avait rencontré Fangor et Shed. Il aperçut le sol noirci par le feu.

Dix minutes plus tard, la rivière se jetait dans une mer, ou dans le plus grand lac que Gregor ait jamais vu. Des vagues géantes roulaient à la surface de l'eau et s'écrasaient sur des plages rocheuses.

Deux gardes montés sur des chauves-souris apparurent et les escortèrent. Gregor ne vit aucun rat dans les parages, mais qui sait ce qui vivait sous terre, à la recherche d'un repas. Il aperçut une queue longue de cinq mètres, hérissée de piquants, qui émergea de l'eau avant que son propriétaire, quel qu'il soit, ne replonge. *Je ne vais même pas poser la question*, pensa-t-il.

Les gardes restèrent en position quand Arès s'éleva dans un grand cône de pierre. Il devait faire trois ou quatre kilomètres de diamètre à sa base. Un étrange vent brumeux semblait les pousser vers le haut. *Sûrement les courants*, se dit Gregor.

Au fur et à mesure qu'il montait, Arès faisait des cercles de plus en plus petits. Il dut fermer ses ailes pour se glisser par l'ouverture au sommet.

Ils filaient maintenant le long de tunnels familiers. Ces derniers n'étaient pas faits de pierre mais de béton, Gregor se douta qu'ils étaient près d'arriver chez eux. La chauve-souris atterrit dans un escalier désert et fit un signe de tête vers le haut.

— Je ne peux pas aller plus loin, dit Arès. C'est le chemin vers votre monde. Vole haut, Gregor le Sur-terrien.

— Vole haut, Arès.

Gregor serra la griffe d'Arès dans sa main pendant un instant. Puis il la lâcha et la chauve-souris s'évanouit dans l'obscurité.

Gregor dut aider son père à gravir une longue série de marches. Tout en haut, il y avait une dalle de pierre dans le plafond. Quand Gregor la poussa sur le côté, une vague d'air frais le frappa en plein visage. Il se hissa dehors et ses doigts rencontrèrent de l'herbe.

— Oh, mince ! dit-il en se dépêchant d'aider son père à sortir. Oh, mince, regardez ça.

— Lune ! s'écria Moufle en pointant le ciel du doigt, tout heureuse.

— Oui, lune, petite fille. Regarde, papa, c'est la lune !

Son père était trop essoufflé par l'ascension pour répondre. Pendant quelques minutes, ils restèrent assis dans l'herbe, à contempler la beauté du ciel nocturne. Gregor regarda autour de lui et, au vu des immeubles, réalisa qu'ils étaient dans Central Park. Il pouvait entendre les voitures, juste derrière une rangée d'arbres. Il glissa la dalle de pierre à sa place et aida son père à se lever.

— Allez, prenons un taxi. On va voir maman, Moufle ? demanda-t-il.

— Ou-oui ! répondit Moufle avec emphase. Va voi mama.

Il devait être très tard. Quelques restaurants étaient toujours ouverts mais les rues semblaient presque désertes. Il valait mieux, car ils avaient une drôle de dégaine, habillés en Souterriens.

Gregor héla un taxi et ils s'entassèrent sur la banquette arrière. Le chauffeur ne remarqua pas leur apparence bizarre, ou bien il s'en fichait. Il en avait probablement vu d'autres.

Gregor appuya son visage contre la vitre, admirant les buildings, les voitures et les lumières ! Toutes ces lumières magnifiques ! Il eut l'impression d'arriver en un rien de temps à leur appartement. Il paya le chauffeur et ajouta un énorme pourboire.

À l'entrée, son père sortit son porte-clés de sa poche, celui que lui avait fait Gregor. Il étala les clés de ses doigts tremblants et trouva la bonne. Pour une fois, l'ascenseur n'était pas en panne et ils montèrent jusqu'à leur étage.

Ils ouvrirent doucement la porte de l'appartement, pour ne réveiller personne. Gregor aperçut Lizzie, endormie sur le canapé. De la chambre, il entendait sa grand-mère murmurer dans son sommeil : elle allait bien.

Une lumière était allumée dans la cuisine. Sa mère était assise à la table, aussi immobile qu'une statue. Les mains jointes, elle fixait une petite tache sur la nappe. Gregor se souvenait l'avoir vue ainsi tant de nuits après la disparition de son père. Il ne savait pas quoi dire. Il ne voulait pas lui faire peur, ou la choquer, ou lui faire plus de mal.

Alors il avança dans la lumière de la cuisine et dit ce qu'elle souhaitait entendre le plus au monde :

— Salut, maman. On est rentrés.

Gregor et Moufle
sont rentrés à New York,
sains et saufs.
Mais pour combien de temps ?

GREGOR
— Livre II —
LA PROPHÉTIE DU FLÉAU

Découvre vite un extrait !

CHAPITRE 1

Gregor ouvrit les yeux avec la nette impression que quelqu'un l'observait. Essayant de rester immobile, il inspecta du regard sa chambre minuscule. Plafond : vide. Rien sur la commode. Enfin il le vit, figé sur le rebord de la fenêtre, le tremblement délicat de ses antennes pour seul mouvement.

Un cafard.

— Tu cherches les ennuis, lui dit-il tout bas. Tu veux que ma mère te voie ?

Le cafard frotta ses antennes mais ne sembla pas vouloir s'enfuir. Gregor soupira. Il prit le vieux pot de mayonnaise contenant ses crayons, le vida sur le lit et, d'un mouvement rapide, captura l'insecte.

Il n'eut même pas à se lever. Sa chambre n'était pas vraiment une chambre. C'était plutôt un cagibi. Le lit de Gregor était coincé dedans de telle façon que, le soir, il n'avait qu'à entrer et ramper jusqu'à son oreiller. Sur le mur en face du lit il y avait un petit renfoncement avec assez de place pour une commode étroite, dont on ne pouvait ouvrir les tiroirs que de quelques centimètres. Il devait faire ses devoirs assis en tailleur sur son lit, une planche sur les genoux. Il n'avait pas de porte. Mais Gregor ne se plaignait pas. Sa fenêtre donnait sur la rue, le plafond était bien haut et il avait plus d'intimité que qui que ce soit dans l'appartement. Personne ne venait dans sa chambre... sauf les cafards.

Justement, qu'est-ce qui leur prenait, à ces bestioles ? Il y en avait toujours eu dans l'appartement, mais récemment il en apercevait un à chaque fois qu'il se retournait. Immobile. En plein jour. Juste assis là... à le regarder. C'était bizarre. Et les maintenir en vie lui demandait beaucoup de travail.

L'été dernier, quand un cafard géant s'était sacrifié pour sauver la vie de sa petite sœur de deux ans, Moufle, à des kilomètres sous la ville de New York, il s'était juré de ne plus jamais tuer l'un de ces insectes. Mais si sa mère les voyait, ils étaient foutus. C'était à Gregor de les sortir de l'appartement avant que le « radar à cafards » de sa mère ne les détecte. Quand il faisait encore chaud dehors, il se contentait de les attraper et de les sortir sur l'escalier de secours. Mais à présent qu'on était en décembre, il avait peur que les bébêtes ne gèlent. Il les glissait donc aussi loin que possible dans le vide-ordures de la cuisine. Il pensait qu'ils y seraient heureux.

Gregor souleva le pot de mayonnaise du rebord de fenêtre, en faisant grimper le cafard le long de sa paroi. Il prit le couloir à pas de loup, dépassa la salle de bains puis la chambre que partageaient Moufle, Lizzie – sa sœur de sept ans – et sa grand-mère et arriva dans le salon. Sa mère était déjà partie. Elle était de service le matin au café où elle travaillait les week-ends. Elle était réceptionniste à plein temps chez un dentiste pendant la semaine, mais ces derniers temps chaque dollar comptait.

Le père de Gregor était allongé sur le canapé-lit. Même endormi, il était agité. Ses doigts tremblaient et tordaient sa couverture, et il marmonnait tout bas. Son père. Son pauvre père…

Prisonnier de rats énormes et cruels pendant deux ans et demi, loin sous New York, son père était devenu une épave. Lors de son séjour en Souterre, comme l'appelaient ses habitants, il avait été affamé, privé de lumière et torturé, si cruellement qu'il refusait d'en parler. Les cauchemars l'assaillaient et, même éveillé, il avait parfois du mal à séparer l'illusion de la réalité. C'était pire lorsqu'il avait de la fièvre, ce qui arrivait souvent malgré de nombreuses visites chez le médecin. Il ne guérissait pas d'une maladie étrange qu'il avait attrapée en Souterre.

Avant que Gregor ne tombe après Moufle par la grille d'aération de leur buanderie et n'aide à sauver son père, il avait toujours cru que les choses seraient simples quand leur famille serait réunie. C'était mille fois mieux d'avoir à nouveau son père, Gregor le savait. Mais ce n'était pas simple.

Il se glissa dans la cuisine et mit le cafard dans le vide-ordures. En posant le pot sur le plan de travail, il remarqua qu'il était vide. Dans le frigo, il y avait une demi-brique de lait, une bouteille de jus de pomme presque finie, et un pot de moutarde. Gregor se prépara psychologiquement avant d'ouvrir le placard. La moitié d'un pain de mie, du beurre de cacahuètes et une boîte de flocons d'avoine. Il secoua la boîte et poussa un soupir de soulagement. Il y avait assez pour le petit déjeuner et le déjeuner. Et comme on était samedi, Gregor n'aurait même pas besoin de manger à la maison. Il serait en train d'aider Mme Cormaci.

Mme Cormaci. En quelques mois, elle était passée du statut de voisine fouineuse à celui d'ange gardien. Peu de temps après que Gregor, Moufle et leur père soient rentrés de Souterre, il l'avait croisée dans le couloir.

— Alors jeune homme, où étais-tu passé ? avait-elle demandé. Tu as fait une frayeur à tout l'immeuble !

Gregor avait raconté l'histoire sur laquelle sa famille s'était arrêtée : le jour où il avait disparu de la buanderie, il avait emmené Moufle jouer au parc. Ils avaient croisé son père, qui partait voir son oncle malade en Virginie et voulait emmener les enfants avec lui. Gregor avait cru que son père avait appelé sa mère ; son père avait cru que Gregor avait appelé sa mère ; ils ne s'étaient rendu compte qu'en rentrant de la crise qu'ils avaient causé.

Mme Cormaci l'avait regardé de travers.

— Humpf. Je pensais que ton père vivait en Californie.

— C'était le cas. Mais maintenant il est revenu avec nous.

— Je vois. Alors c'est ça, ton histoire ?

Gregor hocha la tête, conscient qu'elle ne tenait pas vraiment la route.

— Humpf, répéta Mme Cormaci. Eh bien, si j'étais toi, j'essaierais de l'améliorer un peu.

Et elle était partie sans un mot de plus.

Gregor avait d'abord cru qu'elle était en colère contre eux, mais quelques jours plus tard elle avait frappé à la porte, un gâteau dans les mains.

— J'ai apporté un roulé au café pour ton père, avait-elle dit. Pour lui souhaiter la bienvenue chez lui. Il est là ?

Il aurait préféré qu'elle n'entre pas, mais son père avait lancé d'une voix faussement joyeuse : « C'est Mme Cormaci ? » et elle avait fait irruption dans l'appartement avec son gâteau. À la vue de son père – maigre comme un clou, les cheveux blancs, ratatiné sur le canapé –

elle s'était arrêtée net. Si elle avait eu l'intention de l'interroger, elle en avait tout de suite abandonné l'idée. Au lieu de cela, ils avaient échangé des remarques sur la météo et elle était partie.

Puis, quelques semaines après la rentrée des classes, sa mère était arrivée un soir avec une étrange nouvelle.

— Mme Cormaci veut t'engager pour l'aider le samedi, avait-elle annoncé.

— L'aider ? avait demandé Gregor, méfiant. L'aider à faire quoi ?

Il ne voulait pas aider Mme Cormaci. Elle lui poserait des tas de questions et voudrait probablement lui lire l'avenir dans son jeu de tarot et...

— Je ne sais pas. L'aider à faire des choses dans son appartement. Tu n'es pas obligé si tu n'as pas envie. Mais j'ai pensé que c'était un bon moyen de te faire de l'argent de poche, avait dit sa mère.

À cet instant, Gregor avait su qu'il le ferait, et pas pour l'argent de poche : il n'achèterait ni ticket de cinéma, ni BD, ni livres, ni rien. Il utiliserait l'argent pour sa famille. Parce que même si son père était de retour à la maison, il lui était impossible de recommencer à enseigner les sciences. Il n'avait quitté l'appartement que rarement, et seulement pour aller chez le médecin. Ils vivaient tous les six sur le salaire de sa mère. Entre les factures du médecin, les fournitures scolaires, les vêtements, la nourriture, le loyer et tout ce qu'il fallait pour vivre, ce n'était pas suffisant.

— À quelle heure veut-elle que j'y aille ? avait demandé Gregor.

— Dix heures serait bien, selon elle.

Ce premier samedi non plus, il n'y avait pas beaucoup à manger dans l'appartement. Gregor s'était donc contenté de boire deux verres d'eau avant d'aller chez Mme Cormaci. Quand elle avait ouvert la porte, une délicieuse odeur l'avait assailli, le faisant tellement saliver qu'il avait dû déglutir avant de pouvoir dire bonjour.

— Ah, bien, tu es là, l'avait salué Mme Cormaci. Suis-moi.

Mal à l'aise, Gregor l'avait accompagnée dans la cuisine. Une énorme casserole de sauce mijotait sur la cuisinière. Un autre plat contenait des lasagnes. Des monceaux de légumes recouvraient le plan de travail.

— Il y a un gala de charité ce soir à mon église et j'ai dit que j'apporterai des lasagnes. Qu'est-ce qui m'a pris ?

Mme Cormaci avait versé plusieurs louches de sauce dans un bol, plongé un morceau de pain dedans, posé le tout sur la table et poussé Gregor sur une chaise.

— Goûte.

Gregor l'avait regardée, indécis.

— Goûte donc ! Je dois savoir si c'est mangeable, avait insisté Mme Cormaci.

Il avait trempé le pain dans la sauce et en avait pris une bouchée. C'était tellement bon qu'il en avait eu les larmes aux yeux.

— Mince alors ! s'était-il exclamé une fois la bouchée avalée.

— Tu détestes. C'est dégoûtant. Je devrais jeter toute la casserole et aller acheter de la sauce en boîte chez l'épicier.

— Non ! avait protesté Gregor. Non. C'est la meilleure sauce que j'ai jamais mangée !

Mme Cormaci avait flanqué une cuiller à côté de lui.

— Alors mange-la et lave-toi les mains avec du savon, parce que tu es de corvée de hachage.

La sauce et le pain engloutis, elle l'avait mis au travail : il avait coupé des masses de légumes qu'elle avait fait revenir dans de l'huile d'olive. Il avait mélangé des œufs et des épices à de la ricotta. Ils avaient étalé des couches de pâtes, de fromage, de légumes et de sauce dans trois énormes plats. Il l'avait aidée à faire la vaisselle, et elle avait déclaré qu'il était l'heure de déjeuner.

Ils avaient dévoré des sandwichs au thon dans la salle à manger pendant que Mme Cormaci lui parlait de ses trois enfants, tous grands et vivant dans d'autres États, et de M. Cormaci qui était mort cinq ans plus tôt. Gregor se souvenait vaguement de lui, un homme gentil qui lui donnait des pièces et, une fois, une carte de baseball.

— Chaque jour qui passe, il me manque.

Et sur ce, elle avait sorti un quatre-quarts.

Après le déjeuner Gregor l'avait aidée à nettoyer un placard et avait transporté quelques cartons jusque dans sa cave. À deux heures, elle l'avait libéré. Elle ne lui avait posé aucune question, juste s'il aimait l'école. Elle l'avait renvoyé chez lui avec quarante dollars, un manteau d'hiver qui avait appartenu à sa fille quand elle était petite, et un plat de lasagnes. Quand il avait essayé de refuser, elle avait seulement dit : « Je ne peux pas emporter trois lasagnes à l'église. Les gens en apportent deux. Vous entrez avec trois et tout le monde vous prend pour une crâneuse. Et puis quoi ? Comme si j'allais les manger, avec mon cholestérol. Prends-les. Mange-les. Va. Je te verrai samedi prochain. » Et elle lui avait fermé la porte au nez.

C'était trop. Tout. Mais il pourrait passer chez l'épicier pour faire une surprise à sa mère, et peut-être acheter des ampoules, vu que trois lampes de l'appartement étaient mortes. Lizzie avait besoin d'un manteau. Et les lasagnes... c'était le meilleur. Soudain il avait eu envie de frapper à la porte de Mme Cormaci et de lui dire la vérité sur la Souterre et tout ce qui s'était passé, qu'il était désolé de lui avoir menti. Mais il ne pouvait pas...

Gregor fut interrompu dans ses souvenirs quand Lizzie entra à pas feutrés dans la cuisine, encore en pyjama. Elle était petite pour son âge, mais l'inquiétude sur son visage la faisait paraître plus âgée que ses sept ans.

— Il y a assez de nourriture pour aujourd'hui ? demanda-t-elle.

— Bien sûr, il y en a plein ! répondit Gregor en essayant de faire comme s'il ne s'était pas inquiété lui-même quelques minutes plus tôt. Regarde, vous pouvez manger du porridge pour le petit déjeuner, et des sandwichs au beurre de cacahuète pour le déjeuner. Je vais préparer le porridge.

Lizzie n'avait pas le droit d'utiliser la gazinière, mais elle ouvrit le placard où se trouvaient les bols. Elle en sortit quatre et hésita.

— Tu manges avec nous ou... ?

— Non, je n'ai même pas faim ce matin, répondit Gregor, bien que son estomac gargouille. De toute façon, je vais à côté aider Mme Cormaci.

— On ira faire de la luge plus tard ?

Gregor hocha la tête.

— Hmm hmm. Je t'emmènerai à Central Park avec Moufle. Si papa va bien.

Ils avaient trouvé une luge en plastique à côté des poubelles. Elle était fendue, mais leur père l'avait réparée avec du gaffer. Cela faisait une semaine que Gregor promettait à ses sœurs de les emmener faire de la luge. Mais si son père avait de la fièvre, il fallait que quelqu'un reste à la maison avec lui et leur grand-mère qui, la plupart du temps, était convaincue de vivre dans une ferme en Virginie. Et la fièvre se manifestait généralement l'après-midi.

— Si ça ne va pas, je resterai à la maison. Tu pourras emmener Moufle, dit Lizzie.

Gregor savait qu'elle mourait d'envie d'y aller. Elle n'avait que sept ans. Pourquoi les choses n'étaient-elles pas plus faciles pour elle ?

Pendant les quelques heures suivantes, Gregor aida Mme Cormaci à préparer de grands plats de gratin dauphinois, à polir sa collection de pendules anciennes et à sortir ses décorations de Noël de la cave. Quand elle demanda à Gregor ce qu'il espérait avoir pour Noël, il se contenta de hausser les épaules.

Ce jour-là, au moment où il allait partir avec de l'argent dans la poche et un plat de gratin dans les bras, Mme Cormaci lui fit un merveilleux cadeau : une vieille paire de bottes qui appartenaient autrefois à son fils. Elles étaient un peu usées et un peu grandes, mais elles étaient solides et étanches et elles s'attachaient à la cheville. Les baskets que portait Gregor, sa seule paire de chaussures, commençaient à avoir des trous et parfois, après avoir marché dans les rues enneigées, il avait les pieds mouillés toute la journée à l'école.

— Vous êtes sûre qu'il ne les veut plus ?

— Mon fils ? Bien sûr qu'il les veut. Il veut qu'elles restent dans mon placard à m'encombrer pour qu'il puisse revenir une fois par an et dire « Tiens, mes vieilles bottes » avant de les remettre au placard. Si je trébuche une fois de plus sur ces bottes en essayant d'atteindre mon fer à repasser, je le déshérite. Sors-les de là avant que je ne les jette par la fenêtre ! s'exclama Mme Cormaci avec un regard méprisant sur les bottes. À samedi prochain.

Quand il rentra chez lui, il était clair que son père ne se sentait pas bien.

— Allez-y les enfants, allez faire de la luge. Je serai très bien ici avec grand-mère, dit-il, mais ses dents claquaient.

Moufle dansait, la luge sur la tête.

— Va guisser ? On va guisser, Guégo ?

— Je reste, murmura Lizzie à Gregor. Mais est-ce que tu pourrais aller acheter le médicament pour la fièvre avant de partir ? On l'a fini hier.

Gregor hésita à rester lui aussi, mais Moufle ne sortait presque jamais et Lizzie était trop petite pour l'emmener toute seule.

Il courut à la pharmacie et en rapporta une boîte de pilules contre la fièvre. Sur le chemin du retour, il s'arrêta dans la rue à un stand de livres d'occasion. Quelques jours plus tôt, en passant, il avait remarqué un livre de mots fléchés et de jeux. Il était assez défraîchi, mais quand Gregor le feuilleta il vit que seules une ou deux pages étaient complétées. Le vendeur le lui laissa à un dollar. Pour finir, il acheta deux oranges, les plus chères, avec la peau bien épaisse. Lizzie les adorait.

Le visage de Lizzie s'éclaira quand il lui tendit le livre.

— Oh ! Oh, je vais chercher un crayon ! s'écria-t-elle avant de filer.

Elle était folle de casse-tête et jeux de mots. Sudoku, mots fléchés, n'importe quoi. Et bien qu'elle n'ait que sept ans, elle pouvait faire la plupart des jeux conçus pour des adultes. Si elle voyait un panneau STOP dans la rue, elle se mettait à chantonner « Stop, pots, tops, spot ». Elle réarrangeait instantanément les lettres pour former d'autres mots. Elle ne pouvait pas s'en empêcher.

Quand Gregor lui avait parlé de la Souterre, elle avait sursauté lorsqu'il avait mentionné l'horrible roi des rats, Gorger. « Gorger ! C'est comme ton nom, Gregor ! » Elle ne voulait pas dire que c'était le même nom, juste qu'on pouvait changer l'ordre des lettres de Gorger pour épeler Gregor. Qui d'autre aurait remarqué une chose pareille ?

Il se sentait moins mal de la laisser. Leur grand-mère dormait, leur père avait ses médicaments et Lizzie était pelotonnée dans un fauteuil, un quartier d'orange dans la bouche, résolvant gaiement une énigme.

L'excitation de Moufle était si contagieuse que Gregor se sentait heureux, lui aussi. Ses pieds étaient bien au chaud et au sec : il avait enfilé une paire de chaussettes supplémentaire et bourré l'extrémité de ses nouvelles bottes avec du papier toilette. Sa famille avait assez de gratin à la maison pour nourrir une armée. Une neige légère tourbillonnait autour d'eux, et ils allaient faire de la luge. À cet instant, tout allait bien.

Ils prirent le métro jusqu'à Central Park, où se trouvait une grande colline. Il y avait beaucoup de gens, certains avec des luges sophistiquées, d'autres avec de vieilles assiettes à neige. Un garçon se servait simplement d'un grand sac poubelle. Moufle poussait des cris de joie à chaque fois qu'ils descendaient la colline et, dès qu'ils s'arrêtaient elle commandait, « Enco, Guégo ! Enco ! » Ils firent de la luge jusqu'à ce que le jour commence à tomber. Près d'une sortie menant vers la rue, Gregor s'arrêta un moment pour laisser jouer Moufle. Il s'adossa à un arbre pendant qu'elle faisait des traces de pas dans la neige, fascinée.

Il y avait une ambiance de Noël dans le parc, avec la luge, les sapins et les bonhommes de neiges rigolos et difformes construits par les enfants. De grandes étoiles scintillantes pendaient des lampadaires. Les gens passaient avec des sacs de courses décorés de rennes et de rubans. Gregor aurait dû se sentir joyeux, mais au lieu de ça Noël l'angoissait.

Sa famille n'avait pas d'argent. Cela n'avait pas vraiment d'importance pour lui. Il avait onze ans. Mais Moufle et Lizzie étaient petites et cette période aurait dû être joyeuse, magique, avec un sapin de Noël, des cadeaux, des bas de Noël suspendus au porte-manteau (c'est là qu'ils pendaient les leurs puisqu'ils n'avaient pas de cheminée) et de bonnes choses à manger.

Gregor avait essayé d'économiser de l'argent sur ce que lui donnait Mme Cormaci, mais il y avait toujours autre chose de plus important, comme des médicaments, du lait ou des couches. Moufle en utilisait vraiment beaucoup. D'ailleurs elle avait sans doute besoin d'être changée, mais il n'en avait pas apporté, alors ils feraient mieux d'y aller.

— Moufle ! appela Gregor. C'est l'heure de rentrer !

Il parcourut le parc du regard et vit que les lampadaires qui bordaient le chemin étaient allumés. Il faisait presque nuit.

— Moufle ! On y va !

Il quitta l'arbre où il était adossé, tourna sur lui-même et sentit l'inquiétude le prendre à la gorge.

Pendant qu'il réfléchissait, en quelques minutes, Moufle avait disparu.

« Pour l'éditeur, le principe est d'utiliser des papiers composés de fibres naturelles, renouvelables, recyclables et fabriquées à partir de bois issus de forêts qui adoptent un système d'aménagement durable. En outre, l'éditeur attend de ses fournisseurs de papier qu'ils s'inscrivent dans une démarche de certification environnementale reconnue. »

Composition Nord Compo

Imprimé en Espagne par RODESA
Dépôt légal : mars 2012

20.20.2379.4/01 − ISBN 978-2-01-202379-6

Loi n° 49-956 du 16 juillet 1949
sur les publications destinées à la jeunesse.